Sociedade Secreta
-Escolhas de Formatura-

Obras da autora publicadas pela Galera Record

Série Sociedade Secreta

Rosa e túmulo
Sob a rosa
Ritos da primavera
Escolhas de formatura

Diana Peterfreund

SOCIEDADE SECRETA
-ESCOLHAS DE FORMATURA-

VOLUME 4

Tradução de
VIVIANE DINIZ

1ª edição

galera
RECORD
Rio de Janeiro | 2012

CIP-BRASIL. CATALOGAÇÃO NA FONTE
SINDICATO NACIONAL DOS EDITORES DE LIVROS, RJ

Peterfreund, Diana
P574v Escolhas de formatura / Diana Peterfreund; tradução de Viviane Diniz. – Rio de Janeiro: Galera Record, 2012.
(Sociedade secreta; 4)

Tradução de: Tap & Gown: An Ivy League Novel
Sequência de: Ritos da primavera
ISBN 978-85-01-09857-3

1. Novela americana. I. Diniz, Viviane. II. Título. III. Série.

CDD: 813
12-3030 CDU: 821.111(73)-3

Título original em inglês:
Tap & Gown: An Ivy League Novel

Este livro foi revisado segundo o novo Acordo Ortográfico da Língua Portuguesa.

Adaptação do projeto original de DeltaTrade
Imagem de capa: © Punchstock

Direitos exclusivos de publicação em língua portuguesa somente para o Brasil adquiridos pela
EDITORA RECORD LTDA.
Rua Argentina 171 – Rio de Janeiro, RJ – 20921-380 – Tel.: 2585-2000,
que se reserva a propriedade literária desta tradução.

Impresso no Brasil

ISBN 978-85-01-09857-3

Seja um leitor preferencial Record.
Cadastre-se e receba informações sobre nossos lançamentos e nossas promoções.

Atendimento e venda direta ao leitor
mdireto@record.com.br ou (21) 2585-2002.

Para Kerri

Por meio desta, eu confesso:

Todos querem ser um de nós.

Você já ouviu as lendas, tenho certeza. Chegou a este campus em um estado de reverência e admiração. Talvez você seja o último de uma longa linhagem de alunos com o nome da sua família a se matricular em nossa magnífica universidade. Talvez seja uma celebridade, ou membro da realeza de outro país, ou uma estrela do esporte, ou um gênio da arte, quase perdida, de se tocar alaúde. Talvez você tenha conseguido uma bolsa da Westinghouse, seja campeão nacional de debate ou o orador de um internato de elite da Costa Leste, no qual seu nome estava registrado desde o momento em que nasceu. Ou talvez não seja nada disso. Talvez tenha apenas se saído bem nas provas do SAT, tirado ótimas notas no ensino médio e encantado o advogado de meia-idade que o entrevistou uma noite na filial de seu escritório em nome da própria *alma mater*. Não importa de que forma tenha acontecido, você veio parar na Eli.

E, no momento em que pisou no campus, ouviu falar de nós.

Mesmo nossa existência sendo secreta, fomos uma presença constante em sua carreira acadêmica. Dificilmente você conseguiria chegar ao dormitório de calouros sem passar por nosso mausoléu. E se perguntava, mesmo que não admitisse para os colegas de quarto ou os amigos do grupo de canto ou seu parceiro de laboratório, como seria fazer parte de nosso grupo. O que fazíamos lá dentro, isolados, sacrossantos, em silêncio (exceto por algum eventual grito)?

Você esperava descobrir um dia.

A temporada chegou mais uma vez. Nós, os membros da Rosa & Túmulo C177, estamos nos formando e, sendo assim, devemos convocar novas almas para vestir nossas túnicas, assumir a tocha de nossas tradições, ficar ao nosso lado como membros dessa ilustre e refinada ordem. É uma grande responsabilidade e algo que nenhum homem (ou mulher) deveria assumir levianamente. Somos os estandartes de uma nova ordem mundial. Somos a chave para a vida com que você apenas sonhou.

Você vai ser julgado. Será considerado merecedor?

Por meio desta, eu confesso:

Gosto de ser dele.

1.

Promessas

Cheguei à conclusão de que a vida é parecida com um teste padrão. Deixar de responder porque você tem medo de estar errado *irá* diminuir seu resultado geral. Agora, como muitos de meus amigos (e alguns de meus inimigos) lhe dirão, tenho tendência a analisar demais. Sei bem disso e faço tudo o que posso para evitar. Como resultado, acabei ficando conhecida por tomar decisões precipitadas que, parando para pensar melhor, provavelmente foram erros.

Então me lembro do que aqueles caras legais da Princeton Review me disseram, lá atrás, quando eu ainda era uma garota inexperiente de 17 anos, apavorada pela ideia de nunca entrar para a faculdade: reduza suas opções e faça uma escolha informada.

Mas tenha cuidado. Nunca se sabe aonde essa decisão poderá lhe levar.

Há quase um ano, aceitei a convocação da Rosa & Túmulo, a sociedade secreta mais poderosa, exclusiva e famosa da Universidade Eli. Sabia que minha vida iria mudar. O que eu não sabia era como. Achei que a iniciação na ordem me garantiria alguns contatos no campo de trabalho escolhido, tornaria meu currículo mais interessante e forneceria um planejamento garantido para o futuro que assomava pouco além da próxima bateria de provas finais.

O que eu não esperava é que isso fosse abrir meus olhos para um leque enorme de opções proporcionadas pelo meu próprio potencial. Já nem queria mais o emprego que um dia acreditei que a Rosa & Túmulo fosse me ajudar a conseguir. Também não contava com o grande número de amigos que iria fazer, alguns dos quais nunca sonhei em me aproximar — outros de quem eu realmente não gostava. E, com certeza, nunca soube quanto poderia ser perigosa a mera associação a um grupo, embora tivesse passado o último ano sendo ameaçada, prejudicada, perseguida, alvo de conspirações, e até mesmo — de maneira bizarra — sequestrada.

Mas, acima de tudo, não fazia ideia de que no mês de março seguinte eu estaria sentada em um sofá que parecia ter sido achado no lixo, olhando para um rapaz a quem nunca tinha dado muita atenção e me perguntando se ousaria responder à seguinte pergunta:

Amy Haskel, você está apaixonada?
A) Sim
B) Não
C) Informação Insuficiente para Responder a Esta Pergunta.

Ah, mas que diabos, a resposta é C, e é por isso que eu não deixaria nosso lance de férias de primavera terminar. Ele não queria mais que ficássemos em segredo? Ótimo. Tentaríamos algo novo então.

— Estou cansada de segredos — eu disse, e o beijei.

Brilhante como Jamie Orcutt é, vários segundos se passaram até ele conseguir processar o significado da minha declaração. Quando finalmente entendeu, seu beijo passou de hesitante a impetuoso num instante.

De alguma forma, passamos de uma posição relativamente decente, um ao lado do outro, livre para todas as idades, para outra que exigiria uma supervisão dos pais, na qual não tínhamos qualquer interesse naquele momento. E, não importa qual fosse a aparência do sofá, com certeza era muito confortável ficar ali ensanduichada entre Jamie e as almofadas. Eu me agarrei ao ombro dele como se estivesse me afogando, e Jamie colocou as mãos por dentro da minha blusa, afastando-a da minha pele, enquanto deslizava a boca para baixo pelo meu pescoço.

— Ja... — falei, suspirando, e então, quando a língua dele passou pela minha clavícula. — P...

Jamie levantou a cabeça.

— Você nunca vai conseguir diferenciar isso, não é?

— É pouco provável. — Deslizei a mão pelas costas dele, para o ponto onde terminava o agasalho e dava para sentir a pele. — Já é difícil até mesmo pensar em você como Jamie e não como... — *Poe*. Parei a tempo de evitar a multa que nos punia por usar os nossos nomes de sociedade além das fronteiras do mausoléu.

— Isso é perturbador — disse ele. — Mas, enfim, esse é o *seu* nome de sociedade. — Jamie bateu com o dedo no meu nariz.

Bugaboo. Sim, e ele provavelmente tinha ajudado na escolha desse nome, agora que eu parava para pensar no assunto. Malcolm não teria sido tão mordaz assim por conta própria.

— Quer saber o que é ainda mais perturbador? — perguntei, me levantando rapidamente. — Nossos nomes verdadeiros rimam.

Ele riu.

— É, rimam mesmo. Nunca tinha pensado nisso.

— As pessoas vão rir sempre que disserem coisas como "Deveríamos convidar Amy e Jamie para a festa no próximo fim de semana" ou "Vamos marcar um encontro duplo com Amy e Jamie".

Ele franziu as sobrancelhas.

— Agora precisarei ir a encontros duplos com seus amigos? Talvez não seja uma boa ideia.

Principalmente porque a maioria dos tais amigos não gostava muito dele.

— Estou só dizendo que "Amy e Jamie" soa um pouco patético.

Mas ele estava sorrindo.

— Eu estava pensando em como soa bem.

Fiquei vermelha e logo a preocupação tomou conta da minha mente. Que tipo de pessoa começa um relacionamento a menos de dois meses de se formar na faculdade? Será que eu estava maluca? Jamie estaria na faculdade de Direito, ali, em Eli, pelos próximos dois anos. E eu não tinha ideia de onde estaria. Não havia como nossa relação estar pronta para essa coisa de longa distância quando eu deixasse a cidade no final de maio (isso se durasse até lá), e eu não tinha a menor intenção de ficar em New Haven por causa de um namorado com quem havia começado a sair havia pouco tempo. Aquilo era uma estupidez. Estava me preparando para uma despedida ainda mais dolorosa do que a da faculdade.

— Preciso ir embora.

— O quê? — Ele balançou a cabeça, sem conseguir acreditar. — Acho que não. Você não pode simplesmente aparecer na minha porta, jogar essa bomba em cima de mim e desaparecer.

— Tenho trabalho a fazer... — comecei vagamente.

— Você acabou de fazer uma viagem de vinte horas de carro — disse ele, pegando minhas mãos. — Precisa relaxar. — Jamie passou os polegares sobre as feridas em meus pulsos e nós dois nos encolhemos. Ele olhou para baixo. — Fico feliz por não ter estado lá naquela noite — disse suavemente. — Acho que não teria respondido por mim.

— Você? O Sr. Poe Totalmente no Controle?

Droga.

Ele balançou o dedo para mim.

— Viu só? Você não consegue diferenciar. E sim. Eu poderia ter matado aquele garoto.

— Você não estaria sozinho.

Metade do meu clube quis matar Darren Gehry por ter me drogado e me arrastado para longe em uma versão distorcida e perigosa do que o adolescente tinha se convencido ser um trote de sociedade. Fui a única a entender que podemos ter sido os culpados de tê-lo deixado com essa impressão.*

Minhas mãos escaparam das de Jamie e se entrelaçaram sobre meu colo. Ele percebeu, com aquele jeito que tinha de notar tudo.

---

*E alguns dos meus amigos ainda estão murmurando a palavra "Estocolmo" à minha volta.

— Fique um pouco — pediu ele. — Vou cozinhar alguma coisa e podemos conversar. Você pode me fazer todas aquelas perguntas pessoais sobre as quais tem estado tão curiosa, e eu posso... — Jamie parou de falar.

Ele podia o quê? Fazer massagem nos meus pés? Tentar me seduzir? Falar sobre a importância do tofu na culinária? Já sabia tudo a meu respeito. Tinha investigado meu passado exaustivamente quando me convocaram para a Rosa & Túmulo. Pensamento assustador. Eu nunca tinha namorado alguém que soubesse o nome de todos os meus professores do ensino fundamental, ou cada um dos meus maiores medos e como tirar o melhor proveito deles.

Era meio como namorar um perseguidor.

— Já estamos um pouco além das conversas de primeiro encontro no que me diz respeito — falei.

É claro que, na época em que fez toda aquela pesquisa, Jamie não sentia nada por mim a não ser desprezo. Na opinião dele, eu não era boa o suficiente para a Rosa & Túmulo. Mas agora ele havia mudado de ideia. Certo?

Jamie envolveu meu rosto com as mãos e me beijou, e todos os meus medos desapareceram.

— Já estamos um pouco além dos primeiros encontros também.

Depois do jantar, Jamie me levou de volta até o portão da Universidade Prescott. Passei o cartão no sensor e abri a porta.

— Bem — falei.

Ele apoiou a mão nas barras e disse:

— Bem.

Um *flash* de lembrança: Jamie segurando as mesmas barras no semestre anterior enquanto gritávamos um com o outro. Eu não o deixava entrar, e tinha ido embora com George naquela noite. George, com quem eu estava dormindo num caso sem compromisso que agora parecia mais que estranho. *Quem era aquela garota, Amy?*

— Suba rapidinho — continuei. — Você nunca viu minha suíte.

Isto é algo novo: quando Jamie olha para mim agora, seus olhos, aqueles olhos frios e acinzentados, quase sorriem. Eu não sabia que olhos eram capazes disso.

Caminhamos pelo pátio, que continuava quase sem alunos. As férias de primavera tinham acabado abruptamente conforme as pessoas voltavam para o campus. Algumas janelas com vista para o pátio estavam iluminadas, mas a suíte que eu dividia com Lydia permanecia escura.

Jamie pegou minha mão enquanto eu subia os degraus até a entrada e me puxou de volta para os braços dele.

Sorri no meio do beijo.

— Se isso era para provar que agora podemos nos beijar em público, você escolheu uma ocasião lastimável. Não tem ninguém aqui.

— Vamos começar devagar — disse ele, me observando destrancar a porta de entrada. Enquanto eu lutava com a maçaneta da suíte, Jamie mordiscava a gola da minha camisa.

Acendi as luzes da antessala, mas Jamie não demonstrou nenhum interesse na decoração. Apenas me puxou para o colo no sofá e começou a me beijar pra valer.

Um segundo depois alguém limpou a garganta.

Levantei os olhos e vi Lydia e Josh parados na entrada do quarto dela. A primeira parecia feliz, e o segundo, chocado.

— Você chegou! — disse Lydia, olhando depois para Jamie. — E trouxe um convidado.

Desci do colo de Jamie e nos levantamos, batendo os joelhos na mesinha de centro.

— Acabei de chegar — falei. — Não percebi que vocês estavam aqui.

— Deu para notar — replicou minha melhor amiga, sem nem tentar disfarçar a alegria. Ela estendeu a mão para Jamie. — Sou Lydia, colega de quarto da Amy.

— Já ouvi falar de você — ele respondeu ao cumprimento. — Jamie Orcutt.

— É um prazer conhecer você.

Ele então se virou para Josh.

— Jamie — falou, estendendo a mão.

Josh procurou se refazer do choque.

— Hum, Josh — disse ele, demorando um pouco demais e com uma total falta de credibilidade.

Lydia revirou os olhos para os rapazes.

— Deem um tempo, vocês dois. Sei onde Amy passou as férias de primavera. Onde mais ela poderia tê-lo conhecido?

Jamie olhou para mim, erguendo as sobrancelhas para demonstrar a desaprovação. Mas Lydia não ia perder uma oportunidade daquelas.

— Então, em que faculdade estuda, Jamie?

— Estou começando a Faculdade de Direito de Eli.

— Ah — disse Lydia, franzindo a testa. — Pensei que você fosse... veterano — continuou ela, cheia de inflexões na voz.

E então Jamie sorriu.

— Eu fui... *veterano*. E me formei. — Ele olhou para mim. — Sua definição de "segredo" é diferente da usada pela maioria das pessoas.

Dei de ombros.

— Tem coisas que não dá para esconder.

— É o que parece! — disparou Josh.

Todos o encararam.

— Acho que você deve estar querendo colocar o papo em dia com os amigos — disse Jamie, por fim. — Preciso ler algumas coisas, de qualquer forma.

Pensei em Jamie fazendo todo o caminho de volta para o apartamento dele sozinho, na escuridão. Mas o que eu podia fazer? Não tinha como convidá-lo para passar a noite. Ele me deu um beijo rápido.

— Eu ligo.

Logo que a porta fechou, Lydia deu um grito abafado.

— Ah, meu Deus, Amy! — Ela segurou minhas mãos e me levou até o sofá. — Esse foi um "Eu ligo" de namorado. Você tem um *namorado*. Eu deixo você sozinha por duas semanas e você arruma um namorado. E ele é uma graça! E alto! E está na Faculdade de Direito de Eli, o que quer dizer que também é inteligente! Anda, me conta tudo.

— Lydia — disse Josh. — Deixe-a em paz. Ela teve uma semana traumatizante. Não está...

— Pensando claramente? — completei por ele. — É a sua teoria?

Lydia gesticulou com a mão dispensando Josh.

— Xôôô. Estamos tendo um papo mulherzinha agora.

Mas Josh não era do tipo que se deixava ser silenciado.

— Quem mais sabe?

Ergui o queixo.

— Quem mais quiser saber. — George, para começar, e provavelmente qualquer um que tivesse voltado na van comigo para Eli. — Não é segredo. — Será que Josh esperava que eu fizesse um anúncio formal?

— Quero saber de tudo! — pressionou Lydia. — Isso aconteceu antes ou depois de... você sabe.

Antes ou depois de eu ter sido sequestrada, ela queria dizer. Eu me perguntava o que mais na minha vida iria se encaixar naquele "antes ou depois". Não queria que as coisas fossem assim.

— Já nos conhecemos há um tempinho — respondi. — E nossos sentimentos apenas... afloraram.

— Como fungos numa carne podre? — disparou Josh, de forma sarcástica.

Lydia deu a volta em torno dele.

— Você quer fazer o favor de sair daqui? Está estragando a história toda.

— Tudo bem, Lyds — falei. Eu já esperava pela reação de Josh. — Podemos conversar sobre isso depois. Vai, me conta tudo sobre a Espanha.

— A Espanha é o máximo — disse Lydia. — Mas preciso ouvir sobre suas aventuras.

— Especialmente sobre aquela em que você quase foi morta — acrescentou Josh.

Ugh. Talvez eu devesse ter ido com Jamie.

Na primeira reunião depois das férias de primavera, os cavaleiros que não estiveram conosco na ilha ficaram cheio de dedos comigo como se eu fosse uma das mais preciosas relíquias da Rosa & Túmulo. Suspeitava de que tivessem mandado algum e-mail do tipo “não interroguem Amy a respeito da experiência difícil” antes da reunião. Provavelmente enviado por Josh, para quem já estava tudo bem, uma vez que tinha ficado sabendo dos detalhes por mim. Pelo que eu sabia, ele deveria ter preparado o rascunho da “versão oficial” para o próximo boletim informativo do clube. Férias de primavera com a C177 — *sabotagem, sequestro e o quase afogamento de uma integrante da nossa sociedade! Fotos na página 3!*

É claro que não ajudou muito o fato de eu ter sido o “Tio Tony” daquela reunião — código da sociedade para o mestre de cerimônias da noite. Sentei-me num púlpito no Templo Interior, à frente de meus colegas cavaleiros, sentindo todas as arestas e os ressaltos do espaldar entalhado em madeira do trono de Perséfone através da lã da minha túnica e da camiseta decote V que eu usava por baixo. Depois de tantos meses, podia praticamente ler as imagens pela pele: a série de sulcos sob a escápula direita era o bosque no qual Perséfone tinha sido raptada por Hades. A ponta afiada na minha coluna era a raiz da romãzeira. E a saliência arredondada que eu podia sentir contra a tatuagem era a corcunda da senhora encarquilhada e pesarosa em que Deméter se transformava até a volta da filha — ah, temporariamente — na primavera.

Pobre Perséfone. Caiu em tentação por um momento, cedendo ao desejo de uma pequena dose de conforto e luxúria, e ficou presa ao Submundo por toda a eternidade.

Cocei as feridas nos pulsos.

— Bugaboo — disse Soze, em um tom que indicava que não era a primeira vez que me chamava. Acordei num estalo.

Certo. Cabeça de Dragão. Enquanto a maioria de nós estivera fora do campus durante as férias de primavera, a sociedade rival Cabeça de Dragão tinha, no último ataque de uma guerra já de muitos anos, invadido nosso mausoléu de novo e, além disso, finalmente descoberto como se infiltrar em nosso mais precioso santuário. Eles tinham entrado naquela mesma sala, o Templo Interior, e... deixado um bilhete.

Deixe-me repetir: Deixado. Um. Bilhete. Da última vez que invadimos o mausoléu deles, escondemos um de seus bens mais estimados — e isso só porque não conseguimos descobrir como roubá-lo de fato.

Por que não tinham levado nada quando estiveram dentro do nosso era o grande mistério. Eles vinham tentando violar aquela sala havia décadas — e, quando finalmente conseguiram, não tinham planejado nada melhor do que deixar uma mensagem? A sala tinha sido cuidadosamente vasculhada, tanto pelos poucos Coveiros que permaneceram no campus durante as férias quanto pelo restante de nós quando voltamos para casa, mas não descobrimos nada faltando nem nenhuma outra coisa (como um microfone ou uma câmera) deixada para trás.

Mas ninguém acreditava de verdade que a Cabeça de Dragão se daria ao trabalho de entrar ali só para deixar o cartão de visita — muito menos eu, o alvo da ira deles durante a maior parte do semestre.

— Você está se sentindo bem? — perguntou-me Thorndike. Ela trocou olhares com Angel. — Talvez hoje não fosse a melhor noite para você ser o Tio Tony...

— Estou bem — respondi e me virei em direção a Soze. — Você estava dizendo?

— Queria saber o que você acha da minha proposta. Foi você que sofreu o impacto dos ataques da Cabeça de Dragão no mês passado.

E aparentemente ele achava que eu estava muito frágil para suportar qualquer outra coisa.

A teoria de Soze, pelo que eu entendi, era de que a carta que tinham me deixado — "Ainda não acabou. Cabeça de Dragão" — não era, na verdade, um cartão atrasado do Dia dos Namorados, mas uma notificação de cessar-fogo até que cada sociedade tivesse concluído a convocação e o processo de iniciação na primavera. Ao que parecia, esse era o *modus operandi* padrão das sociedades, como os exércitos não atacarem nos feriados.

Embora, pelo que eu soubesse de história, vários exércitos alcançaram grande sucesso atacando nos feriados, quando as pessoas estavam menos preparadas. Pergunte a George Washington. Ou Anwar Sadat.

— Acho arriscado — disse, por fim. — Não confio de forma alguma na Cabeça de Dragão.

— Mas historicamente...

— Historicamente — disse Thorndike — os trotes de sociedade eram apenas isso. Trotes. Mas não é com isso que temos lidado ultimamente, não é? — Ela olhou para mim.

Engoli um suspiro, me sentindo tentada a levantar e gritar: *Meu nome é Amy Haskel e fui vítima de sequestro. Podemos superar logo isso?*

— Não estou deixando de considerar nada disso — observou Soze. — No entanto, o fato é que não temos tempo agora de nos concentrar numa rixa, e nem eles. O período da convocação está chegando.

— Então podemos acreditar no que estão dizendo ou gastar tempo e recursos que não podemos desperdiçar desviando nosso foco da convocação — disse Angel.

— O que pode ser o plano deles desde o início, uma vez que geralmente disputamos os mesmos alunos do penúltimo ano — disse Big Demon.

Eu não podia rebater aquilo. E estava certa de que, caso Poe estivesse ali, ele diria a mesma coisa.

— Então deixamos essa bagunça para o clube do próximo ano arrumar?

— Essa rixa já existe há gerações — disse Puck. — Não vamos acabar com ela antes da formatura.

Todos concordavam com isso e, quando ninguém mais fez qualquer outra objeção, Soze voltou a falar.

— Gostaria de resolver essa questão e partir logo para outros assuntos. Não tenho apenas uma, mas duas monografias para terminar este mês. Então que tal darmos isso por encerrado e falarmos sobre a convocação?

Bond levantou a mão.

— Eu proponho o seguinte, a não ser que surja alguma nova evidência, por ora deixamos de lado a rixa com a Cabeça de Dragão e presumimos que eles estão fazendo o mesmo.

A proposta foi apoiada e aprovada com entusiasmo surpreendente. Soze não era o único com monografias por entregar. Visivelmente aliviado, nosso secretário começou a distribuir pequenos livretos, encadernados em papel cartão grosso e desbotado, recurvados pelo tempo, e macios como feltro. As páginas de um papel fino e amarelado, o texto irregular e datilografado (que incluía algumas correções). A folha de rosto dizia "Procedimentos de Convocação" sobre o símbolo da Rosa & Túmulo marcado a mão em vermelho. Quantas décadas de clube vinham usando esses mesmos livros, esses mesmos procedimentos? Eu me perguntava se

Josh tinha perdido tempo indo de um em um, substituindo a palavra "homens" por outros termos mais neutros com relação ao gênero.*

— A ordem dos eventos é a seguinte — disse Soze. — Elaboramos uma lista de convocação preliminar, que pode, na realidade, ser maior do que nossa lista de convocação real, e, então, durante um período de três semanas, passamos esse grupo pela peneira, conhecendo melhor os candidatos durante refeições, festas e entrevistas formais. Durante essas atividades, os potenciais convocados devem não só permanecer alheios à identidade da sociedade como também à verdadeira natureza dos eventos.

— Por favor — zombou Juno, que, durante as férias de primavera, tinha cortado o cabelo cacheado de um jeito sedutoramente curto e pronto para qualquer ocasião. — Sei que não estava no campus neste último ano, mas vocês estão dizendo honestamente que não tinham ideia do motivo pelo qual alguns alunos do último ano de repente começaram a fazer amizade com vocês e apareciam de repente aonde quer que fossem?

— Você está certa — disse Graverobber. — Eu sabia exatamente o que estava acontecendo.

— Eu sabia que havia uma sociedade me cortejando — disse Angel. — Mas também sabia que os Coveiros não convocam mulheres, então não sabia o que pensar.

— Achei que vocês só tivessem ido às festas para nos deixar interessados — disse Graverobber para ela com um olhar malicioso. Angel o ignorou.

---

*Após um exame mais detalhado... não, ele não fez isso. No entanto, *duas* monografias.

— Para dizer a verdade, achei a coisa toda de ter alguém sempre me seguindo um pouco incômoda — disse Puck. — O cara prejudicou meu estilo. — Little Demon, que estava sentada mais perto, lhe deu um empurrão. — O que foi? — reclamou ele. — É verdade.

Soze limpou a garganta.

— No final de toda essa diversão, fechamos nossa lista de convocados, com algumas opções, caso um escolhido, por algum motivo, decida não aceitar quando formos atrás dele.

— Com que frequência isso acontece? — perguntou Lucky.

— No passado? Quase nunca — disse Angel. — Pelo que meu pai conta, geralmente os cavaleiros são capazes de eliminar esses elementos antes da Noite da Convocação. É raro para a Rosa & Túmulo outra resposta na Noite da Convocação que não seja "Aceito".

Fiquei pensando como a sociedade conseguia fazer isso e, ao mesmo tempo, manter a identidade e o propósito em segredo, e teria interrompido de novo para perguntar se Soze não estivesse com uma expressão nitidamente impaciente. Se ele estava tendo tantos problemas para concluir as monografias, talvez não devesse ter passados as últimas duas semanas se divertindo pela Espanha com minha colega de quarto.

— Mas com o ano que tivemos, não posso garantir nada — prosseguiu ele. — Acho que devíamos pensar em pelo menos dois substitutos.

— Quem escolhe os substitutos? — perguntou Juno.

Soze respirou fundo.

— Essa é a Regra Número Um. *Todos* nós escolhemos *todos* os convocados. Toda decisão tomada de agora em diante deve ser unânime. Quem vamos convocar, por que iremos convocá-los e, acima de tudo, como vamos cuidar disso.

Cabeças vestindo túnicas assentiram por todo o Templo Interior. É claro. Todo o propósito daquela sociedade era criar um senso de unidade e camaradagem entre os membros. Por que não iríamos todos concordar com isso, nossa mais importante tarefa? Mas como seria possível que 14 pessoas tão diferentes concordassem não sobre uma, mas sim 15 pessoas para convocar?

— Então, em nome da facilidade e da consistência, proponho que a gente siga o padrão estabelecido pelo clube do ano passado, que foi edificado segundo as tradições da ordem. A lista dos convocados deve ser composta pelas pessoas que melhor correspondam às características demográficas de cada um dos atuais cavaleiros.

— Incluindo gênero? — perguntou Thorndike.

— Sim.

— Eu me oponho.

Soze esfregou as têmporas.

— Tio Tony reconhece a oposição da Cavaleira Thorndike — falei.

Ela ficou de pé.

— Tal moção iria determinar para sempre a razão homem-mulher da sociedade em termos desiguais.

— Então qual é a novidade? — perguntou Kismet. — Já a fixamos em termos desiguais com base na raça e na sexualidade, se devemos honestamente "convocar alguém com as mesmas características demográficas". É um sistema completamente estúpido.

— A alternativa seria ver pessoas com os mesmos propósitos que você deixarem de ser representadas neste grupo — argumentou Juno.

— Então agora você é a favor de ação afirmativa? — perguntou Lucky.

— Sou a favor de proteger o que é meu — replicou Juno.

— Acho que tudo isso funciona — disse Angel. — Alguém aqui pode dizer que não convocamos as pessoas certas para o clube?

Todos ficaram em silêncio e eu estudei o martelo na mão. Se eles iam citar algum nome, seria quase com certeza o meu. Eu nunca deveria ter sido um membro da Rosa & Túmulo. Não frequentei as festas e os eventos da sociedade. Em vez disso, fui uma substituta de última hora quando meu irmão mais velho, Malcolm, entrou numa briga com a garota que deveria convocar.

— É fácil para você dizer isso, Angel — falou Thorndike. — Ricos, brancos e herdeiros da Costa Leste não correm nenhum perigo de perder espaço nesta sociedade. Você já conseguiu um de cada gênero neste clube. — Ela apontou para Puck. — Você quer que o clube continue sempre sendo formado por 2/5 de mulheres?

— O que seria justo para você, Thorndike? — perguntou Soze. — Sete de 15?

— Que tal oito? — perguntou Little Demon. — Isso estaria mais de acordo com a demografia real da Eli.

— Acho que o número de mulheres que temos hoje está bom — disse Graverobber.

— Não — disse Thorndike com ar de deboche. — *Você* acha que temos mulheres demais.

— Isso também.

— Meu problema não é com os números — disse Bond. — Mas com as restrições. Posso argumentar facilmente que nossos substitutos apropriados não são necessariamente do mesmo gênero, assim como não foram no ano passado. Cada mulher nesta sala foi convocada por um homem que pensou que, em todos os outros aspectos com exceção do gênero, ela daria continuidade ao seu legado dentro da Ordem. — Ele deu de ombros. — Por que não fazemos assim então? Convocar de acordo com o mérito, e pensar em gênero e outros transtornos demográficos como uma preocupação secundária?

Seguiram-se mais trinta minutos de intenso debate. Isso não era um bom sinal. Se não conseguíamos nem concordar sobre como escolher os convocados, como iríamos algum dia concordar sobre quem convocar? Eu me lembrei da descrição de Poe sobre as deliberações do ano anterior. Ele alegou ter argumentado contra a inclusão de mulheres até perder a voz. Era assim que funcionava? A pessoa com energia para debater por mais tempo era a que ganhava? O cavaleiro disposto a intimidar os outros até exauri-los física e mentalmente conseguia seu voto "unânime" por omissão?

Pelo tom áspero da voz de Soze, ele havia chegado ao limite.

— Podemos simplesmente confiar que a C176 sabia o que estava fazendo quando eles planejaram isso da forma como fizeram? — Ele olhou para mim com súplica nos olhos. O quê? Eu devia saltar em defesa de que a C176 era constituída por gênios só porque estava namorando um deles? O *meu* gênio achava horrível o plano que os irmãos haviam elaborado, e tinha deixado isso bem claro para mim nos degraus em frente à fachada na última primavera.

Embora isso não tenha sido tudo o que ouvi na última primavera. As supostas deliberações secretas deles não eram tão secretas também. Malcolm tinha me contado, pelo menos, como fizeram para escolher quem seria designado a convocar uma mulher.

— Eles não planejaram nada — falei. — Tiraram no palitinho para decidir quem iria convocar as mulheres.

— Então você acha que devemos tirar no palitinho?

— Acho que se o argumento é que deveríamos fazer como a C176, então deveríamos proceder da mesma forma que eles. Eles não designaram a responsabilidade de convocar por gênero a certos cavaleiros, o que é o que faríamos se disséssemos que todas as mulheres deveriam convocar mulheres. Fizeram isso aleatoriamente.

— Eu poderia concordar com isso — disse Thorndike. — Quinze de cada, e todos nós ficamos com 50% de chance. Desde que, como eu disse antes, as pessoas transgêneras sejam consideradas de acordo com a identidade de gênero autodefinida...

— Vem cá, me diz quem de nós você acha que vai pensar em convocar alguém que seja transgênero? — perguntou Lucky.

— Você tem algum problema com isso? — disparou Thorndike.

E aquilo se estendeu por mais meia hora.

— Meu problema — disse Soze, cansado — é que acredito que eles não tinham 15 de cada. Acho que definiram a razão de seis para nove e tiraram no palitinho dessa forma.

— *Meu Deus* — disse Puck. — Se *pelo menos* alguém aqui tivesse o telefone de um patriarca, para quem a gente pudesse ligar e perguntar. *Quem* poderia ser essa pessoa?

— Ele olhou para mim. Dei de ombros e peguei o celular. *Vamos acabar logo com isso e voltar para casa.*

— Então o quê? — perguntou Thorndike. — A palavra do Poe agora é nossa lei? Nós não passamos esse ano todo fazendo basicamente o oposto do que quer que aquele idiota diz? — Ela olhou para mim. — Sem ofensa.

Não importava. Alguns meses atrás, eu teria ficado feliz de ouvir alguma outra pessoa dizer isso. E mesmo que estivesse ofendida por ela estar contestando meu namorado, tinha de admitir que Thorndike tinha uma certa razão. Eu quase nunca concordava com as opiniões de Poe sobre as tradições da sociedade, e ele declaradamente detestava as nossas.

Engraçado como eu havia me esquecido de tudo isso no calor da Flórida. Teria sido o excesso de água salgada que havia desorientado tanto meu cérebro? De volta à escola, naquele mausoléu, eu era constantemente lembrada dos motivos por que sempre me desentendia com meu atual namorado.

A questão não era se ele podia ou não nos ajudar naquela situação difícil. Eu não queria correr para Poe ao primeiro sinal de problema ou discórdia. Podíamos resolver isso por conta própria. Não precisávamos da ajuda dos patriarcas. Pelo menos uma vez, queria provar que nós, os cavaleiros da C177, poderíamos lidar com aquilo sozinhos.

Principalmente considerando que aquela era a última chance que teríamos para isso.

Coloquei o celular de lado e suspirei.

Quarenta e cinco minutos depois, Puck cochilava ou fingia que cochilava, Angel tinha caído em silêncio, e tanto Little Demon quanto Graverobber tinham desistido há muito tempo de fingir que prestavam atenção. Big Demon parecia contar as estrelas pintadas no teto. Eu tinha certeza de que Lucky estava checando, disfarçadamente, o e-mail no iPhone. (Ou isso ou estava enviando mensagens de texto para Tristram Shandy, que também estava com a cabeça abaixada e as mãos envoltas na túnica escondidas embaixo da mesa.) Kismet, Frodo e Bond pareciam cansados enquanto Juno, Thorndike e Soze continuavam debatendo o assunto. Apoiei o cotovelo esquerdo no braço entalhado do trono, descansei o queixo na mão e fiquei observando.

E continuei observando.

E observando.

Eu já não conseguia nem pensar em mais nada para dizer àquela altura. Nem estava completamente certa de qual era o objetivo daquela discussão toda. Eu sabia do que se tratava 15 minutos antes... mas agora tudo em que conseguia pensar eram as cinco páginas que teria de fazer por dia para conseguir concluir minha monografia a tempo. E achava que a programação daquela noite já havia ido por água abaixo. Minha mão direita balançava o martelo para o lado do braço do trono, minha nuca ficava cada vez mais irritada pelo atrito da túnica contra a pele, e meu pé esquerdo começou a ficar dormente.

CRACK!

Todos olharam para cima. Eu me arrastei para fora do trono para resgatar o martelo do chão.

— Desculpe — falei, tropeçando na túnica enquanto subia de volta ao balcão. — Você estava dizendo, Thorndike?

— Não — disse Angel. — Acho que *você* estava dizendo, como Tio Tony, que precisamos *continuar logo com esta droga.*

— Eu concordo — disse Lucky. — Talvez deixar cair o martelo tenha sido um ato de Deus.

— De Perséfone — disse Juno.

— Não importa. Quer dizer que o tempo para discussão acabou. Eu apoio a moção da Cavaleira Bugaboo para encerrarmos logo este debate.

— Hã, todos a favor? — falei, aproveitando a oportunidade.

Como era de se esperar, a moção foi aprovada.

— Então como ficamos? — perguntou Little Demon. — Já não consigo nem mais acompanhar.

— Quinze bolinhas de gude de cada, e escolhemos aleatoriamente — resmungou Soze. — Isso vai ser um desastre.

— É só o justo — disse Thorndike presunçosamente.

— Ótimo! — Soze atravessou a sala e retirou de um armário um vaso e uma sacola de couro cheia de bolinhas de gude. — Para o propósito desta operação, bolinhas de gude pretas serão para homens, e vermelhas para mulheres, sem discussão, está bem?

Treze cabeças assentiram. Soze contou as bolinhas de gude, colocou-as no vaso, e sacudiu.

— Todos pegam, mas mantenham as mãos fechadas. Vamos revelá-las ao mesmo tempo.

Ele andou em volta da mesa, e cada cavaleiro pegou uma bolinha. Aproximou-se de mim, e coloquei a mão dentro do vaso, remexi um pouco, então fechei os dedos em volta de uma e a peguei. A sensação da esfera de vidro dentro do punho fechado era de algo frio e sólido. Soze pegou por último, depois estendeu o vaso para mim de novo.

— Como o Tio Tony da noite, por favor pegue uma segunda bolinha para nosso décimo quinto membro faltante.

— Nosso o quê?

Soze limpou a garganta e resmungou:

— Howard.

Peguei então, com a mão esquerda, e falei:

— Cavaleiros de Perséfone, levantem-se. — Todos em volta da mesa se levantaram e estenderam os punhos. — Quando eu contar até três: um, dois, três.

Todos abriram as mãos. Minha mão direita tinha uma bolinha de gude vermelha, e a esquerda, uma preta. Olhei em volta da sala, fazendo uma contagem rápida.

Nove pretas. Seis vermelhas.

Exatamente o que já tínhamos.

Por meio desta, eu confesso:
Não consigo sempre o que quero.
Na verdade, nem sempre sei o que
seria isso.

2.

Concessões

— Não posso acreditar nisso — disse Josh, pontuando a frase com um chute certeiro na beira da calçada. — Todas aquelas horas desperdiçadas.

— Se eu fosse um homem religioso, falaria que essa foi a forma que o universo encontrou de dizer para vocês relaxarem — ponderou George, passeando ao longo da calçada deserta dois passos atrás de nós, as mãos descontraidamente nos bolsos da jaqueta.

Josh parou bruscamente e se virou.

— Bem, talvez se você assumisse algumas das tarefas por fazer, nós poderíamos. Você nunca leva as questões da sociedade muito a sério.

— Claro — replicou George. — E me pergunto por que isso acontece?

Não era totalmente verdade. George sabia quando levar a sério, e quando era apenas um bando de tradições enfadonhas que deviam ser ignoradas.

Eu me coloquei entre os dois.

— Está bem, rapazes. Já é tarde, estamos todos cansados e estamos todos ainda um pouco em choque com o resultado. Vamos deixar qualquer outra discussão para amanhã, OK?

Josh se virou e saiu apressado em direção à Universidade Prescott. George deu de ombros e continuou a andar ao meu lado.

— Acho mesmo que essa minha teoria sobre o "universo" faz algum sentido — disse ele.

Murmurei assentindo. Talvez fizesse mesmo. De que outra forma poderíamos explicar os resultados? Horas de debate, e acabamos exatamente com a mesma razão da nossa turma.

— Ou talvez tenha sido apenas uma forma de o universo nos dizer que a C176 tinha razão? — continuou George.

Eu não tinha os meios necessários para responder a isso também. Ao ver o resultado das bolinhas de gude, imediatamente encerrei a reunião, e os outros cavaleiros foram espertos o suficiente para concordar que era uma boa jogada. Ninguém tinha energia para reagir de qualquer forma que fosse útil ou inteligente. Demetria, em particular, parecia prestes a implodir. Cuidaríamos disso no dia seguinte.

Olhei para o relógio. Duas horas da manhã. Quer dizer, à noite naquele mesmo dia.

Josh andava disparado à nossa frente. Eu não invejava Lydia pelo mau humor dele. Talvez fosse uma boa ideia Josh voltar para o próprio quarto naquela noite. No entanto, já fazia algum tempo que eu não via minha colega passar a noite sozinha, e isso com certeza não acontecia desde as férias de primavera. Não sei o que tinha acontecido lá na Espanha, mas o que quer que fosse havia levado a relação deles a um outro nível.

Josh não disse nada quando o encontramos no portão da Prescott. Eu me perguntei se ele achava estranho entrar na minha suíte, estando eu apenas alguns passos atrás — como se não entrar sozinho fosse um jeito de admitir que aquela, na verdade, ainda era *minha* suíte. E que ele era um convidado lá, não um morador em tempo integral.

Embora Josh certamente tivesse entrado na suíte sozinho várias vezes comigo lá dentro. Às vezes eu me sentia como se vivesse num seriado, no qual os amigos se sentem à vontade para entrar na sua casa sempre que querem, sem bater.

George parou na sua entrada de costume.

— Vejo vocês mais tarde — disse ele e, enquanto a porta fechava, notei que não subiu em direção ao quarto, mas se dirigiu para a direita e seguiu para o porão.

Hã? Isso era o que havia no porão:

1) A lavanderia. Chances de que George estivesse lavando as roupas brancas às 2 horas da manhã: 0%.
2) A despensa. Hambúrgueres, *bagels* de pizza e refrigerante de uva em abundância, mas àquela hora da noite estava trancada.
3) A passagem subterrânea para todas as outras entradas do prédio.

Apressei o passo, subi as escadas até a minha entrada de dois em dois degraus, abri a porta com força e corri a toda velocidade até o porão bem a tempo de ver o fantástico bumbum de George desaparecer no corredor em direção à ala do segundo ano.

Hã.

Encontrei um Josh confuso em frente à porta da nossa suíte no primeiro andar.

— O que foi isso?

— Nada. — Passei por ele empurrando-o e entrei em nossa sala. Aonde George estava indo? À noite? Em segredo? — Achei que tivesse me esquecido de tirar as roupas da secadora mais cedo.

— E você se lembrou de repente? — perguntou Josh.

Não que me importasse com o que George fazia. Eu o havia superado completamente. Ele poderia ter quantos encontros às 2 horas da manhã com quantas alunas de segundo ano quanto quisesse. Eu não estava nem aí. Tinha um namorado *e* já o havia esquecido.

— Isso. — Tropecei na sacola da lavandeira obviamente cheia de roupa suja das férias de primavera que eu havia arrastado para a sala naquela tarde, e depois imediatamente esquecido.

— Sei. — Josh balançou a cabeça. — Boa noite, Bugaboo.

Eu me encolhi quando ele desapareceu no quarto de Lydia.

— Dois dólares — sibilei atrás de Josh, mas duvido que tenha ouvido.

Tanto faz. Como se o que Josh pensava importasse mais do que o que George estava fazendo. Mesmo se ele estivesse fazendo o que eu pensei.* Ou se estivesse fazendo isso com uma aluna de segundo ano. Podia ser qualquer uma. Por que eu deveria me preocupar? Eu tinha Jamie, e isso não incomodava *George* nem um pouquinho. Ele havia até começado a incentivar. É hora de você superar isso, Amy.

---

*Quem a confessora pensa que está enganando? É o George. É claro que ele está fazendo o que ela pensa que está.

No meu quarto, me sentei à escrivaninha e abri o laptop. Alguns e-mails, incluindo um da minha mãe sobre os planos de viagem de formatura — nada que eu não pudesse deixar para responder no dia seguinte. O arquivo com o rascunho da minha monografia estava aberto. Cliquei nele e fiquei olhando para o cursor piscando por alguns minutos.

Uma janela de mensagem instantânea apareceu na minha tela.

DinkStover: Ei. Imaginei quando você deveria chegar em casa.

A nova janela piscou para mim, me desafiando a aceitar alguma coisa vinda desse estranho. Quem quer que Dink Stover fosse, sabia que eu só voltaria tarde. Cliquei em *Aceitar.*

DinkStover: Como foi lá?

Eu sorri. Ah, ele sabia, está certo.

AmyHaskel: Jamie?
DinkStover: Preciso mostrar o aperto de mão secreto?
AmyHaskel: É preciso ter muito cuidado nos dias de hoje.
DinkStover: Boa menina.

Contraí os lábios. O quê, eu era um cachorro, por acaso?

DinkStover: Então, como foi lá?
AmyHaskel: Tudo bem.

Meus dedos pairaram sobre o teclado. Será que eu deveria contar que tinha sido uma tortura completa? Perguntar a ele como tinha sobrevivido, principalmente sendo a voz da dissidência? Eu mal tinha me envolvido na discussão e estava arrasada. Ele devia ter sido a pessoa mais infeliz do planeta. Sobretudo porque, para Jamie, a Rosa & Túmulo era tudo.

DinkStover: Tudo bem se você não quiser falar sobre isso.

Longa hesitação.

DinkStover: Mas estou aqui, se você precisar de um ombro amigo.

Quando não respondi, ele escreveu de novo.

DinkStover: Ainda está aí?
AmyHaskel: Sim. Estou copiando a tela para provar que existe um Jamie Gentil.

Nenhuma resposta.

AmyHaskel: Estou brincando.
DinkStover: Não, não está.
AmyHaskel: É mais difícil provocar você quando não posso ver seu rosto.
DinkStover: Não vou andar até aí às 2h30 da manhã.
DinkStover: Espera... Isso *foi* um convite, certo?

Mordi o lábio. Será que foi? Eu já nem sabia mais.

AmyHaskel: Muito cansada, na verdade. Aula amanhã.
DinkStover: Entendo. Então pelo menos me conta quantas pessoas você tem na lista de candidatos.

Eu devia ter imaginado que um Coveiro insistente como Jamie não desistiria tão fácil de saber detalhes da nossa deliberação.

AmyHaskel: Ainda não pensei sobre isso.
DinkStover: Pode acreditar que eles já pensaram.
AmyHaskel: O que você quer dizer?
DinkStover: Você sabia que era uma forte candidata à Pena & Tinta ano passado, certo?
AmyHaskel: Até vocês estragarem tudo.
DinkStover: Mas você sabia. Contava com isso.
AmyHaskel: E daí?
DinkStover: Bem, nossos fortes candidatos também estão esperando por isso.
AmyHaskel: Mas o que isso importa para nós? Não vou convocar alguém só porque ele conta com isso.
DinkStover: Fala como a verdadeira irmã mais nova do Malcolm. Mas também não faça o oposto. Não *deixe* de convocar alguém só porque é o que se espera.

Franzi a testa olhando para a tela. *Não venha me dar sermão.*

AmyHaskel: Está vendo? É por isso que eu não queria conversar sobre esse assunto.
DinkStover: Está bem. Vou só presumir então que são os três.

Os três? Os três o quê? Cada um de nós deveria começar com uma lista de três candidatos e ir eliminando? Josh não tinha falado nada sobre isso naquela noite, mas talvez fosse porque todos os outros já soubessem como funcionava. Afinal de contas, tinham passado por todo o processo da triagem. Mas, se fosse o caso, por que Malcolm teve que me escolher ano passado? Depois de todo o desastre com Genevieve, ele não podia ter escolhido um de seus dois candidatos reserva? Ou eu era uma candidata reserva, e era um procedimento padrão nos deixar alheios sobre o nosso status? Hesitei, depois comecei a digitar.

AmyHaskel: Provavelmente vou me arrepender disso, mas o que são "os três"?
DinkStover: As três pessoas que eu já sei que estão em sua lista de candidatos.
AmyHaskel: E quem, por favor, me diga, seriam essas pessoas?
DinkStover: Os suspeitos de sempre: a editora-chefe e o editor-executivo do Eli Daily News, e, porque se trata de você, a editora-chefe da revista literária.
AmyHaskel: Ah. Esses.

É claro que era assim que funcionaria. A Rosa & Túmulo sempre tentava convocar ou a editora-chefe ou o editor-executivo do *Daily*. Eles provavelmente estavam sentados em casa esperando que o pequeno envelope preto e branco deslizasse por baixo da porta a qualquer minuto. E embora eu nunca tivesse tido experiência de trabalho com jornalismo na faculdade, esperava-se que eu selecionasse um deles para me substituir. Era assim que o sistema funcionava.

Eu nem conhecia a editora-chefe, embora tivesse lido algumas de suas colunas, e seu nome era motivo de inveja ou de piada na minha suíte (dependendo de quantas doses de vodca com jujuba tínhamos tomado): Kalani Leto-Taube. Sua reputação envolvia realizações e elegância, e ela devia ocupar a primeira posição em qualquer lista de candidatos que eu fizesse. A Rosa & Túmulo não tinha conseguido a editora-chefe no ano anterior. Eu podia corrigir isso.

O editor-executivo eu conhecia, infelizmente. Topher Cox. Ele dera em cima de mim, bêbado, em Cambridge, no Jogo, durante meu penúltimo ano. Juntando a camiseta de Andover e o olhar malicioso, eu tinha certeza de que ele era de Harvard. Foi Glenda, minha predecessora na revista literária, que havia me explicado que ele era o garoto de ouro lá do quartel-general em forma de castelo do *Eli Daily News*.

Um filho de Eli. Um dos nossos. E se eu seguisse o *modus operandi* padrão dos Coveiros, ele ficaria em meu lugar.

AmyHaskel: Devo escolher uma garota.
DinkStover: É assim que vocês estão fazendo? Todas as garotas escolhem garotas?
AmyHaskel: Você vai continuar me *amolando* até eu lhe contar tudo?
DinkStover: Temos maneiras de fazê-la falar, senhorita Haskel.

Sorri e digitei *gostaria que estivesse aqui.* Mas não cliquei em *Enviar.* Depois de apagar prudentemente o que havia escrito, digitei:

AmyHaskel: Você mencionou uma questão interessante. E se nosso candidato perfeito for do gênero errado?

DinkStover: Você tem que encontrar uma maneira de resolver isso. Seu convocado perfeito pode ser do gênero errado, ou pode estar no exterior e inalcançável, ou pode não estar interessado em se juntar ao grupo. Nem todos conseguimos nossos candidatos perfeitos.
AmyHaskel: Verdade. Malcolm não conseguiu.
DinkStover: Malcolm se saiu bem.
AmyHaskel: Ah, então *agora* você aprova a escolha dele?
DinkStover: Você sabe que sim.

Eu me pergunto o que Jamie teria feito se tivesse tirado uma bola de gude de garota no ano passado. Na verdade, espera aí...

AmyHaskel: Quem é a sua irmãzinha? Mara?
DinkStover: Não.
AmyHaskel: Quem?

Houve um longo silêncio. Jamie provavelmente estava tentando descobrir a melhor maneira de me repreender pela falta de observância aos costumes. Talvez, se eu fosse mesmo uma boa Coveira, tivesse memorizado a linha de sucessão de cada cavaleiro desde 1832. Tenho certeza de que ele tinha memorizado. Eu não sabia nem quem tinha convocado Malcolm, meu próprio irmão mais velho. Por outro lado, eu tinha evitado Jamie ao máximo durante os primeiros meses em que nos conhecemos. Não era como se eu tivesse passado muito tempo procurando pela companhia dele ou de qualquer pessoa no clube com quem ele provavelmente sairia.

DinkStover: George foi meu convocado, Amy.

Pisquei olhando para a tela. Obviamente era porque eu estava acordada até tarde. Aquilo não fazia o menor sentido. Eles nunca saíam juntos. Não eram nada parecidos: nem em termos de passado, nem personalidade, interesses ou formação profissional... A única coisa que George e Jamie tinham em comum era... bem, eu.

AmyHaskel: Eu não sabia disso.
DinkStover: Agora sabe.

Qual seria a réplica correta aqui? *Sinto muito por você ter convocado alguém com quem eu vim a dormir antes de começar a gostar de você — que dirá* namorá-lo —, *com quem ainda não dormi?*

E que bela forma de levantar essa questão, Amy. Mas, ainda assim, eu precisava dizer alguma coisa; o silêncio na tela estava se tornando fatal. O cursor piscava para mim como se fosse uma bomba-relógio.

AmyHaskel: Você não gosta dele.

Provavelmente nunca tinha gostado, nem mesmo durante a primavera anterior. George Harrison Prescott tinha nascido em berço de ouro, e então, com a combinação tripla de aparência, cérebro incrível e charme impressionante, recebeu o restante da vida de bandeja — de ouro, para combinar. Nunca precisou batalhar por nada. Nem por Eli nem por garotas, e nem pela Rosa & Túmulo. Na primavera anterior, a turma de Jamie tinha praticamente o obrigado a aceitar a convocação. Como George era herdeiro de um dos patriarcas que mais os apoiavam, a filiação era uma necessidade absoluta. Na reunião, George tinha mencionado que a presença constante do irmão mais velho tinha "prejudicado seu estilo". Fora de brincadeira. Não é de se espantar que eu não os visse muito juntos. George e Jamie claramente não tiveram o mesmo tipo de relação que eu e Malcolm.

Jamie ainda não havia me respondido. Talvez George não tivesse sido o único a se sentir forçado naquela Noite da Convocação. E talvez esse não fosse o tipo de conversa para mensagens instantâneas.

AmyHaskel: Sabe, ficar sentado em silêncio sepulcral perde o impacto em mensagens instantâneas. Fico apenas achando que sua conexão de internet caiu.
DinkStover: Droga.
AmyHaskel: Acho que vou dormir. Você vai amanhã?
DinkStover: Vamos ver.
AmyHaskel: Quero ver você, de qualquer jeito.

Ele ficou em silêncio, e eu o imaginei em seu apartamento solitário, do outro lado da cidade, sentado no sofá, sem camisa (ei, uma garota pode sonhar) e olhando para aquelas palavras na tela. Então sorri.

DinkStover: Você vai. Boa noite, Amy.
AmyHaskel: Boa noite, Pijamie.

Sozinha na cama enquanto os caminhões de lixo e varredores de rua anunciavam a manhã na estrada além dos limites da Universidade Prescott, pensei em todas as vezes em que eu tinha ido procurar Malcolm enquanto lidava com alguns dos elementos mais desconcertantes da filiação a uma sociedade. Será que George tinha feito o mesmo?

Ei, Jamie, estava pensando o que você acha disso. Outro dia, Amy e eu transamos no mausoléu abandonado. Até mesmo no Templo Interior. Está tudo bem?

Em que eu havia me metido?

Na noite seguinte, o clube se reuniu para decidir os detalhes. Durante o jantar, Soze expressou seu desejo ardoroso de que o debate do dia anterior tivesse ficado para trás e que o restante do processo de convocação corresse "tranquila e harmoniosamente".

Pobre garoto ingênuo.

Embora todos tivéssemos chegado levando nossas listas de candidatos, como Soze pedira por e-mail naquela manhã, aquilo era qualquer coisa menos o processo simples e direto com que nosso querido secretário contava.

Recontar em detalhes pode fazer meu cérebro explodir, e vou precisar dele para me formar. Então seguem aqui as piores partes:

1) Pelo menos três dos cavaleiros já queriam ser liberados do gênero determinado pelas bolas de gude. Inclusive Thorndike.
2) As listas de candidatos de alguns cavaleiros não eram nada curtas. Por exemplo, Frodo tinha selecionado cada um dos cantores dos onze grupos vocais formados somente por homens do campus (e uma

quantidade considerável de tenores talentosos fora da esfera *a capella*).

— Veja dessa maneira — dissera ele para explicar —, metade desses caras vai se juntar aos Whizzbangs de qualquer forma. Então isso diminui muito a chance de conseguir um deles de fato.*

3) Por outro lado, algumas listas foram consideradas pequenas demais (a minha, que só tinha os "três" que Poe havia sugerido), muito inadequadas ou completamente dadaístas. A última demonstração de revolta de Puck foi apresentar sua lista dizendo:

— Após longa consideração, decidi que atualmente ninguém no campus está de acordo com as especificações adequadas para ocupar meu lugar na sociedade. Sendo assim, apresento a seguinte proposta: desejo que todo o poder de influência dos Coveiros seja empregado para encorajar pelo menos uma, se não mais, das seguintes pessoas a se matricular em Eli dentro do próximo mês: Samuel L. Jackson, Richard Branson ou Hunter S. Thompson.

— Hunter S. Thompson está morto — afirmou Bond.

— Ótimo. — Puck consultou seus candidatos reserva. — O príncipe Harry de Windsor serve.

*A confessora lamenta informar que isso gerou uns bons quinze minutos de discussão, durante os quais Juno ponderou que talvez conseguissem convencer mais facilmente uma cantora a deixar seu lugar no grupo feminino de veteranas, o qual tinha significantemente menos prestígio. Então Thorndike se perguntou — em voz alta — o que tinha sido dito sobre a heteronormatividade e desvalorização de qualquer coisa classificada primeiramente como feminina. E Graverobber disse que canto era afeminado sob qualquer perspectiva. E Soze pediu que se restabelecesse a ordem antes que o mundo desabasse.

Pisquei, tentando imaginar a lista que continha jornalistas gonzo falecidos e membros da realeza britânica de grande interesse para os tabloides. Para ser perfeitamente honesta, Harry não seria um candidato tão ruim.

4) E o pior de tudo, Poe assistiu a reunião toda e só abriu a boca para tomar um gole de café. Nem olhou para mim enquanto George fazia o ridículo pronunciamento sobre quem era digno de substituí-lo (embora eu definitivamente tenha olhado para Poe por tempo suficiente para avaliar sua reação: não achou graça).

Poe conservou a expressão indiferente mesmo nos momentos em que o debate ficou mais acalorado, e se negou a oferecer conselhos sobre quaisquer de nossas listas ou sugestões, apesar da frequência com que os outros Coveiros e eu olhávamos para ele em busca de uma opinião — ainda que fosse tácita.

Eu devia ter sido mais incisiva, mas uma discussão pública com meu novo namorado, e relação incestuosa dentro da sociedade, dificilmente iria amenizar a tensão dentro do mausoléu. Além disso, já o conhecia o suficiente para saber que quando Poe se importava em manter as opiniões para si era porque estava munido de uma arma de destruição em massa. O que quer que dissesse iria provavelmente arrasar conosco. "Caminhe suavemente e carregue um grande porrete" estava praticamente gravado no peito dele.

Poe devia mesmo achar que éramos um caso perdido.

As únicas coisas que tínhamos resolvido no fim da reunião é que tentaríamos realmente conseguir um "convocado de ciências" para preencher o lugar deixado por Howard, e que se quaisquer dois cavaleiros assim desejassem, poderiam "trocar as bolas de gude" para conseguir um convocado que podia não ser do gênero certo, mas de outra forma se adequava às exigências deles. Esse último lance colocou Topher Cox de volta ao jogo para mim. Isto é, se alguém quisesse uma garota.

Quando a reunião terminou, Poe me acompanhou até Prescott, conversando sobre tudo menos o assunto em que eu estava interessada — o que ele achava do nosso processo. Em vez disso, ficou falando sobre se devia ou não se candidatar à revista de direito de Eli.

— Por um lado, tem grande prestígio — seguiu dizendo.

— Bem, parece perfeita para você.

Se ele entendeu meu sarcasmo, não demonstrou. Ou talvez tenha apenas concordado comigo.

— Mas, por outro lado, exige um grande comprometimento. Talvez eu prefira fazer uma matéria prática ou ter mais horários livres. Caso apareça alguma coisa.

Desviei o olhar do caminho, me envolvendo finalmente com a conversa.

— Como o quê?

Ele deu de ombros.

— Não sei. Outras oportunidades. Um bico de pesquisa com um professor. Um emprego.

— Então ter um horário flexível me parece uma escolha inteligente. — Ri melancolicamente. — Olhe para mim. Sou o símbolo da flexibilidade.

Ele deslizou um braço pelos meus ombros.

— Você tem alguma ideia de quando deve ter uma resposta daqueles requerimentos? Para bolsa de estudo ou para pós-graduação?

— Já recebi algumas — admiti, relutante. — Um monte de "obrigado, mas não obrigado" até agora. Talvez eu estivesse me iludindo com a ideia de que devia mudar meus planos. Meu currículo é ótimo para uma assistente em uma agência literária ou uma editora. Não foi projetado para impressionar ninguém que não seja desse meio.

Jamie estava em silêncio ao meu lado. Imaginei que ele soubesse disso melhor do que qualquer outra pessoa — afinal, ele tinha avaliado meu C.V.

— *É claro que não, Amy* — sugeri a resposta que queria ouvir. — *Não seja boba. Alguém com certeza vai selecionar seu requerimento logo, logo.*

— E se não selecionarem? — perguntou ele, ignorando meu script de namorado consolador. — Você não está mais interessada na sua opção? Ir para Nova York para trabalhar no setor editorial?

— Não. Acho que ainda poderia conseguir um emprego legal lá, poderia começar a procurar ainda neste verão se eu quisesse. Eles não contratam com antecedência como as empresas de consultoria. Contratam quando há uma oportunidade, e as pessoas procuram o tempo todo. Mas...

— Mas o quê? Não era mais o que eu queria? Ou pior, eu não sabia mais o que queria. Uma dívida de cem mil dólares para conseguir um diploma e eu não tinha ideia do que fazer com ele. Diploma da Eli ou não, broche da Rosa & Túmulo ou não, ainda soava como fracasso.

— O que você faz logo em seguida não é a sua vida, Amy — disse Jamie.

— É fácil para você ver as coisas desse jeito, calouro de Direito da Eli. Além disso, você estava bem amargo quando acabou fazendo paisagismo no verão passado.

— Cometi o erro de não ter um bom Plano B — disse ele. — E não queria que você fizesse o mesmo. Não há nada de errado com um Plano B. Faça tudo direitinho e ninguém irá saber que não era sua primeira opção.

Falou como um verdadeiro guardião de segredos.

— Porque o que as pessoas acham tem muita importância — debochei.

— Tem sim — disse Jamie. — E você sabe disso. Malcolm foge para o Alasca para pescar por um ano e isso soa romântico, boêmio e natural. Malcolm foge para o Alasca para pescar por um ano porque o estresse de perder a família e a carga de trabalho do primeiro ano na faculdade de administração podem tê-lo abatido, isso soa como algo patético. Uma fraqueza. E não como alguém a quem você deveria poder confiar seu dinheiro. Não como um Coveiro.

Ele estava certo, é claro. Eu tinha pensado no ano sabático de Malcolm como nada além de um pouco de diversão antes de começar o trabalho pesado, e era mesmo sexy e viril e aventureiro. Pensando naquilo como o que ele diria para as pessoas, academicamente o registro de um colapso nervoso não seria muito bem aceito.

— E então volto a perguntar: você não quer mais ir para Nova York? — indagou Jamie.

Olhei para os meus sapatos. A verdade era que eu queria mais estar ali agora do que há um mês, quando tinha enviado requerimentos para cursos de pós-graduação que poderiam me levar para o sul, para oeste ou de volta a Ohio. Agora eu tinha uma razão para querer estar a uma pequena distância da Eli. E ela estava bem ali na minha frente.

Jamie me acompanhou depois que passei pelo portão e subiu até minha porta.

— Quer entrar? — perguntei.

Ele se apoiou na ombreira da porta.

— Já é tarde.

— É.

— E é um longo caminho até em casa.

— É.

— Então se eu entrasse mesmo...

— Seria melhor você ficar — concluí.

— É. — Ele olhou para a porta por bastante tempo, depois se virou para mim. — Mas... para dormir.

— Ah — assenti.

— Porque já está tarde.

— Está mesmo.

Mas esse não era o problema. O problema mesmo é que ainda era cedo. Quando cruzamos a soleira da porta, me admirei com o fato de que parecia haver tantas regras num relacionamento verdadeiro quanto no meu caso com George ou na minha amizade colorida com Brandon. As coisas que faríamos, as coisas que *diríamos* — e as coisas que não diríamos ou faríamos.

O quarto de Lydia estava vazio, então ou ela ainda estava na biblioteca ou passaria a noite com Josh. Estávamos sozinhos. E talvez aquele pensamento tenha me deixado só um pouquinho nervosa, apesar de nossos parâmetros estabelecidos para esse *tetê-à-tête*. Nervosa o suficiente para pular a parte de ficarmos agarradinhos e cair nos velhos maus hábitos. Continuei a ofensiva.

— Por que você não disse nada na reunião hoje à noite?

— O que você quer dizer?

Poe estava bancando o inocente? Boa tentativa, amigo. Ainda assim, eu não ia perder a classe.

— Estávamos — disse e parei para respirar — tendo muita dificuldade. E você ficou só lá sentado.

— Com relação a isso, acho que não vou às próximas reuniões — disse ele. — É como um *flashback* de combate.

— Ótimo. Bem quando precisamos de você.

Ele ergueu as sobrancelhas.

— Precisam de mim? Ah, isso é tão fofo. Mentira, mas fofo.

— Estou falando sério. Seria ótimo contar com a sua ajuda.

— E ainda assim, eu passo.

— Desde quando você deixa passar qualquer coisa que tenha a ver com a sociedade?

Ele balançou a cabeça.

— Eu já passei por isso. E foi um dos acontecimentos mais torturantes, penosos, corrosivos de relacionamento de toda minha vida. Não vou fazer amigos se eu me meter nas deliberações de vocês, e tenho um interesse pessoal em não fazer nada que possa colocar em risco as poucas amizades que fiz no seu clube. Uma em particular.

— Ontem você queria todas as informações.

— Você me contar em particular sobre o que está pensando após uma longa noite é diferente de eu distribuir conselhos para todo o seu clube no mausoléu. Entretanto, fico mais do que feliz em dar apoio a *você*, minha namorada. Sei como essa época pode ser difícil.

— E você pode torná-la mais fácil.

— Não, não poderia. — Ele se deixou cair no sofá. A convocação do ano anterior foi contenciosa por minha causa. Os debates duravam dezoito, vinte horas ininterruptas.

Dificilmente sou um modelo exemplar para deliberações tranquilas.

— Mas você aprendeu a lição — argumentei.

— Não — replicou. — Se houvesse uma questão em que eu acreditasse, ainda lutaria por ela, e aconselho você a fazer o mesmo.

— Mas você estava errado no ano passado! — falei, irritada.

— Não, não estava — disse ele, e minha boca se fechou. Hã? — O que aconteceu conosco na primavera passada foi exatamente o que eu disse que aconteceria. Isso causou um problema enorme, atingiu nossos membros, atingiu os convocados, e prejudicou a relação dos nossos dois clubes com os patriarcas. E provavelmente fará o mesmo com os futuros clubes, e pode levar anos para as coisas se acalmarem.

Fiquei olhando para ele chocada. O que tinha acontecido com meu Poe da Flórida, que tinha me abraçado em águas ensolaradas e me protegido de sabotagem e me tratado como igual — não, como mais do que igual. Como algo precioso. Que se sentia feliz por eu estar nessa sociedade. Pensei que ele havia mudado. Pelo menos, pensei que tivesse mudado de ideia sobre ter mulheres no clube.

— Então sim, eu não estava errado — continuou. — Isso foi, é e continuará sendo uma questão. Mas... — ele segurou minha mão e prendeu meu olhar — vale a pena, Amy.

Já no meu segundo semestre como veterana, minha carga horária encaminhava-se para o fim iluminado. Fora o crédito dedicado a trabalhar na monografia final, eu estava fazendo três matérias: um seminário sobre Nabokov que eu vinha esperando por quatro semestres que se encaixasse em meu horário, um estudo interdepartamental do Pensamento Protofeminista na literatura, teatro e arte vitorianos e um curso de análise geológica sobre mudanças atmosféricas que eu estava fazendo com conceito aprovado ou reprovado, no qual essa é a informação que vai para o histórico, e não a nota.

Essa última matéria tinha sido um acréscimo recente à grade de horários. Pouco antes do encerramento do período de inclusão/exclusão de disciplinas no mês anterior eu tinha sido avisada pela secretaria da universidade de que precisava de créditos no Grupo IV (termo usado em Eli para "ciência pesada"). Dada a natureza dos trotes que a Cabeça de Dragão estava fazendo comigo na época (eles também tinham violado o sistema da biblioteca para me colocar como responsável por todos os livros desaparecidos desde 1963), acreditei que fosse mais uma das pegadinhas deles. E continuei alegremente na disciplina de Introdução à Itália Renascentista, que estava cursando porque o professor parecia legal e gostava de encontrar os alunos para tomar cerveja e conversar num bar local toda sexta à tarde.

Mas não tinha sido sabotagem. No dia seguinte, toda a lista da turma do meu seminário de antropologia do segundo ano foi chamada no escritório do reitor e informada de que embora a aula tivesse uma designação III/IV no Catálogo de Cursos (graças a uma excursão a um laboratório de ossos), não poderia ser usada para completar a exigência de distribuição de créditos. Aparentemente o curso como um todo foi considerado um pouco "fraco" para os puristas do

Grupo IV, e eles o haviam rebaixado para o Grupo III (onde ficavam as matérias que meu amigo que estudava Física chamava, desdenhosamente, de “ciências das pessoas”, como a linguística e a sociologia).

Tchauzinho, Medici.

A única outra disciplina fácil de Grupo IV que eu poderia fazer no esquema aprovação/reprovação batia com o horário daquela sobre Nabokov. Não era uma opção, uma vez que esse curso era minha alma, minha lama. Então tinha que ser mudanças atmosféricas — mesmo que o departamento de geologia ficasse o mais distante possível do centro do campus de Eli. Pelo menos a turma só se reunia por 50 minutos, duas vezes por semana, às 11h30.

Na verdade, deveria haver uma reunião semanal com um monitor também, mas eu nunca tinha ido. Afinal, estava estudando no esquema de aprovação/reprovação. Não era uma questão de opção, uma vez que eu tinha começado aquela porcaria mais do que três semanas atrasada.

Naquela manhã em particular, antes da jornada através do campus até o prédio de ciências, eu tinha um encontro com meu orientador de monografia para conversar sobre o progresso com a lista de leituras que ele havia recomendado assim como sobre o trabalho em si. Foi assim:

Amy diz: Está indo bem! Gostei muito de toda aquela análise que você me deu sobre *A Eneida*. Terei uma versão preliminar para mostrar até o final da próxima semana.
Amy pensa: Estou perdida.

Ao deixar o escritório do Professor Burak mais tarde, vi Arielle Hallet, minha sucessora como editora da *Revista Literária de Eli* e uma das pessoas em minha lista de candidatos, sentada nos degraus do prédio, ajustando o iPod.

— Amy — chamou ela, tirando os fones de ouvido e sorrindo para mim. — O que conta de novo?

— Nada de mais. — Que sorte. Eu estava querendo mesmo ter uma conversinha com Arielle. Fui para perto dela, que estava na base da escada. — Como foram as férias de primavera?

— Incríveis. Fui para Cabo com minha colega. E você?

— Fui para Flórida com alguns amigos. — Puxei as costas da camiseta para baixo para cobrir a tatuagem. — Depois passei uma semana trabalhando para a Habitat.

— Minha nossa — exclamou ela. — Sempre quis trabalhar para a Habitat para a Humanidade. Você foi com o pessoal da sede local da Eli?

— Não, só com um grupo de amigos — respondi. Um grupo de Coveiros, para ser mais sincera, mas eu não devia falar sobre isso com uma bárbara.

— Eu devia tentar fazer isso — disse Arielle, guardando o iPod. — Talvez no ano que vem.

Assenti e olhei para o relógio. Faltavam vinte minutos para a aula.

— Você está indo para mudanças atmosféricas? — perguntou.

Olhei para ela confusa.

— Você também faz essa aula?

Ela riu.

— No esquema de aprovação/reprovação. Tenho faltado muito.

Bem, claramente tínhamos mais coisas em comum do que eu havia pensado inicialmente. Arielle não teria sido minha primeira opção no ano passado para editora da revista literária. Mas tinha sido a única a se candidatar (no ano anterior, eu e Brandon tínhamos competido pela vaga). Ela vinha sendo uma aplicada recrutadora de vendas desde que tinha entrado para a equipe quando era caloura, conseguindo regularmente bem mais do que sua quota de faturamento publicitário. Essa sempre tinha sido a parte do trabalho de que eu menos gostava. Detestava ir a cafeterias e papelarias pedir por dinheiro em troca de um espaço do tamanho de um cartão pessoal em uma página de uma revista que raramente alguém lia (com exceção daqueles que apareciam em suas páginas). Arielle, no entanto, gostava dessa função.

Se ao menos ela fizesse com gosto também a parte de selecionar as histórias. Não estou dizendo que acho que o editor da revista literária tenha que estudar literatura, como eu. Brandon está fazendo matemática aplicada. Acho que Arielle faz história ou talvez estudos americanos. Alguma coisa parecida. Mas não tinha certeza de que ela gostava tanto assim de literatura. Nunca tinha participado de nenhum debate do escritório sobre livros ou autores, e não parecia particularmente muito versada em livros, fossem literários ou de ficção popular.

Tinha argumentado isso com Brandon na época em que a havíamos promovido ao cargo de editora.

— Não sei se gosto da ideia de ter uma editora de revista literária que não sabe o que é o Booker Prize.

— Esse prêmio é britânico — replicou ele. — Fique feliz por ela saber sobre o Pulitzer.

Então acabei ficando com Arielle mesmo, e se eu tinha notado qualquer queda na qualidade da revista desde que o nome dela começara a aparecer no alto do cabeçalho, nunca havia comentado isso com ninguém. E eu a havia colocado na minha lista de candidatos para a Rosa & Túmulo, nem que fosse só para aumentá-la um pouquinho. Afinal, Arielle e eu tínhamos mais em comum do que Topher Cox e eu jamais teríamos.

Talvez eu nunca tivesse dado a ela uma chance adequada antes. Ela claramente *valorizava* literatura, mesmo que não fosse exatamente uma escritora. E o fato de ter se dedicado tanto à revista literária sem nenhum sinal visível de inclinações literárias queria dizer... alguma coisa, certo? Talvez essa fosse minha oportunidade de descobrir o que era. Se a Rosa & Túmulo pôde me fazer ficar amiga de Clarissa Cuthbert e James Orcutt, talvez pudesse fazer o mesmo comigo e Arielle Hallet.

Conversamos durante toda a subida para o prédio de ciências e nos sentamos juntas na parte de trás da imensa sala de conferências do departamento de geologia (apelidado de "Bat Caverna" pelos alunos de geologia, que claramente passavam mais tempo com pedras do que com pessoas). Mais tarde, ela insistiu em um almoço tardio no refeitório comum da Eli, e depois tive que correr para Nabokov, então fomos cada uma para um lado.

Ou pelo menos era o que eu pensava. Quando a aula acabou, fui ao banheiro. Conforme saía da sala anexa do departamento de engenharia onde ocorria o seminário, bem atrás dos meus colegas, vi Arielle se arrastando de volta para a parte principal do campus, de cabeça baixa, com os fones do iPod no ouvido, indo tão rápido que fazia um pouco de barulho enquanto andava.

No almoço, ela havia me contado que tinha uma aula de história da arte do outro lado do campus. Então o que estava fazendo do lado de fora do prédio de engenharia?

Tinha ficado esperando por mim?

Por meio desta, eu confesso:

A sociedade me mudou.

Não tenho certeza se é uma coisa boa.

3.

Perseguidores

Nos dias que se seguiram, vi Arielle muitas vezes. Ela estava na cafeteria que eu frequento, nos meus caminhos de ida e volta das aulas e sempre guardava um lugar para mim na aula de mudanças atmosféricas. Não que não houvesse vários lugares vagos no imenso auditório. Vi mais Arielle naquela semana do que tinha visto quando trabalhamos juntas na revista literária.

Se ela estava me seguindo, só poderia haver um motivo. A convocação. Como Jamie tinha me prevenido, as pessoas da minha lista de candidatos estariam pensando no fato de *estarem lá*. Arielle devia ter presumido — com razão — que tinha uma chance. Essa súbita amizade comigo era sua tentativa de consolidar a situação? Ou de me lembrar que ela estava ali, esperando para ser convocada? Pensei que nós é que tivéssemos que começar a nos fazer presentes na vida *deles*.

Esperava que ela soubesse que eu estava na Rosa & Túmulo. Se estivesse me seguindo pelo campus para conseguir uma vaga na Pena & Tinta, iria se decepcionar.

Na manhã de sábado, Arielle andou furtivamente até onde eu estava, na fila do refeitório da Universidade Prescott.

— Oi, Amy — disse ela, vivamente, e se serviu de uma colherada de ovos mexidos.

— Oi. — Coloquei calda sobre as panquecas e levantei a bandeja, pronta para seguir para a área das bebidas e para o carrinho de sobremesas.

Arielle não residia na Prescott, não estava com o cabelo molhado e com um moletom grande do tipo passei-a-noite-com-um-garoto, e as chances de estar ali para encontrar um amigo às 8 horas eram mínimas.

De fato, eu mal tinha começado a comer quando a vi sair da fila do refeitório, o olhar examinando o salão antes de aterrissar em mim, visivelmente animado, e vir em minha direção.

— Você se importa se eu me sentar aqui? — perguntou ela, colocando a bandeja entre as de Josh e Lydia (os pombinhos estavam se agarrando agora perto do carrinho de café). Aquilo estava indo muito bem. Eles estavam praticamente grudados.

— Hum, acho que essas duas bandejas estão juntas... — comecei, enquanto ela se sentava. Mais Arielle? Ela era legal e tudo, mas eu estava começando a duvidar que a proximidade ia me fazer gostar mais dela. Arielle estava perdendo pontos para Topher Cox, quem diria? Naquele momento, Kalani Leto-Taube poderia vencer por pura falta de opção. Eu realmente não sabia nada sobre ela.

Ainda. Isso continuava na minha lista de Coisas a Fazer, se eu conseguisse me livrar daquela sombra, claro.

Lydia e Josh voltaram com xícaras de café e fiz as apresentações.

— Prazer em conhecê-la — disse Josh, deslizando a bandeja pela mesa e se sentando ao meu lado.

Arielle o ignorou (jogada ruim, Hallet) e começou a falar sobre o que descobri ser seu assunto favorito: Eu Queria Tanto Que Meu Ano de Formatura Pudesse Ser Tão Maravilhoso Quanto o Seu Parece Estar Sendo.

Hilário, não é? Talvez eu devesse contar a ela sobre os trotes, o coração partido, o sequestro. Mas que diabos, podia até dar algumas dicas sobre o incidente com os jatos de vômito. Isso a curaria rapidinho da paixão incontrolável pela Rosa & Túmulo.

— Se eu fosse você, tentaria de todas as formas evitar que suas férias de primavera fossem como as da Amy — disse Lydia por fim, tentando sem sucesso abafar o riso por trás da xícara.

— Você estava na viagem da Habitat? — perguntou Arielle entusiasmada a Lydia. — Não gostou?

— Não, não faço parte desse grupo — respondeu Lydia calmamente, e bebeu outro gole.

Josh mexeu em seu jornal, fazendo barulho.

— Amy, você viu o novo artigo crítico de Topher Cox?

Arielle o fuzilou com o olhar.

— Não gostei — disse ela rapidamente. — Aquele cara não consegue nem formar uma frase direito, mesmo em defesa do próprio lixo sexista. Que golpe ele deu para conseguir a vaga de editor-executivo eu nunca vou saber.

Então pelo menos Arielle sabia quem estava competindo com ela.

— Talvez tenha sido... hã, persistência? — sugeri. Por cima da cabeça de Arielle, vi George no bufê de saladas, e pedi licença.

— Ei — falei, me encontrando com ele onde estavam os molhos. — Está vendo aquela garota na minha mesa?

Ele olhou.

— Estou. Bonitinha. — Ele se virou de volta para pegar um pouco de gorgonzola.

— Não estou armando um encontro para você, George! Aquela é Arielle Hallet.

— Ah. — Ele olhou de novo. — Ainda assim é bonitinha.

— Bem, ela está começando a me encher a paciência. Aparece sempre que eu acho que vou ter um pouco de sossego.

George sorriu.

— Então começou. Tive que lidar com isso do lado oposto na primavera passada.

— Com Jamie? — perguntei, em tom seco.

Ele fingiu hesitar.

— Sim, bem... Ei, pelo menos não é o Topher Cox. Aquele cara é um idiota.

— Arielle estava nos dizendo a mesma coisa.

— Sério? — George ergueu o olhar dos pedaços de bacon. — Dê a ela algum crédito por pesquisar quem mais você provavelmente indicaria. Bem Coveire-esco da parte dela. O que ela disse sobre a Kalani? Porque se você me perguntar, essa é a verdadeira rival dela. Ela é a garota mais sexy do penúltimo ano... — George ficou quieto quando um grupo de alunos do primeiro ano passou se acotovelando do outro lado do bar.

— Não convocamos com base em quem é mais sexy, George.

— Fale por você — brincou ele.

Revirei os olhos.

— Você vem se sentar com a gente?

— Com a perspectiva dessa conversa incrível? Hummm...

De volta à mesa, a frustração de Josh com o fato de Arielle desconhecer o status de Coveiro dele começava a dar sinais, e Lydia, divertindo-se com tudo aquilo, sustentava a conversa com comentários que faziam o vermelho ao redor das orelhas dele ficar ainda mais vivo.

Esse era o defeito de projeto inerente de uma sociedade secreta. As sociedades convocavam jovens ambiciosos, brilhantes, bem-sucedidos, cheios de orgulho e com um toque mais do que casual de excesso de confiança. A iniciação era um momento de triunfo na vida deles — prova de que estavam, de fato, entre os eleitos.

Mas só que não podiam contar a ninguém.

Então a bajulação de Arielle em torno de mim e de minha amiga só irritava ainda mais o pobre Josh, que devia ser um importante candidato à bajulação. É claro que assim que retornei, toda a atenção voltou para mim, em vez de Arielle ficar só fazendo perguntas *sobre mim* para Lydia. O humor de Josh não melhorou.

Ouvi sem prestar muita atenção, e mantive o olhar em George. Ele estava perdendo um tempo enorme montando aquela salada, andando até o outro lado do bufê e se insinuando no meio da multidão que estava lá. Observei enquanto trocava gentilezas com uma garota morena que vestia uma camiseta da Universidade Prescott e uma saia jeans. Bem casual. Podiam estar conversando sobre quem ficaria com a última porção de croutons de alho. Então ele estendeu a mão e mexeu na maria-chiquinha dela.

A garota riu — quem não riria quando George Harrison Prescott balançasse sua maria-chiquinha? — e então deu uma batidinha com seus quadris nos dele.

Parei na hora segurando o garfo a meio caminho da boca. George flertava como sempre, mas uma batidinha de quadris mostrava um pouco mais de intimidade do que eu esperava de um encontro casual no bufê de saladas. Observei a cena mais atentamente:

1) Linguagem Corporal: confere. A parte de cima dos torsos inclinados em direções opostas, mas as virilhas definitivamente apontando uma para a outra. Casual, ainda assim secretamente sexy.
2) Toques Provocadores: confere. Inocentes com um clima implícito de familiaridade.
3) E agora ele a estava seguindo até a mesa dela cheia de — veja bem — alunos de segundo ano.

Eu tinha acabado de descobrir com quem George havia se encontrado secretamente. Pelo que parecia, a discrição já não era um problema. Ele estava tomando café da manhã com ela. Na faculdade dele. Na faculdade dela. Na frente de todos nós.

O mundo tinha enlouquecido?

— O que você acha, Amy? — Arielle estava me perguntando, sabe-se-lá-sobre-o-quê.

Pensei que talvez estivesse tirando conclusões precipitadas. Afinal de contas, George e eu tomamos café da manhã juntos dezenas de vezes durante nosso caso. Mas, por outro lado, já nos conhecíamos havia anos, mesmo antes de estarmos na mesma sociedade secreta. Tínhamos feito várias refeições juntos, simplesmente por estarmos na mesma turma e universidade. Ele não era amigo dessa garota do segundo ano e, por ela ser muito nova, certamente não a estava cortejando para a Rosa & Túmulo.

E nem uma vez durante o tempo em que George e eu estávamos tanto dormindo juntos quanto tomando café da manhã juntos na frente dos nossos amigos eu tinha passado o braço em volta do ombro dele e dado um beijo em sua bochecha. Como a Senhorita Segundo Ano estava fazendo agora.

Minha boca ficou seca. George e eu tínhamos terminado, mas isso não tornava nem um pouquinho mais fácil vê-lo todo carinhoso com outra mulher. Será que tinha sido assim, ainda que remotamente, que ele havia se sentido ao encontrar Jamie e eu nos pegando em Cavador Key? Será que George havia ficado — ou seria capaz de ficar? — com o mesmo bolo na garganta quando se aproximou de mim em Louisiana e me contou como Jamie tinha tentado me resgatar?

— Eu preciso ir — murmurei, pegando minha bandeja. Eu precisava... o quê?

Dar uma olhada no Facebook, antes de mais nada. Quem *era* essa garota?

— Aonde? — perguntou Arielle. — Vou com você.

— Quarto... estudar... monografia... — balbuciei com um aceno de mão enquanto seguia para o fundo da sala para devolver a bandeja

Mas não fui para o meu quarto.

Fui para o de Jamie.

Jamie atendeu a porta de camiseta e calça de moletom.

— Oi — disse ele, com um largo sorriso. — Que surpresa agradável. Você já tomou caf...?

Eu me joguei nos braços dele e comecei a beijá-lo.

— Hum, agradabilissíssima — conseguiu dizer, nos afastando da entrada. Ótima ideia. Empurrei-o delicadamente contra a parede e comecei a puxar a camiseta de Jamie.

— Vai ficar ainda mais agradabilissíssima — murmurei contra a nuca de Jamie enquanto meus dedos encontravam o cordão da calça dele. Falar errado pode ser tão excitante. Desamarrei o cordão e puxei a calça para baixo. Humm, bom. Tinha a marquinha de bronzeado de uma sunga. Passei os dedos pela linha que demarcava o tronco dele e depois mais para baixo.

Eu me inclinei, me aproveitando da vantagem. Estava completamente vestida, enquanto a calça e a cueca de Jamie estavam agora presas ao redor do tornozelo dele. Jamie se apoiou contra a parede do *foyer*, praticamente à vista da rua, relaxado e ainda assim completamente alerta.

— Não — sussurrei. — Ainda não tomei café da manhã.

— Ah — disse ele enquanto eu começava a escorregar para ficar de joelhos. — Porque estou fazendo waffles.

— Humm.

Um zumbido alto me interrompeu. Jamie bateu a cabeça na parede.

— O que é isso? — perguntei.

— Eu falei: estou fazendo waffles.

— Esse barulho vai parar?

— Vai, quando o alarme de incêndio começar a tocar.

Resmunguei e me sentei sobre os calcanhares, e Jamie subiu a calça depressa e correu para cuidar do café da manhã que estava queimando.

— É uma máquina de waffle daquelas que temos no refeitório — falei, quando cheguei à cozinha. Eu as conhecia bem. Aquelas máquinas rotativas de tamanho industrial ficavam nas mesas para os alunos usarem todos os dias no café da manhã.

— Eu sei. Você acredita que iam jogá-la fora? — Ele tirou um waffle belga dourado e macio da máquina e o colocou num prato. — Ela só precisava de alguns ajustes nas molas.

— Você pegou essa coisa no lixo e agora está cozinhando nela?

— Eu lavei primeiro. E consertei também, devo acrescentar. Você não está impressionada com minhas habilidades de engenharia? — Ele voltou para a parede onde eu estava. — OK. Estou de volta.

Fiquei de pé, lábios comprimidos. O cheiro dos waffles fresquinhos encheu o ar — doce, como pão, saudável.

— Ou você queria que eu trouxesse a calda? — perguntou Jamie.

Na primeira vez em que eu tinha ido àquele apartamento, não havia sentido nada a não ser desprezo pelo cara parado à minha frente. E todo aquele desprezo tinha se transferido para todas as coisas dele — o sofá caindo aos pedaços, as roupas velhas e surradas, a cobra gigante. O quarto de Jamie não tinha a mesma pretensão que o apartamento de solteiro com jukebox de George ou a aparência confortável e aconchegante da suíte que eu dividia com Lydia. Mas tinha máquinas de waffle que voltaram à vida, meia dúzia de livros de culinária vegetariana e uma ratinha de estimação com a qual tinha ficado e à qual tinha nomeado por minha causa. As pessoas do meu clube não sabiam dessas coisas a respeito dele. Antes eu também não sabia dessas coisas a respeito dele.

Não sei se alguém sabia.

— Por que você não tem um colega de quarto? — perguntei abruptamente.

— Hã?

— Seria mais barato.

— Mas me daria menos privacidade — respondeu, me dando uma pista de suas intenções. — Agora, por falar naquela calda...

— Você tem algum amigo na Faculdade de Direito de Eli? — pressionei.

Ele estreitou os olhos.

— Por que quer saber?

Então ele não tinha.

— E amigos que ainda não colaram grau?

— Alguns. E alguns outros na Faculdade de Direito também. Algumas pessoas do meu departamento.

Colegas de estudo. E outros prestes a colar grau dos quais eu nunca tinha ouvido falar. O tom defensivo também estava de volta, misturado a um pouco de frustração. Agora eu sabia o que tinha feito com ele no semestre anterior, expulsando-o do mausoléu, e por que isso fizera com que seu desprezo por mim se transformasse em ódio completo.

— Eu lhe disse ano passado, Amy. Fiz da Rosa & Túmulo minha vida. Nada mais importava. Não mantenho contato com muitos dos meus amigos bárbaros.

Alguma coisa na forma como ele disse isso me fez parar para pensar.

— E quanto às suas ex-namoradas?

Ele suspirou e amarrou o cordão da calça.

— É disso que se trata? Eu tenho camisinha.

Nossa, não tinha nada a ver com isso. Tratava-se de conhecê-lo melhor, ter a mínima ideia de como era a vida desse cara fora do mausoléu.

— Embora, para ser completamente honesto, já não faço sexo com ninguém há algum tempo — continuou ele.

— Há quanto tempo?

Ele me olhou fixamente de um jeito que pude ler claro como o dia. *Há mais tempo que você.*

Porque é claro ele sabia tudo sobre mim. Isso era injusto.

Engoli em seco.

— Acho que você precisa entender algumas coisas sobre... George.

— Juro que entendo tudo com o que me importo. — Ele se virou e entrou na cozinha. — E meu waffle está esfriando.

— Mas esse assunto vai continuar surgindo. — Fui atrás dele.

— E de quem é a culpa? — Ele colocou mais um pouco da massa de waffle na máquina e fechou a tampa com força.

— O que ele lhe disse?

Ele empurrou um prato de waffle nas minhas mãos.

— Nada.

Acredito que não fosse necessário. Todos conheciam a reputação de George. E Jamie não era idiota. Fiquei pensando se ele achava que eu era diferente, por ter dormido com

George. Se eu esperava alguma coisa especial... ou podia fazer alguma coisa especial.

— Sabe, não é o George que devia incomodar você — comecei a dizer antes que conseguisse me impedir. — Lembra aquele cara que tinha me deixado chateada um pouco antes das férias de primavera? Brandon?

— E eu achava que não podia odiar mais essa conversa do que cinco segundos atrás — resmungou sem tirar os olhos da máquina.

— Não que nenhum deles devesse incomodar você — expliquei.

— Eles não me incomodam.

— É claro que incomodam.

O alarme da máquina soou. Jamie bateu nele para fazê-lo parar, depois colocou a máquina de volta à posição normal, tirou o waffle e colocou-o em outro prato. Tirou o prato das minhas mãos e levou os dois até a mesinha de centro, junto com a calda e dois garfos. Quando me sentei, notei que ele havia colocado o primeiro waffle, que já estava frio, à sua frente.

— O que me incomoda é minha namorada aparecer, fazer um ótimo show de sedução para mim no corredor e depois parar no meio para falar dos ex-namorados — disse ele, despejando a calda. — Pode me chamar de maluco. — Ele colocou um pedaço de waffle na boca.

Ricochete fez barulho na gaiola. Lord Voldemort, como sempre, estava dormindo enrolado no aquário. Jamie mastigava suavemente. Comi o waffle. Ele cozinhava muito bem.

Fazer um ótimo show de sedução para ele, hein? Boa, Amy. Mas a tensão não tinha diminuído nem um pouquinho no lado de Jamie do sofá. Nem iria com esse elefante branco chamado George entre nós.

— A última vez que fiz sexo foi no Halloween — falei.

Ele assentiu suavemente.

— Foi meu aniversário.

Eu me engasguei com o waffle. Aquilo estava ficando cada vez pior.

— Não!

— Por que você acha que eles me deram o nome de "Poe"?

Sempre tinha achado que era por ele ser rabugento, taciturno e assustador.

— Humm... Porque "Gostoso" já tinha sido usado?

Ele bufou. Não consegui nada com isso.

— Qualquer coisa que eu diga só vai piorar tudo, não é? — perguntei por fim.

— Provavelmente.

Ele já tinha uma queda por mim na época do Halloween? Não podia ser. Eu o havia expulsado do mausoléu. Ele me detestava por isso. Mas, por outro lado, eu também achava que ele me odiava no mês anterior, quando havia me confortado e me levado para comer pizza poucos dias antes de salvar minha vida. Ele gostava de mim naquela época. E gostava de mim agora, que era o mais importante.

— Sinto muito pelo que houve no corredor — falei, após outro longo silêncio.

— Eu também — disse ele. — Muito mais do que você, imagino.

— Por quê?

— Não era eu que teria ficado ajoelhado em um piso de madeira.

Jamie e eu não dormimos juntos naquele dia. Ou naquele fim de semana. Também não voltamos a falar sobre George. Em vez disso, saíamos, estudávamos juntos e conversávamos sobre minha lista de candidatos e como melhor abordar as outras duas pessoas para saber mais sobre elas. Arielle, é claro, eu já conhecia o suficiente.

— Só não sei se tenho a opção de que gostaria — me queixei com ele. Estava deitada com a cabeça no colo de Jamie, fingindo ler o livro de geologia. — Arielle é legal, eu acho, mas não é a pessoa para quem eu gostaria de deixar meu legado.

— Pelo que você disse, se sentia da mesma maneira em relação a ela no ano passado também. — Jamie afagou meu cabelo, depois voltou para os livros de direito. — Então por que repetir essa decepção?

Levantei os ombros tanto quanto pude contra as coxas dele e virei a página.

— Ela não precisa estar na sua lista só porque faz o mesmo que você fazia. Não precisa ser tão literal assim. Você foi um... caso especial.

— Um caso de caridade, você quer dizer.

— Caridade para quem? — perguntou ele. — Precisávamos de você, está lembrada? Você teria ficado muito bem na Pena & Tinta.

— E quem vocês teriam convocado então? — perguntei, me sentando e olhando para ele. — Se eu tivesse recusado?

Ele balançou a cabeça.

— Não. Sinto muito. Você sabe que nossas deliberações são confidenciais.

Dei um soco na almofada do sofá.

— Preciso saber essa informação. Isso vai me ajudar a escolher meu convocado.

— Como? A pessoa é veterana. Não pode mais ser convocada.

— *Pessoa?* Não é uma garota? — Será que Malcolm poderia ter trocado também?

Ele voltou a atenção para o livro.

— Você é impossível — disse e me deitei outra vez.

Tantos segredos. No mausoléu e fora dele. Percebi então que ele nunca tinha chegado a responder a pergunta sobre as ex-namoradas. Ou sobre a última vez que tinha feito sexo. Ele passava o tempo sozinho naquele apartamento ou sozinho na sala de aula ou sozinho num mausoléu cheio de pessoas que não eram seus irmãos de sociedade. Não era de admirar que tinha se acostumado a guardar as coisas para si mesmo.

— Se eu não incluir Arielle, isso deixa minha lista preliminar bem pequena. Tem o Topher, que eu teria que trocar com alguém para escolher, e de quem ninguém parece gostar muito, e a Kalani. Então... na verdade só a Kalani.

— O que tem de errado com a Kalani?

— Nada. Mal conheço a garota. Mas eu gostaria de ter algumas opções.

— Talvez seja melhor não ter opções. Corteje Kalani. Dê o dia por encerrado. Trabalhe na sua monografia.

Ele tinha razão. As próximas semanas seriam bem mais fáceis se eu escolhesse logo um convocado e seguisse em frente. E Kalani parecia ter todos os requisitos. Uma perfeita possível Coveira.

Mas isso também não traria verdade a meu legado, não é? Eu não era uma Coveira perfeita. Se tanto, era exatamente o oposto disso.

Kalani Leto-Taube provou ser difícil de encontrar. Consegui a grade de horários dela graças ao acesso de Jenny à secretaria, mas quando a aluna do penúltimo ano não estava em aula, geralmente estava confinada no escritório do *Eli Daily News*. Chegou ao ponto de eu pensar se teria que marcar uma reunião com ela para ter a chance de conversarmos.

Felizmente, toda aquela atividade precisava ser abastecida de alguma forma, e eu finalmente encurralei minha presa numa mesa na parte de trás de uma cafeteria. Mesmo entre as marcas em círculo deixadas pelas canecas, os pacotinhos vazios de açúcar e as colherinhas usadas, ela parecia uma rainha. Kalani é um tipo de mistura exótica de cubano, polonês e havaiano — alta, ossos compridos, grandes olhos escuros sempre delineados com kohl e lábios rosados carnudos. O cabelo estava preso num rabo de cavalo bem firme, estilo bailarina, e vestia um tailleur creme com uma blusa cinza-claro que só fazia sua pele dourada parecer muito mais luminosa.

Olhei para baixo, para meus tênis All Star amarelos. É, tínhamos *tanto* em comum.

— Kalani, certo? — perguntei. Ela levantou os olhos do livro e consegui dar uma espiada no título. *Guerra e Paz*. Bingo. — Acho que fazemos aula de romance russo juntas. Meu nome é Amy Haskel.

— Oi — disse ela. — Não sei se já vi você lá.

Provavelmente porque fiz essa matéria na primavera passada. Tirei dez na prova final também, graças ao arquivo que a Rosa & Túmulo tinha de questões de prova.

— É uma turma grande — falei, me convidando a me sentar ao lado dela. — Acho que quase todo mundo faz essa aula uma hora ou outra.

— Eu queria mesmo fazer o seminário sobre Nabokov, mas está cheio de novo este ano — disse ela.

— Eu estou fazendo. É ótimo. Você devia mesmo tentar novamente ano que vem. — Talvez isso fosse funcionar. Nós duas gostávamos de ler, tínhamos muitas aulas em comum (ou queríamos fazer as mesmas matérias). — Você estuda literatura? — perguntei.

— História e música — replicou ela. — Sei, você acha que é estranho. Como se eu devesse estudar literatura só porque trabalho no jornal.

— Você trabalha no jornal? — perguntei inocentemente, com os olhos arregalados, e ela sorriu.

— Nossa, eu pareço terrível. — Ela abaixou o rosto e olhou para o café.

E gentilmente acessível. Eu sorri.

— Não. Sei quem você é. — E não tinha sido tão terrível. Todo mundo na universidade lia o *EDN*. Sabíamos quem estava no comando. — Então, fale sobre música e história.

— Acho que história, principalmente história moderna, pode até ser melhor para mim se eu quiser trabalhar em um jornal depois da formatura.

— Você quer trabalhar em um jornal depois da formatura?

— Sim e não. — Ela me observou. — Você estuda literatura?

— Estudo.

— Mas você não trabalhou para nenhuma das publicações do campus.

— Fui editora da revista literária — repliquei.

— Ah. — O rosto de Kalani mostrou que ela estava falando de publicações *de verdade*. Há uma razão para que quase nenhuma revista publique mais contos. — Bem, o que quero dizer é que nos velhos tempos, se você quisesse ser jornalista, trabalhava num pequeno jornal local, crescia lá dentro, mudava para um jornal maior, crescia lá dentro etc. Agora tudo gira em torno de se formar em belas-artes e depois fazer estágio no *New York Times*.

Ela parecia tão confusa quanto eu, o que, ironicamente, estava ficando cada vez melhor de acordo com meus objetivos.

— O que você iria preferir?

— Bem, o trabalho temporário de jornalista é mais fácil — disse ela com uma risada.

— Mas o *New York Times* é legal. — Bebi um gole de café.

Kalani ficou olhando para o café dela.

— Acho que o que eu realmente gostaria de fazer era escrever livros.

Nesse ponto, congelei. Eu já tinha feito uma tentativa de escrever um romance, no passado. A Rosa & Túmulo tinha achado o texto no meu computador e balançado uma cópia das páginas patéticas na minha cara.

— Ficção? — grasnei, fria como o café que eu segurava.

— Ah, não. — Ela fez uma careta. — Não ficção. Com temas de apelo popular. Meu agente literário está avaliando algumas propostas.

Agente. Literário. Dela.

— Ah. — Provavelmente seria o agente para quem eu estaria tirando xerox no ano que vem. Então me imaginei atendendo as ligações da Kalani e confirmando sua presença no programa *Today*.

— É do tipo história social. Escrevi alguns artigos "é assim que a nossa geração se sente sobre XYZ" para a *Marie*

Claire e o *Salon*, então é como se fosse uma versão ampliada disso. — Ela encurvou os ombros. — Chato, não é? Anda, me fala mais da aula sobre Nabokov. Prometa que vou gostar mais do que de *Guerra e Paz*.

Então eu não podia odiá-la. Podia sentir inveja durante toda a conversa, e todo o caminho de volta para o meu dormitório, e enquanto trabalhava na monografia, e enquanto esperava o telefone tocar a respeito de *qualquer* um dos meus requerimentos ou planos futuros, mas não podia de fato não gostar dela por nenhuma dessas coisas. Ela havia batalhado por tudo aquilo e, consequentemente, conquistado coisas que eu não tinha, de fato, batalhado para conseguir (e portanto não tinha conquistado).

Ela era muito legal para se odiar. Além disso, não se podia ter pensamentos ruins sobre qualquer um forçado a passar horas perto de Topher Cox, como Kalani passava todos os dias no jornal.

A última pessoa na minha lista de candidatos era fácil de encontrar. Quando ele não estava trabalhando nas dependências do *EDN*, estava treinando no ginásio de Eli. Equipe de esgrima.

Não, sério. Esgrima.

Sempre confundo roupas de esgrima com trajes de apicultor. Não que eu esteja pessoalmente familiarizada com qualquer um dos dois. Mas se eu estivesse vendo um filme sobre apicultores, e um bando de caras aparecesse com roupas de esgrima, provavelmente não acharia estranho. (Diferente de assistir, digamos, a um filme passado na Era da Regência onde todos estivessem com roupas vitorianas, mas por outro lado estudo literatura.)

Mas tanto os trajes de apicultores quanto os de esgrima são muito mais estranhos do que roupas de época. A não ser que a época seja o "futuro", em que, de acordo com Hollywood, as roupas serão bem ridículas. Topher Cox estava bem ridículo no traje de apicultor. Roupa de esgrima. Não importa.

A esgrima em si era um pouco mais legal. Ou talvez eu estivesse apenas bem envolvida com esses filmes de época e gostasse de assistir a uma boa luta de espadas. Infelizmente, muito poucos dos pares desconhecidos de apicultores estavam manejando bem as espadas. Na maioria das vezes, ficavam pulando em volta um do outro em uma dança complexa por um período indefinido, antes de se moverem em direção ao adversário e acertar um golpe. Ou o que eu achava que era acertar. Era sempre difícil saber quem ganhou. Aquilo me lembrava mais aquelas brincadeiras de reflexo, em que se tenta bater na mão de alguém, que fazemos quando temos 10 anos de idade.

Não tive esportes assim no meu colégio de ensino médio. Tínhamos basquete, futebol americano, atletismo, coisas do tipo. Eu nunca nem tinha ouvido falar em *squash* antes de entrar para Eli. Topher vinha de um mundo com esportes estranhos como polo, *squash* e hipismo. Não que precisássemos de outro atleta no clube, uma vez que o convocado de Ben provavelmente garantiria isso. Mas mal não fazia.

E não havia motivos para que isso pesasse contra ele também. Afinal, meu ex-namorado Brandon jogava badminton e, na época, eu achava lindo.

Esperei até Topher tirar a máscara de apicultor e seguir para as arquibancadas com o restante do traje espacial.

— Oi, Topher — falei, enquanto ele bebia água da garrafa. — Como vai?

Ele olhou para mim.

— Quem é você?

Um começo promissor, com certeza!

— Amy Haskel. Nós nos conhecemos no Jogo em Cambridge, algum tempo atrás. — Parei antes de acrescentar: *e você deu em cima de mim, bêbado.*

Ele parecia cético.

— Sinto muito, não me lembro. Mas faça uma ótima visita. — Acenou para mim e se virou para olhar o treino.

— Não sou de Harvard — falei, deixando a máscara agradável cair só um pouquinho. — Estudo aqui. Sou veterana. — Talvez agora ele entendesse.

Ele se virou de volta.

— Maravilha — disse de maneira seca. *É, pelo visto não.* — O que posso fazer por você?

Céus, vamos ver. Você pode me substituir na melhor e mais antiga sociedade secreta do campus, garantindo assim uma vida de riqueza, poder e coisas incríveis em geral — ou pelo menos é o que diz a diretriz partidária. Não tinha tanta certeza de quando exatamente aquelas coisas iriam acontecer para mim.

— Queria falar sobre seu recente artigo opinativo no *Daily*. Aquele que apresenta uma justificativa para assédio sexual como necessário para a perpetuação da espécie. — Não sei por que estava me dando o trabalho. Demetria com certeza iria votar contra ele depois que aquela porcaria desprezível tinha sido publicada. Mas eu pelo menos tinha que dar uma chance a cada um da minha lista.

— Ah, meu Deus, mais uma? Olha só, escreva uma carta para o editor, como todos os outros. Eles publicam qualquer coisa com menos de 150 palavras e sem linguagem vulgar.

— Ah, não! — falei, controlando minha vontade de atacar. Ele tinha sorte que

A) Demetria não estava por perto e
B) sua lança estava a várias fileiras de distância.

— Fiquei fascinada — menti. — Sou editora emérita da revista literária e estava pensando que a situação que você desenvolveu no final, da recepcionista e do empregador hipotéticos, daria uma ótima base para um conto.

Na verdade, eu tinha achado que daria uma ótima base para um filme pornô barato. A “recepcionista” de Topher era uma provocadora vulgar que desejava secretamente aquilo apesar de seus protestos ao chefe dominador, mas aparentemente heroico. E o texto ainda era mal escrito — tinha que concordar com Arielle nesse ponto.

— Hã?

— Você escreve ficção?

— Para a revista literária? — zombou.

De novo os impulsos violentos. Mas me forcei a sorrir docemente.

— Ah, eu não estou mais lá. E dentro de um mês vou me formar e me mudar para o cenário editorial de Nova York. Estou avaliando algumas ofertas, mas acho que prefiro agências a editoras. Trabalhar *de verdade* com o talento.

Parecia que eu ia vomitar. Que conversa era aquela? Eu soava como uma puxa-saco. Como alguém que realmente quisesse Topher como substituto. Qual era o sentido em fingir ser alguém que eu não era para impressionar uma pessoa que deveria ser como eu? Falar para Kalani que eu estava na turma dela de romance russo era uma coisa. Isso era completamente diferente.

— Que agência?

Droga.

— William Morris.

Os olhos dele brilharam de interesse. Isso, Amy, continue por aí que ele reconheceu o nome.

— Vou ser só uma assistente, é claro, mas eu podia mostrar o seu material a alguém, dar um empurrãozinho... — Levantei as mãos, com as palmas para cima. — Talvez pudéssemos conversar mais sobre suas ideias no jantar.

Ele deu uma olhada nos meus seios e então concordou.

O jantar foi a perda de tempo que achei que seria. Antes de entrar no refeitório da Universidade Hartford, prometi a mim mesma manter a mente aberta. Talvez sob toda aquela petulância insuportável, ele fosse uma alma sensível. Clarissa não era a riquinha mimada que eu pensava a princípio. Jamie não era o misógino frio e vingativo que eu imaginava. Bem, talvez só a parte do "frio". Quando ficava irritado, podia congelar você como um frigorífico.

Também tinha me prometido agir com naturalidade. Afinal, eu não estava tentando impressionar Topher. Estava tentando conhecê-lo. Não podia ligar menos para o que ele pensava a meu respeito.

Felizmente, não tive de agir muito. O assunto raramente desviava de Por Que Topher Cox É Totalmente Incrível. Se eu achava que ouvir a bajulação de Arielle era chato, ouvir o solipsismo de Topher era mortal.

— O que você acha? — perguntou, depois de terminar o último discurso sobre seu trabalho, sua filosofia pessoal, seu plano para a dominação do mundo. Sabe-se lá o quê?

— Isso é bem Bret Easton Ellis — repliquei. O que era verdade.

— Hã?

— *Psicopata Americano.* Você sabe, só que sem a sátira social. — Dei uma mordida no *burrito.*

— Ah, sim. Adoro esse filme. — Topher assentiu vigorosamente. — Sou totalmente como Patrick Bateman.

Pisquei olhando para ele, minha boca cheia de *burrito* que eu não ousava engolir sob aquelas circunstâncias. Patrick Bateman era o yuppie patético e invejoso, o delirante aspirante a serial killer que narrava o livro.

— Você quer dizer o Christian Bale? — Consegui falar, levantando meu guardanapo. — O ator que interpreta o papel dele? Aquele que também fez o Batman? — Era possível que ele tivesse confundido os nomes. Bateman/Batman. Podia acontecer.*

— Claro, tanto faz. Ele estava tão musculoso naquele filme.

Tarde demais. Eu já estava imaginando a Noite da Convocação. *Por ordem da nossa Ordem, eu o nomeio, Topher Cox, Patrick Bateman, Cavaleiro de Perséfone, Ordem da Rosa & Túmulo.* Ei, se Josh podia usar Keyser Soze como nome de sociedade por um ano, eu podia chamar Topher de Bateman.

---

* Não, não, na verdade não podia acontecer. A confessora percebe isso agora.

Não que eu quisesse convocá-lo. Kalani era claramente minha candidata.

— Oi, Amy. — Olhei para cima e vi Arielle parada em frente à mesa, parecendo que ia chorar. — Acho que é você que está na minha universidade hoje.

Por alguma estranha razão, me senti culpada, como se tivesse sido pega traindo alguém.

— Acho que sim. Você conhece Topher?

— Conhece — disse Topher. — Somos velhos amigos, certo, Ari?

Arielle o ignorou.

— Posso falar com você um segundo, Amy? Preciso de um conselho seu.

— Hum... — Olhei para Topher, que parecia ainda menos suportável com Arielle por perto, se oferecendo para me tirar dali.

— Só vai levar um minuto.

— OK. — Topher estava despreocupado quando saí da mesa e segui Arielle para um cantinho silencioso do outro lado do refeitório. Sentamos em um par de poltronas de couro. Arielle se acomodou sobre as pernas dobradas.

— O que houve? — perguntei.

Arielle traçava um desenho no braço da poltrona.

— Estava me perguntando... você acha que devo me associar à Pena & Tinta?

— Não sei — falei. — Você quer?

— Eles me entrevistaram hoje — disse ela, me olhando nos olhos. — Pareciam bem legais, muito animados.

Será que ela estava tentando me fazer ficar com ciúme ou queria mesmo um conselho? Não sabia dizer.

— Talvez fosse divertido — falei.

— Mas *você* não se associou a eles.

— Não, não me associei — admiti.

Arielle assentiu, lentamente.

— Então queria saber se você acha que eu deveria.

Ah, agora entendi. *Você vai me convocar, Amy, ou devo seguir em frente e me associar à Pena & Tinta?*

Ela lançou um olhar de volta para o refeitório.

— Ele é um verdadeiro idiota, você sabe disso, certo?

Sim, eu estava descobrindo isso rapidinho.

— Só não quero que você se magoe.

— Ah, não — falei. — Não estou... isso não é... já tenho namorado.

Mas não era isso que ela queria dizer e nós duas sabíamos. Gostei mais de Arielle naquele momento do que já tinha gostado antes. Ela era a única em minha lista de potenciais convocados para quem eu não precisava mentir. Era reconfortante poder jogar daquele jeito — de forma inocente, como o modo como Lydia provocava Josh e me provocava. Tanto Lydia quanto Arielle eram bárbaras, mas estavam a par da realidade.

— Fiquei com ele uma vez — disse ela. — No primeiro ano. Foi um erro enorme, e ele nunca me deixa esquecer.

— Sinto muito. — Agora como dizer isso sem quebrar os meus votos? — Ele não parece o tipo de pessoa em quem eu confiaria para saber coisas pessoais a meu respeito.

Talvez fosse o suficiente.

Arielle ergueu as sobrancelhas.

Sim, isso tinha resolvido.

— Então, você acha que devo me associar à Pena & Tinta? — perguntou ela novamente.

Suspirei. Arielle seria uma boa escolha. Era inteligente, engraçada e mais espirituosa do que eu tinha achado durante a semana em que havia me seguido como um cãozinho. Mas se eu iria mesmo agir corretamente em nome da Rosa & Túmulo, a melhor opção era Kalani. Essa sim daria uma ótima Coveira. Ela era a superstar; a aluna com melhor potencial para o sucesso futuro e o estrelato. Ela seria motivo de orgulho para a Rosa & Túmulo. E não seria justo dar falsas esperanças a Arielle. Não quando havia outras oportunidades para ela.

— Acho — falei. — Acho que deve sim.

Por meio desta, eu confesso:
Achei que tinha entendido tudo.
Nossa, como estava enganada.

4.

Nova ordem mundial

Eu estava fazendo anotações no sofá da sala naquela noite quando o telefone tocou. Lydia tinha ido passar a noite com Josh, e Jamie só sairia da sessão de estudo dentro de pelo menos mais uma hora. Talvez fosse a minha mãe tentando concluir os planos para a formatura.

Apertei o botão *Talk*.

— Alô?

— Amy? — disse uma voz que eu conhecia muito bem. — É o Darren.

Minha garganta ficou seca e a mão tão fria e úmida que quase deixei cair o telefone.

— Darren? — sussurrei. — Como conseguiu este número?

— Meu pai conseguiu com o zelador do mausoléu — disse ele. Respirei um pouco mais tranquila. É claro. — Ele disse que eu tinha que ligar para você e... me desculpar.

Ah, sim. Desculpar-se por me drogar, me sequestrar e quase me afogar. Como um garoto de 14 anos prepara um discurso para algo assim?

— Onde você está?

— Humm... — Ele hesitou. — Não posso dizer. É contra as regras.

Um centro de reabilitação, provavelmente. Adolescentes com problemas, delinquentes. Um lugar para o qual os pais podiam mandar os filhos antes que a justiça assumisse o controle. Pelo menos Gehry estava cumprindo essa parte da promessa.

— Devo tirar os pontos amanhã — disse ele. — Tiveram que raspar boa parte do meu cabelo.

Dei uma olhada no meu pulso, onde as cascas das feridas tinham saído quase por completo, deixando no lugar uma pele nova, rosada e brilhante. Eu me perguntava se ficaria com cicatrizes. Os ferimentos de Darren certamente deixariam marcas. Ele havia cortado a cabeça no barco quando este tinha virado. Tinha desmaiado na água e, como eu, quase havia se afogado.

Bem, ou era desses pontos que ele estava falando ou a primeira coisa que tinham feito com ele havia sido a boa e velha lobotomia pré-frontal.

Não conseguia pensar em nada para lhe dizer. Kurt Gehry realmente achava que o filho iria querer conversar com a própria vítima? Que eu iria querer conversar com meu sequestrador?

— E papai disse... eu queria... agradecer — disse ele, as palavras soando pouco naturais ao saírem de sua boca. — Por me deixar vir para cá em vez da prisão.

— Tudo bem — respondi, porque nada mais parecia adequado. Sim, eu havia me recusado a dar queixa. Mas não chamaria isso de bondade. Eu me deitei no sofá e curvei os joelhos em direção ao peito. Onde estava Lydia quando eu precisava dela? Onde estava Jamie?

— Mas este lugar é meio chato — continuou. — Está cheio dessas garotas com anorexia e coisas assim.

Achava difícil que houvesse centros de reabilitação reservados somente para sociopatas em desenvolvimento. Fiz "hummm" no telefone para deixar de dizer essas palavras em voz alta. Embora da forma como me lembrava, Darren Gehry tinha um ótimo senso de humor. Isto é, quando não estava tentando me matar.

— Eu disse a ele que você não ia querer conversar comigo — falou Darren. — Que você ficaria com muito medo.

Havia uma ponta de orgulho na voz dele. Sim, o garoto tinha me aterrorizado. Ele havia se preparado para fazer isso, e tinha conseguido. Estava fazendo isso agora, mesmo a distância, mesmo preso em algum lugar. Eu me sentei.

— Não estou assustada — repliquei. — Estou com raiva. Não gosto de você. Não tenho nada para lhe dizer. E suas declarações constantes de que só está falando comigo ao telefone agora porque seu pai está obrigando-o não ajudam em nada. — Darren não podia me machucar.

Do outro lado da linha, o adolescente estava em silêncio. Estaria triste? Furioso? Provavelmente seria muito esperar que minha repreensão tivesse conseguido mesmo fazer com repensasse aquela atitude. Mas que diabo, ele devia era ter ficado chocado só de perceber que eu podia me defender sozinha. Afinal, eu tinha sido bem dócil quando estava...

Implorando pela minha vida.

— Darren? — Falei no telefone.

Mas só ouvi um clique e depois o sinal de discagem.

— Não consigo acreditar que ele ligou mesmo para você — disse Angel. Estávamos no mausoléu, pesquisando iniciações antigas para ter ideias para as festividades que estavam chegando.

— De acordo com o que disse, o pai dele o estava obrigando — repliquei.

Era impressionante como os estilos tinham mudado de acordo com a época. Os ritos dos anos 1970 incluíam substâncias que alteravam a mente para fazer com que os iniciados entrassem mesmo em uma atmosfera mágica. Anotações dos anos 1980 estavam cheias de referências à cocaína,* e os clubes dos anos 1990 tinham imprimido todos os convites em papel reciclado.

A minha iniciação à Ordem da Rosa & Túmulo teve como tema as mulheres e o poder, para marcar o acontecimento importante de se convocar mulheres pela primeira vez. Todos os esquetes tinham sido sobre Cleópatra ou os julgamentos das Bruxas de Salém. Eu teria de perguntar a Poe sobre algumas das mensagens por trás daqueles esquetes, pois as coisas não tinham terminado bem nem para Cleópatra nem para as donas de casa de Salém.

Provavelmente tinha sido o próprio Poe quem escolhera as peças.

— Você devia ter desligado o telefone na cara dele na mesma hora — argumentou Lucky, pegando outra pilha de Livros Negros.

— Não sei — disse Little Demon, folheando um álbum de recortes com fotos de iniciações do começo do século XXI.

---

*Pelo menos, a confessora acredita que fosse essa a ideia geral por trás de uma iniciação com tema de "neve". Afinal, a festa tinha sido em maio.

— Talvez seja parte da terapia dele. Sabe, pedir desculpas para aqueles que você prejudicou.

— Isso não é o AA — disse Angel. — E obviamente ainda é muito cedo. Uma breve passagem pelo berçário de delinquentes e de repente ele não é mais um psicopata?

Little Demon deu de ombros.

— Depende do centro de reabilitação. Em alguns, se você fizer tudo o que mandarem, dizem que está curado, e lhe dão massagens e pedicure por uma semana. Em outros, você fica em confinamento intenso.

— Se eu conheço Gehry, é apenas uma questão de "curar" Darren o mais rapidamente possível — disse Angel. — E é provavelmente por isso que ele ligou para você.

— Bem, Darren não está curado — observei. — Eu estava completamente despreparada para a ligação dele, e ele percebeu. Gostou disso, para falar a verdade. — Estremeci.

Se você algum dia gostou de assustar pessoas, de controlá-las... será que isso passa? Mesmo indo para um centro de reabilitação no estilo "prisão de segurança máxima"?

E se era assim, faria diferença se eu desse queixa ou não? Mesmo que ele tivesse problemas legais por me sequestrar, a ficha criminal juvenil seria arquivada quando fizesse 18 anos. Como aquela garota que tinha assassinado a mãe, e depois acabou em Harvard. É claro, isso presumindo que os Gehry conseguissem evitar que a história vazasse para a imprensa. A mídia estava dando muita atenção ao antigo Chefe do Estado Maior depois que foi revelado que o conservador linha-dura tinha contratado uma equipe de funcionários para trabalhos domésticos composta em sua maioria por imigrantes ilegais, e a família toda tinha fugido de Washington com vergonha.

A probabilidade de que nosso caso provocasse um circo de mídia havia sido um dos fatores que tinham me convencido a manter toda a história em segredo. Darren merecia um castigo. Não as capas dos tabloides.

— O que Poe disse? — perguntou Little Demon.

Concentrei minha atenção no livro que estava nas minhas mãos.

— Não contei a ele.

Percebi que Angel e Little Demon trocaram um olhar.

— O quê? Não contei a ele! Anda, me processem. O que ele iria fazer?

— Dar um jeito nisso — disse Lucky. — É o que ele faz. Quero dizer, não morro de amores pelo seu namorado, Bugaboo, mas tenho que admitir que ele sabe como resolver as coisas.

— Como o quê? — perguntei. — Ligar para o Darren no tal local não divulgado?

— Ou ligar para o Gehry e falar para ele fazer o filho deixá-la em paz de uma vez — disse Angel.

— É exatamente o que eu preciso — falei. — A proteção de Poe contra o grande e malvado garoto de 14 anos. — Poe sentindo pena de mim. Poe achando que eu era patética. Pode esquecer. Se eu tinha conseguido dar um jeito quando estava drogada e amarrada numa ilha deserta, podia dar conta de um telefonema idiota. Não estávamos no filme *Pânico*.

— E por falar na prole de patriarcas nojentos com a qual não gostaríamos de estar — disse Lucky. — Tenho más notícias sobre Topher Cox.

— Você está brincando — falei. Lucky estivera encarregada de checar o passado de nossos potenciais convocados.

— Pelo que descobri ele é neto do ilustre Achilles da C125 — prosseguiu Lucky. — Lionel Drake, importador/exportador. Casas em Cingapura, Paris e Martha's Vineyard.

— Que merda — falei.

— Somos obrigados a convocar legados? — perguntou Little Demon.

— Se acharmos que isso pode melhorar nosso prestígio com os patriarcas — disse Angel. — Não sou idiota. Sei que uma das razões para eu ter sido escolhida ano passado foi porque a C176 achou que facilitaria as coisas com meu pai se uma das terríveis garotas convocadas fosse, na verdade, sua própria filha. — Ela comprimiu os lábios. — Eles realmente não conheciam meu pai.

Verdade. O fato de terem escolhido Angel, que sempre tinha sido uma decepção para o pai, só tinha reforçado a convicção do Sr. Cuthbert de que a sociedade não era lugar para mulheres.

— Mas nunca ouvi falar desse cara — comentei. — Ele não tem uma participação de destaque, assim como o pai de Angel. Talvez ele nem ligue para o fato de o neto ser convocado.

— Bem lembrado — disse Angel. — Geralmente os patriarcas interessados são bem participativos sobre a direção para a qual desejam que o nepotismo se volte. Todos eles sabem que sou uma convocada de "legado", e recebi nada menos do que quatro e-mails de patriarcas interessados em saber se as próprias crias estão na minha lista de candidatos. A maioria incluiu currículos. Um deles mandou também um vídeo.

Lucky ficou só lá sentada, braços cruzados, esperando que terminássemos.

Suspirei e olhei para ela.

— Ai, o que você tem para dizer?

— Um mês atrás, Lionel Drake doou dez mil dólares para o fundo TTA.

Mais tarde Lucky me encontrou soterrada em livros nos fundos da Grande Biblioteca.

— Tudo bem, Bugaboo?

— Sim — respondi, pegando outra pilha. — Tudo ótimo.

— Você não *tem* que convocá-lo — disse ela. — Não há nada que a obrigue.

— Claro, até parece que podemos nos dar ao luxo de perder o apoio de mais algum patriarca. — Sentei-me sobre os calcanhares e espirrei. — Será que Hale nunca limpa aqui atrás?

Eu já estava ficando animada com a ideia de convocar Kalani. Ela era tudo o que a Rosa & Túmulo podia querer: inteligente, talentosa, ambiciosa, focada, determinada. Ela iria mais do que corrigir o tropeço no caminho para a dominação mundial que a Ordem dera quando Malcom me convocou. Eu sabia que, na teoria, Kalani me superava completamente, mas ela dava duro, merecia isso, e era muito simpática, além de tudo. Queria que ela fizesse parte da nossa sociedade, da nossa equipe. Queria ser a irmã mais velha dela. Talvez o apoio dos contatos da Rosa & Túmulo a ajudassem em seu caminho ao superestrelato. Talvez, se fosse uma Coveira, ela não se esquecesse das pessoas simples como eu quando de fato se tornasse um grande sucesso.

Peguei outra pilha de livros.

Topher, por outro lado... Eu tinha até medo da ideia de um cara como ele ter acesso aos nossos segredos.

— Bem, eu ainda teria que trocar com alguém para poder convocá-lo — falei. — Você quer uma convocada? — Jenny tinha tirado uma bola preta.

— Não, obrigada — respondeu. — Estou de olho num aluno de Ciências Cognitivas da Universidade Calvin. Tivemos uma ótima conversa outro dia. A meta dele na vida é descobrir a localização da alma. Atualmente está tentando decidir se quer fazer seminário antes da Faculdade de Medicina, ou vice-versa.

— Tente convencê-lo a entrar para o seminário primeiro — argumentei, me lembrando de Howard, o convocado da C177 que tinha largado tudo para se concentrar para as provas de admissão e requerimentos para a Faculdade de Medicina. — Vai ser mais fácil de conseguirmos que ele aceite.

— Vou acrescentar isso à lista logo depois de "Convencê-lo de que não somos um bando de adoradores do diabo". — Ela riu. — Já ouvi falar que algumas pessoas às vezes pensam isso.

Sorri e balancei a cabeça. Tinha sido mesmo há apenas um ano que a própria Lucky acreditara nisso e entrara para a Rosa & Túmulo com o objetivo claro de destruí-la pelo lado de dentro? Não era de admirar que tivesse se oferecido para checar o passado das pessoas. Lucky não era só a mais capaz, por causa do acesso à rede, mas tinha um interesse pessoal em garantir que não cometêssemos o mesmo erro com nossos convocados que a C176 tinha cometido com ela.

— E... como está todo o resto? — perguntou ela. — Também está tudo ótimo?

— Quer saber sobre o namorado que você não suporta?

— Quero saber se *você* consegue suportá-lo — disse Lucky, folheando lentamente outro Livro Negro. — O bastante para lhe contar sobre os acontecimentos importantes da sua vida. Ou, pelo menos, contar que o garoto que a sequestrou ligou para conversar.

— Já falei. Isso só vai deixá-lo preocupado.

— Nós todos ficamos preocupados — replicou ela. — Por que com ele deveria ser diferente?

Olhei de cara feia em direção às prateleiras. Era diferente e pronto. Só Poe tinha sérias dúvidas sobre minha capacidade de lidar com as questões da minha vida.

— Quero ter certeza de que ele a faz feliz. — Lucky cruzou as mãos sobre o colo. — Já passei por isso... Você se lembra do semestre passado? O namorado insuportável que queria tudo e não dava nada em troca? Você se lembra de como eu queria esconder ou mudar tudo o que era por ele?

— E agora o que você está escondendo? — rebati. — O fato de que você *tem* um namorado?

Ela suspirou. Tínhamos passado a maior parte das férias de primavera dizendo que estava acontecendo alguma coisa entre Lucky e o colega cavaleiro Tristram Shandy. Ela sempre negava. E negou de novo.

— Poe não é assim — falei. — Não ligo para o que vocês acham.

— Neste momento, estou só pensando que ele não é apenas seu namorado, mas também seu irmão de sociedade. E são duas razões para você não esconder nada dele.

— Ele esconde um monte de coisas de mim — resmunguei, e peguei outra pilha de livros.

Lucky começou a organizar e a devolver para as prateleiras aqueles que estavam no lado oposto da minha pilha.

— Está bem, deixando a questão do namorado de lado, como está todo o resto? Desde o que aconteceu nas férias de primavera e com toda essa história da convocação, parece que a gente não conversa há séculos. Como vão as aulas? Sua monografia? A procura de emprego?

Uma droga (exceto pela aula sobre Nabokov), uma droga, uma droga.

— Tudo bem.

— Já sabe o que vai fazer ano que vem?

— Não — admiti.

— Porque andei pensando que a Caritas podia ter alguém para trabalhar como relações públicas.

Olhei para ela.

— E o que a faz pensar que sei alguma coisa sobre relações públicas?

Ela me olhou de volta.

— O que você andou fazendo para a gente durante todo o ano? E aquele artigo que você escreveu para o *Daily* na primavera passada onde sozinha transformou uma revelação prejudicial sobre a sociedade em um argumento para o crescente papel da igualdade de direitos na Ivy League? E todo aquele trabalho que você teve no semestre passado quando eu... bem, quando cometi aquele ligeiro erro de julgamento? Você também conseguiu amenizar todo aquele caos. Acho que seria uma ótima RP.

— Uma ótima RP precisaria ter contatos. Eu não tenho contatos.

— Mas *eu* tenho contatos — disse Lucky. — Quando vendi meu programa, na época do ensino médio, fui a dezenas de noticiários. Fizeram uma matéria inteira sobre mim na *Wired*. E meu Rolodex é seu Rolodex.

Ergui as sobrancelhas.

— Você alguma vez sequer *viu* um Rolodex?

— Está bem. Meu iPhone, mas a questão principal é: quero que você trabalhe para mim por causa das suas habilidades.

— Você me quer porque está criando uma empresa composta só de Coveiros.

— Não, vou contratar a namorada do meu irmão também.

— O que você é, um programa de auxílio ao emprego?

— O que tem de errado em querer me cercar de uma equipe de pessoas brilhantes em que confio? — perguntou ela. — O objetivo dessa sociedade não é fazermos contatos que nos ajudarão mais tarde na vida? Você, Angel, Tristram e todos os outros são a melhor coisa em ser uma Coveira. Conhecer vocês, confiar em vocês. Eu contrataria Soze quando saísse de Stanford se não soubesse que ele quer entrar para a política. E em cinco anos ele virá até mim pedir contribuições para sua campanha, e ficarei feliz em lhe dar o que puder, porque sei que ele fará coisas importantes para o nosso país. Não porque nós dois somos Coveiros, mas porque fomos Coveiros juntos e sei exatamente o que ele é capaz de fazer, e quero que ele possa fazer.

Isso era o que nenhum bárbaro entendia a respeito da natureza das sociedades secretas. Eles desconfiavam de nossas ligações, de nossa tendência a ficarmos juntos, trabalharmos juntos, contratarmos uns aos outros, apoiarmos uns aos outros. Para as outras pessoas, éramos uma rede nepotista, um clube de velhos amigos feito para mantê-las de fora.

Mas não era tão simples. Eu não gostava de todas as pessoas da minha sociedade, nem confiava em todas elas. Eu me esforçava muito até para respeitar algumas delas, principalmente aquelas de quem eu discordava em todas as questões. Provavelmente nunca acabaria mantendo contato com Nikolos ou Mara. Mas as pessoas que eu tinha aprendido a amar durante aqueles meses na Rosa & Túmulo seriam pessoas que eu amaria para sempre. Trabalhar na empresa de Jenny seria uma experiência incrível. Ajudar amigos próximos que eu admiro a se darem bem em seus empregos dos sonhos — o que poderia haver de errado ou elitista nisso?

Mas Lucky percebeu minha hesitação.

— Bem, apenas pense nisso — disse ela por fim. — Sei que você tem várias coisas para pensar no momento. Não espero uma resposta agora mesmo.

— Obrigada — respondi. — Quem sabe? Ainda posso entrar para a pós-graduação.

— Vou rezar para que você tenha a melhor opção ao seu dispor — replicou ela, e colocou outra pilha de livros nas prateleiras. — E para que você e Poe parem de guardar segredos um do outro. Ele, eu até entendo, mas você? Você nunca fez muito o tipo calado. Sem ofensas.

— Tranquilo.

Abri o livro que estava em meu colo. As primeiras páginas relatavam os planos para a Iniciação Retardatária da C176 — quando os membros da sociedade se reuniram no começo do ano letivo para realizar a iniciação completa dos cavaleiros que estavam no exterior durante o penúltimo ano, quando haviam sido convocados. De acordo com as anotações do livro, o Cavaleiro Poe tinha sido particularmente participativo na organização da cerimônia. Quem quer que tenha escrito a ata daquela reunião específica, tinha um talento e tanto para o veneno. Uma pequena amostra:

10:46:* O cavaleiro Poe sugeriu que providenciássemos galinhas *vivas* para as festividades. O Cavaleiro Atlas, que tem experiência com aves devido à fazenda da família, nos aconselhou a não fazemos isso. Hale interrompeu a reunião com o carrinho de café e um apelo convicto para mantermos animais de criação fora do mausoléu. Tendo sua proposta recusada, o Cavaleiro Poe seguiu olhando furiosamente para os irmãos reunidos por uns bons cinco minutos.

11:15: Galinhas de novo.

11:52: De volta às galinhas.

12:05: Tio Tony deu a palavra ao Cavaleiro Lancelot, que amenizou a tensão da seguinte maneira: "Me parece que a ideia de Poe é acrescentarmos um pouco de caos nos procedimentos. Em vez de nos concentrarmos nessa questão toda da galinha, talvez possamos achar uma outra forma de causar um pouco de pandemônio?"

Seguiu-se um brainstorming.

12:17: As galinhas foram deixadas de lado em favor de luzes estroboscópicas e fogos de artifício de pequenas proporções. O Cavaleiro Poe se acalmou. Hale? Nem tanto.

*Todas as horas estão de acordo com a hora dos Coveiros.

Desde o início, ao que parece, Poe tinha se empolgado com esse lance de sociedade.

Pensei o que mais poderia descobrir sobre ele lendo os Livros Negros. Comecei a folhear mais rapidamente as páginas. As pessoas falavam de suas férias de verão, depois então os relatórios de Êxtase Nupcial começaram. O primeiro não era de Poe, nem o segundo, embora o terceiro, o Puck da C176, tivesse algumas histórias picantes. Uma orgia? Sério? Nossa, o Puck do ano anterior fazia até George parecer inofensivo.

Peguei o próximo Livro Negro e comecei a folhear as páginas. Nada de Poe, nada de Poe, nada de Poe. O pai de George, George Prescott, veio falar para o clube sobre os mercados emergentes na China. Mais ENs. Ah, ali estava. O Relatório de Êxtase Nupcial de Poe, Cavaleiro de Perséfone, Ordem da Rosa & Túmulo.

O livro se fechou com força em minhas mãos.

— Amy! — gritou Lucky, as mãos na capa do livro, e fiquei tão surpresa que me esqueci de multá-la. — O que você está fazendo?

— Procurando ideias para a iniciação.

— Não no volume de dezembro — disse ela. — Eu vi o que havia naquela página.

— Está na Biblioteca — argumentei. — Posso ler se eu quiser. Qualquer cavaleiro pode. — Além disso, ele já sabia tudo sobre mim. Não era justo.

— Não acha que, se Poe quisesse que você soubesse essas coisas a respeito dele, contaria?

— Você não acha que um cara como Poe presume automaticamente que eu fico bisbilhotando sem ele saber?

Nisso eu tinha razão, e Lucky sabia.

— Nesse caso, sugiro que faça o que é certo. Você não deveria ler isso *porque* ele não confia em você para mais nada.

Isso não fazia o menor sentido, e parecia especialmente falso vindo da Senhorita Hacker.

Ela puxou o livro das minhas mãos.

— Acho que vou ficar com isso por enquanto.

Tentei pegar o livro, mas não consegui.

— Não. Posso ver o que eu quiser. Para que outro propósito servem esses livros se não para que os atuais cavaleiros os leiam?

Ela balançou a cabeça.

— Quatro anos em Eli e você ainda não aprendeu o básico sobre pesquisa. É isso o que acontece com os alunos de inglês, você sabe.

— Alunos de literatura.

— Tanto faz. O objetivo das fontes secundárias, como estes livros, é preencher as lacunas quando não conseguimos nossa informação da fonte primária.

— *Não consigo* obter essas informações com a fonte primária — argumentei. — Ele não me conta nada.

Ela tirou o livro do meu alcance.

— Bem, é desonesto bisbilhotar sem que ele saiba.

Coloquei as mãos nos quadris.

— Estou demonstrando jogo de cintura. Encontrar meios de conseguir o que preciso quando meu contato não está ajudando. Você devia estar feliz por eu ser tão engenhosa.

— Ficaria mais feliz se você fosse honesta com seu namorado — disse ela, virando-se para sair, ainda segurando firmemente o livro. — Porque, mais do que gostaria que trabalhasse para mim, quero que você seja feliz.

Eu assistiria à aula de romance russo como ouvinte naquele dia. O plano era encontrar um lugar perto de Kalani, mas a garota aparentemente era popular, além de todas as características positivas. Todos os lugares em sua fileira estavam ocupados. Então, me sentei logo atrás. Enquanto o professor se preparava, bati de leve no ombro dela.

— Oi, tudo bem?

— Oi, Amy. Como vai?

— Tudo ótimo. — Procurei um assunto para conversar. — Você tem as anotações da aula de 15 de fevereiro sobre *Crime e castigo*? Faltei essa e quero ter certeza de que tenho tudo de que preciso para o trabalho da semana que vem. — Sim, posso procurar o plano de estudos online com as partes mais importantes.

Ela folheou o fichário.

— 15 de fevereiro... humm. As anotações devem estar no meu computador lá na suíte.

— Ah, não. — Ah, sim. — Que horas eu posso passar na sua suíte para pegar essas anotações?

— Posso mandá-las por e-mail para você. Assim fica mais fácil.

Sim, fica. Droga.

— Que ótimo.

Agora eu só tinha que aguentar cinquenta minutos de aula de uma matéria na qual havia passado um ano antes. Como se tivesse tempo para isso com o prazo da minha monografia acabando e só tendo escrito metade dela. Ainda nem tínhamos chegado às deliberações e o período de convocação já era um saco.

Não melhorou nada na aula de mudanças atmosféricas na manhã seguinte. O interruptor de Arielle tinha mudado de *ligado* para *desligado*, desde nossa conversa cifrada no refeitório da universidade dela. Agora que achava que eu iria convocar Topher para assumir o meu lugar na Rosa & Túmulo, já não guardava mais lugar para mim na sala de conferências, e claramente não se oferecia para carregar meus livros indo e voltando das aulas ou para colocar a própria jaqueta sobre qualquer poça que houvesse no caminho. Ninguém nota como é bom ser adorado até perder o privilégio.

Evitei o frio que emanava do território de Arielle nos fundos da sala, segui até a parte da frente e deslizei para um assento na terra desconhecida da primeira fila. Para manter a aparência de aluna séria, abri numa página do caderno espiralado, destampei a caneta e me preparei para fazer as primeiras anotações sobre o campo fascinante dos gases do efeito estufa.*

— Com licença, Amy Haskel? — perguntou uma garota dois assentos à minha esquerda.

Olhei para cima.

— Sim?

— Sou Michelle Whitmore.

— Hã, oi. — Eu deveria conhecer essa garota? O cabelo dela era liso e castanho, e estava preso de forma desordenada para cima, a pele pálida tinha algumas sardas pelo nariz, e ela usava uma blusa verde com gola em U que quase, mas não exatamente, deixava seus olhos da mesma cor.

---

*A confessora está sendo um pouco injusta aqui, uma vez que as mudanças atmosféricas e o aumento dos gases do efeito estufa são questões sérias que merecem a atenção de todos, não só dos alunos de geologia. E não, ela não foi coagida a dizer isto.

— Como você sabe o meu nome?

Ela apontou para meu caderno.

— Está escrito bem aí.

Ah. Boa.

— Acho realmente constrangedor, para nós duas, que eu precise me apresentar.

Nossa, que ego!

— Como é?

— Tenho esperado pacientemente por sua última lista de exercícios. Está atrasada uma semana.

Fiquei pasma.

— Você é minha monitora? — Eu via o desenho de um rostinho verde sorridente que aquela garota deixava no alto dos meus deveres de casa durante todo o semestre, mas nada mais. Para mim, Michelle Whitmore podia se chamar "Seção 4".

Ela me cumprimentou de forma debochada.

— O que você saberia se tivesse aparecido alguma vez em alguma reunião.

Oops, fui pega.

— Você é veterana fazendo a aula no esquema de conceito aprovado/reprovado, estou certa? — Quando assenti, ela deu de ombros. — Eu mandaria e-mails para você se estivesse a caminho da zona de reprovação. Participação nas aulas só representa dez por cento da nota.

— Mas as listas de exercícios correspondem a vinte.

— Correto. E isso significa que essa provavelmente é uma parte da qual você não pode escapar. Então... quando devo receber a lista?

— Que tal depois do almoço?

— No final da aula seria melhor — afirmou ela.

Levei a mão ao coração.

— Você não pode estar sugerindo que eu use o período da aula para terminar a tarefa! Que tipo de aluna de pós-graduação é você?

— O tipo que secretamente ainda está na graduação e passa as aulas de história colorindo ilustrações do caderno de laboratório. Sei bem como esse jogo funciona.

Estreitei os olhos.

— Espera aí, estou sendo monitorada por uma aluna de graduação?

Ela revirou os olhos.

— Bem, em primeiro lugar, você não está sendo monitorada por ninguém no momento, já que não entrega as tarefas para eu dar nota e não aparece nas minhas reuniões. E, em segundo lugar, bem-vinda ao maravilhoso mundo do Grupo IV.

O professor se dirigiu ao púlpito e sorriu para os alunos. Principalmente para os puxa-sacos nas três primeiras filas.

— Não posso fazer minha tarefa de casa na primeira fila, pelo menos isso.

— Verdade — cedeu ela. — Você tem alguma aula depois desta?

— Almoço.

— Almoce comigo e lhe darei um curso rápido de tudo o que perdeu em minhas estimulantes reuniões durante todo o semestre. Talvez eu até lhe devolva um pouco daqueles créditos. Então entregue sua lista de exercícios.

— Sério? — Depois que eu a havia basicamente desrespeitado pelos últimos três meses? Essa garota estava sendo muito mais legal do que eu seria se a situação fosse inversa.

— Não, você está certa, as reuniões não são assim tão estimulantes. Na maior parte do tempo a gente desenha nuvens.

Eu ri, e o professor olhou feio para nós. Legal e divertida. Talvez eu devesse ter ido às aulas dela durante todo o semestre. Eu me acomodei e ouvi o professor nos falar tudo sobre sumidouros de carbono e eras do gelo. Na verdade foi bem interessante. Era uma pena que eu só tivesse manifestado interesse em coisas fora do meu campo de estudo no final da minha carreira universitária. Tenho certeza de que quando eu ficar velha e grisalha, vou lamentar não ter aproveitado mais a quantidade de aulas que a Eli tinha a oferecer quando tive a chance. Eu podia ter encaixado um crédito extra aqui e ali.

Talvez então eu não teria de escolher, no último semestre, entre a Itália Renascentista e mudanças climáticas.

Depois da aula, comecei a fazer a lista de exercícios enquanto Michelle falava com o professor, os outros monitores e os alunos mais empreendedores das nossas reuniões.

— Você está fazendo esse aí todo errado — disse ela inclinada sobre mim, enquanto eu me esforçava para fazer o número três.

— Que bom que tenho chance de corrigir antes de entregar — devolvi. Eu não lidava com balanceamento de equações desde o ensino médio. Aquele ali devia me explicar a teoria por trás da redução da camada de ozônio, mas eu não estava conseguindo usar o catalisador direito.

— Vou fazer você sofrer só um pouquinho pelo seu crédito — disse ela. Sorri e guardei minhas coisas.

As opções de almoço no prédio de Ciências eram poucas. Todo mundo que não voltava para o refeitório comum no campus principal comia no refeitório no alto da Torre de Biologia. A comida lá era apenas razoável, mas a vista, espetacular, e era mais fácil ver alunos de pós-graduação e professores lá do que em qualquer outro lugar do campus.

— Você também é veterana, certo? — perguntei enquanto estávamos no elevador. A afronta de ter uma monitora ainda na graduação seria apenas agravada se descobrisse que ela era mais nova do que eu.

— Penúltimo ano — replicou ela. — Acho que é isso que eu seria. Viajei para fora do país na última primavera sem transferência de créditos, e depois deixei de estudar outro semestre neste outono para fazer pesquisa, embora tenha ficado no campus.

— Então você se matriculou com a minha turma.

— Sim, e espero que eles não contem o último outono como se eu estivesse estudando. Somos expulsos depois de oito semestres de aulas aqui, você sabe.

Eu sabia. Minha amiga Carol vivia com medo de atingir o limite de oito semestres sem completar todos os créditos. É claro que Carol não conseguia manter uma carga horária completa. Abandonava as aulas toda vez que aparecia um papel interessante numa peça do campus — o que acontecia quase todo semestre. Eu não sabia se ela queria um diploma de Eli tanto quanto queria as oportunidades que surgiam com o prestigioso programa de teatro de Eli. Para ela, o diploma era supérfluo.

— É difícil para você saber que todos os seus colegas estão se formando este semestre? — perguntei a Michelle.

Essa era uma das preocupações que me fizeram desistir de estudar um semestre fora. A não ser que eu escolhesse um dos dois programas gerenciados pela Eli, meus créditos não seriam transferidos e eu teria que assistir a minha turma se formar sem mim — Lydia e meus outros amigos, todos irem embora.

Ela deu de ombros.

— Podia ser se eu ainda estivesse morando no campus. Não noto muito agora que não estou morando mais em Strathmore.

Não era de espantar que ainda não a tivesse visto. Das doze universidades residenciais do campus, somente Strathmore e Christopher Bright abrigavam calouros dentro dos muros. Os calouros das outras dez, incluindo a minha Prescott, viviam juntos no Old Campus e só se mudavam para as universidades residenciais no segundo ano. Os administradores da Eli alegavam que essa estratégia nos ajudava a fazer amigos fora de nossas universidades. Os residentes de Strathmore, por outro lado, tendiam a ser mais insulares. Se eu não conhecia alguém da minha turma, essa pessoa provavelmente era da Strathmore ou da Christopher Bright. O fato de Jamie ter sido da Strathmore não devia ter melhorado muito suas tendências isolacionistas naturais.

No último andar, Michelle saiu no refeitório e deu uma olhada nos lugares.

— OK, vamos comer aqui.

Como se tivesse algum outro lugar para nos sentarmos. Eu a segui até a fila do bufê e peguei uma bandeja.

— Eu não vejo muitos dos meus antigos amigos da Strathmore com frequência. Fico quase sempre por aqui com os alunos da pós-graduação e outros cientistas — disse ela, espetando um pimentão recheado de arroz e tomate e colocando-o no prato.

Peguei um pimentão recheado com carne moída e empurrei a bandeja ao lado da dela.

— Acho que a comunidade que tenho aqui em Prescott é uma das coisas de que mais vou sentir falta quando me formar. — Bem, essa e a comunidade da Rosa & Túmulo. Mas se eu aceitasse a oferta da Jenny, não estaria me afastando deles de fato, não é?

— Deve ser legal — disse ela. Mas como estava com o rosto virado para a máquina de *frozen yogurt*, não deu para saber se estava sendo sarcástica ou amarga.

Nem todo mundo em Eli era tão ligado à universidade como eu era à Prescott. Eu conhecia vários alunos que tinham até pedido transferência só para ficar mais perto dos departamentos de estudo, das caras-metades, ou, em alguns casos, do ginásio de esportes. Mas os residentes da Strathmore e da Christopher Bright tendiam a ter esse sentimento de ligação mais forte do que os outros alunos, como resultado de estarem juntos desde o início.

Quando nos sentamos, inspecionei com atenção o prato dela. Nada de carne.

— Você é vegetariana?

Ela assentiu.

— Vegana. Isso não vai ser um problema, vai?

Eu ri.

— Acho que estou notando essas coisas com mais frequência agora. Meu namorado é vegetariano.

— E ele ainda não conseguiu convertê-la?

— Não. E ainda não decidimos como vamos criar nossos filhos também. — Dei uma grande mordida no pimentão recheado com carne moída e pensei se Jamie acharia essa piada engraçada ou não. Quero dizer, filhos?

— Carnes hoje em dia me assustam. Os hormônios, as químicas, o desmatamento e a alocação de recursos... E depois há as questões de controle de qualidade. O risco da doença da vaca louca fez com que os hambúrgueres ficassem decididamente menos apetitosos.

Engoli com certa dificuldade.

— Você é mesmo uma estraga-prazeres, Michelle.

— Espera até ouvir meu discurso sobre o buraco na camada de ozônio e o câncer de pele.

E para provar que não estava nem de longe brincando, minha monitora de geologia continuou me apavorando pelos vinte minutos seguintes. O mundo, na opinião dela, estava próximo do fim, graças ao consumismo desenfreado, à indústria e à poluição causada por, bem, nós.

O petróleo estava se esgotando, não que estivéssemos fazendo qualquer coisa a respeito, a erosão e o esgotamento do solo atingiram os maiores níveis de todos os tempos, os efeitos globais das alterações climáticas eram e continuariam sendo catastróficos para a produção de alimentos e espaços selvagens. E, é claro, havia aquele incômodo clima rigoroso, que só podíamos esperar que piorasse na medida em que o globo se tornava progressivamente mais quente e instável, atmosfericamente falando. Supertempestades, superinundações — e isso só vindo do céu. No âmbito das coisas que havíamos causado (para variar), precisávamos repensar a sensatez de construir cidades enormes em cima de falhas geológicas (alô, Los Angeles) ou em outras regiões instáveis (alô, delta do rio Mississippi). Era... preocupante.

Quando ataquei o *frozen yogurt* meio derretido, não conseguia deixar de notar uma clara semelhança entre minha tigela de papa de baunilha e pedacinhos de chocolate e nossas calotas polares ameaçadas. Cada pedacinho pequeno que afundava podia muito bem ser um urso polar faminto caindo através gelo.

— Então agora você sabe o que está perdendo por faltar às minhas reuniões toda semana — disse ela alegremente, comendo um pouco de iogurte de baunilha à base de soja.

— E o que... podemos fazer a respeito? — perguntei, preocupada.

Ela ergueu os ombros.

— Não sei. Reciclar? Usar transporte público? Assistir a aulas como essa para saber exatamente com o que estamos lidando, além de toda bobagem política?

— Acho que estou me saindo muito bem, então.

— Parar de comer carne — prosseguiu.

Agora ela parecia o Jamie falando!

— Fico feliz por ter geólogos como você por perto.

— Não sou geóloga — disse ela. — Sou química. Estou emprestada ao departamento de geologia este semestre. É uma longa história.

— Interessante?

— Na verdade, não. Agora me deixe lhe mostrar aquela equação para o catalisador de destruição do ozônio... — Ela começou a rabiscar num guardanapo, então de repente ficou paralisada. — Eu me esqueci de que preciso voltar para o prédio de geologia agora. Podemos terminar isso lá?

— Por quê?

— Hum, horário de expediente. Só preciso ficar com o traseiro lá na cadeira. Ninguém vai aparecer. Vamos.

Devolvemos nossas bandejas em tempo recorde, então Michelle praticamente correu até o elevador, a bolsa tipo pasta batendo com força contra o jeans na altura das coxas. Já no interior, começou a apertar repetidamente o botão da portaria como se o elevador pudesse entender isso como um sinal de urgência e descer mais rápido.

— O professor chama sua atenção se você chegar atrasada? — perguntei.

— Isso. — A porta fechou e Michelle se apoiou na parede. — E eu também devo muito a ele por me contratar. Não quero desapontá-lo.

Mas assim que deixamos o prédio, seguimos de volta para o laboratório de geologia a um passo que só podia ser descrito como um "caminhar despreocupado". Ela me levou até a minúscula biblioteca no quarto andar, onde travei uma luta árdua com letras e números até a coisa toda fazer sentido:

$CFCl_3$ [poluente] + Luz UV ==> $CFCl_2$ + Cl
Cl + O_3 [ozônio] ==> ClO + O_2
ClO + O ==> Cl + O_2
Cl + O_3 ==> ClO + O_2
ClO + O ==> Cl + O_2
(E assim por diante...)

Olhei para os resultados. Caramba, a Terra estava ferrada.

— Sabe — disse ela, escrevendo minha pontuação no controle pessoal. — A julgar por sua nota da metade do período, você vai acabar com um bom B nessa aula, mesmo sem o crédito de dez por cento pela participação. Suas notas devem ser muito boas para optar pela avaliação de conceito aprovado/reprovado.

— Eu estudo literatura. Qualquer coisa menor do que um A menos é uma vergonha.

— As notas seguem uma curva mais clássica nos departamentos de ciências — replicou. — Tive que batalhar duro pelos meus As.

Mas ainda assim ela era uma monitora que estava para se formar. Alguma coisa me dizia que Michelle Whitmore estava apenas sendo modesta. Eu me perguntava qual seria sua verdadeira história. Se Jenny não estivesse enrolada até o pescoço verificando o passado dos potenciais convocados, eu poderia até pedir a ela que descobrisse para mim. Porque qual é o sentido de se ter os recursos de uma rica e poderosa sociedade secreta à sua disposição se não se aproveita disso para bisbilhotar a vida dos seus professores?

Agora era eu que estava pensando como Jamie.

— Isso é tudo. — Ela me devolveu a lista de exercícios completa com o desenho padrão de um rostinho verde sorridente no alto da folha. — Imagino que você vai voltar agora para a segurança das artes liberais.

— Pode acreditar.

— Bem, foi bom conhecer você, Amy Haskel. — Quando me levantei para ir embora, ela se sentou com um exemplar de algo que parecia um denso artigo científico. — Ah — acrescentou. — Gostei do seu tênis.

Olhei para o meu All Star amarelo.

— Obrigada.

Enquanto andava depressa de volta para o campus principal, pensei que era uma pena que Michelle fosse de Strathmore, tivesse ficado um semestre fora, saído do campus e se isolado nos laboratórios. Eu podia ter sido amiga dela se a tivesse conhecido antes de estar a um mês e meio da formatura. Por outro lado, eu tinha acabado de começar a namorar um cara a um mês e meio da formatura.

Mas Jamie era diferente. Ele era um cavaleiro, era da minha sociedade. Teríamos muito tempo juntos, mesmo depois da formatura.

Que pena que eu não podia convocar Michelle.

Por meio desta, eu confesso:
Se você está em um relacionamento problemático e sabe disso, bata palmas.

5.

Feudalismo

Uma água escura, mais espessa do que mel, se fechou sobre minha cabeça. Eu me debati muito, mas minhas pernas pareciam estar presas a algo muito pesado que me puxava sempre para baixo. Não conseguia me libertar, não conseguia puxar o ar, não conseguia fazer com que aquilo acabasse.

— Amy! Shh, é só um sonho.

Acordei coberta por uma fina camada de suor e pisquei, encontrando os olhos preocupados de Jamie. Ele estava apoiado sobre um cotovelo, os ombros nus banhados pela luz da lua, o rosto parcialmente coberto pela sombra.

— Estava se afogando de novo?

— Estava. — Deslizei por entre os lençóis e puxei a camisa emprestada de Jamie para baixo, para cima das minhas coxas, enquanto andava até o banheiro para jogar um pouco de água fria no rosto.

— Você percebe que só tem esses sonhos aqui? — Ele me seguiu e se apoiou na porta. Olhei com os olhos turvos para o reflexo dele no espelho. Seu rosto "preocupado" tinha a tendência a fazer com que Jamie parecesse "irritado". Eu sempre levava um minuto para recalibrar a percepção quando o via daquele jeito. Era fácil pensar que ele estava chateado comigo.

— Não, tenho esses sonhos em casa também — falei, e então bebi um pouco de água da pia, levando a mão em concha até a boca algumas vezes. — Só não quando você está lá.

— Precisamos corrigir isso.

Voltamos para cama, e puxei as cobertas até a cintura. Os garotos são como pequenos aquecedores. Eu dificilmente preciso de um cobertor quando durmo com um.

E isso era tudo o que andávamos fazendo. Dormindo. Bem, isso e algumas sessões bem quentes de pegação. "Trocando carícias", como minha mãe provavelmente chamaria.

De algum jeito, sem nunca conversar sobre o assunto, percebemos que uma sessão-de-estudos-até-tarde-transformada-em-passar-a-noite-juntos não era a melhor ocasião para ir até o fim. Pelo menos, acho que esse era o motivo. É só que nunca parecia certo transar com Jamie pela primeira vez no sofá de seu apartamento, com nossos livros espalhados pela mesinha de centro ou pelo chão. Nunca parecia suficientemente bom fazer isso depois que ele já havia escovado os dentes e me puxado para os braços na cama (de casal, mas ainda usando o edredom do dormitório feito para uma cama de solteiro). Nunca parecia natural transar pela primeira vez com ele no meu quarto na Universidade Prescott, com Lydia e Josh a apenas uma fina parede de distância.

No entanto, não tinha certeza de quando seria o momento certo. Não podíamos pagar para passar um fim de semana fora em um hotel ou em alguma pousada romântica do norte do estado. Eu não tinha tempo; Jamie não tinha dinheiro. Além disso, eu nunca tinha sentido necessidade de fazer da primeira vez um acontecimento em nenhum dos meus outros relacionamentos. Os dormitórios serviam perfeitamente bem. Você está falando com a garota que perdeu a virgindade na festa de formatura do ensino médio no quarto infantil da irmã mais nova do dono da festa.

É claro que aquele relacionamento não deu certo. Nenhum dos outros relacionamentos tinha dado certo. Então talvez fosse a hora de mudar as coisas.

— Está com sono? — A voz de Jamie flutuou por cima dos travesseiros na escuridão.

— Não.

— *Sem* sono? — Sua mão roçou pelo meu torso, como um convite.

Respirei fundo.

— Darren me ligou semana passada.

As mãos de Jamie pararam sobre minha pele.

— Hã?

— Aparentemente, o pai dele o obrigou. Eles o colocaram num centro de reabilitação.

— Existem centros de reabilitação para sociopatas?

— Isso é o que todo mundo vem se perguntando também.

Jamie ficou muito quieto por um tempo.

— Todo mundo?

Ai, droga.

— Quem? — perguntou.

— Meu clube.

— Entendo. — Mais silêncio.

— Eles são do meu clube, Jamie. Fiz um juramento de lhes contar tudo.

— Sou seu namorado *e* um Coveiro. Onde isso me coloca na hierarquia da comunicação? Só por curiosidade.

Jenny tinha basicamente dito a mesma coisa. Considerando a antipatia inteiramente recíproca de ambos, aposto que odiariam o fato de terem concordado um com o outro. E depois odiariam concordar sobre isso também.

— Como está se sentindo?

E Jamie, como sempre, foi direto.

— Estou me esforçando para manter a raiva direcionada ao Darren, e não a você.

— Exatamente! — falei gritando e me sentei. — Sabia que você ficaria furioso, então não lhe contei.

— Que plano extraordinário. — Ele rolou para longe de mim, os ombros e as costas curvados em volta do travesseiro. — Você sempre me sai com os melhores.

Ah, me dá um tempo. Qual era o sentido de contar a ele? Já sabia todo o roteiro:

Primeiro Passo: Jamie iria dizer que Darren deveria ser responsabilizado criminalmente.

Segundo Passo: Eu concordaria, de maneira relutante.

Terceiro Passo: Jamie iria me dizer, com a ressalva de estudante de direito de que não se tratava de aconselhamento jurídico, que eu ainda podia prestar queixa contra Darren se quisesse.

Quarto Passo: Eu pensaria a respeito, depois me lembraria de que tinha feito uma promessa a Kurt Gehry, e, pelo que eu podia dizer, ele vinha cumprindo a parte dele. Darren não ficaria bom em uma ou duas semanas. Deixe que ele me ligue dentro de um ano, e veremos o que aprendeu.

Quinto Passo: Jamie perderia outro bocadinho de respeito por mim.

— Ele devia estar na cadeia — resmungou Jamie, ainda olhando para o outro lado.

— Eu sei.

— Você sabe que ainda pode prestar queixa, não sabe?

Lá vamos nós.

— Não quero discutir isso com você — falei, me deixando cair no travesseiro.

— Acredite em mim, já sei disso. — Ele rolou na cama. — Talvez você deva fazer uma lista dos assuntos proibidos para que eu possa consultar em ocasiões como essa.

— Ótimo! — rebati, encarando-o. — Podemos colocar seus relacionamentos passados no alto da lista.

— Você está brincando comigo? — Ele se sentou. — Amy, você não quer mesmo saber.

— Eu quero. Você é que não quer que eu saiba.

— É incrivelmente mórbido.

— Achei que gostasse de assuntos mórbidos, *Poe*.

Ele nem se deu o trabalho de cobrar uma multa por isso.

— Não tão mórbidos.

— Diz o cara que tentou participar do meu E.N. no último outono. — Oops, talvez tenha sido uma jogada ruim tocar nesse assunto.

Seu tom foi firme quando replicou. Sim, eu tinha piorado tudo.

— Aquilo foi diferente.

— Como?

— Porque você não era minha namorada na ocasião.

— Então você não ligava para o que eu fazia até decidir que era sua propriedade? Isso é legal e saudável.

— Você usou a palavra "propriedade". Eu usei "namorada" — esclareceu Jamie. — E embora eu tenha certeza de que você adoraria me tachar de misógino, está errada. Não ligo que você tenha transado com outros caras, só não quero saber.

Prendi a respiração.

A voz de Jamie tinha baixado, ficado rouca. Seu rosto estava sombreado pela luz alaranjada que vinha da iluminação da rua. E mais do que isso, ele estava dizendo a verdade, sobre nós dois. Jamie não tinha neuras com mercadoria usada, e eu... bem, eu não conseguia parar de agir como se ele tivesse. Mesmo meio que de brincadeira, eu ainda o tratava como o homem que acreditava que ele era no ano anterior. Eu não o apoiava quando estava com os outros cavaleiros do meu clube — até mesmo eles tinham notado isso.

Procurei por ele na escuridão.

— Jamie, eu...

Ele se curvou sobre mim.

— Não quero ouvir sobre algum outro cara que tenha tocado em você. Não quero pensar em como e onde foi, e se você gostou ou não. E porque tenho tanta certeza de que *eu* não quero ouvir sobre *você*, sei que você não quer ouvir sobre mim. — Ele se aproximou do meu corpo enquanto falava, e sua voz se tornou um sussurro contra a minha pele. — Você não quer saber se beijei o pescoço dela assim.

Ah, meu Deus. A boca dele estava quente e úmida, e se movia pelo meu pescoço com a mais precisa e inebriante combinação de pressão e sucção. Minhas mãos deslizaram pelos braços e pelas costas dele, puxando-o mais para perto. Minhas pernas se abriram e os quadris de Jamie se encaixaram entre elas. Através de camadas de lençóis e roupas íntimas, pude sentir a pelve dele pressionando a parte interna das minhas coxas.

— Você não quer saber se só transamos no escuro, para que eu pudesse sentir o corpo dela, mas não vê-lo. — Suas mãos deslizaram por baixo da minha camisa e a levantaram até a altura das minhas axilas. — Você não quer saber quanto isso tornou as coisas mais excitantes. — Seus polegares contornaram a parte de baixo dos meus seios. Meus lábios se abriram, e eu arfei. — Você não quer saber se fizemos amor nesta cama...

— *Fizemos amor?* — Dei uma risadinha. — Você está certo, eu não quero saber que na verdade você tem cinquenta anos.

Ele desabou em cima de mim e gargalhou sobre o meu pescoço.

— Amy, Amy...

— Jamie, Jamie — repliquei.

Mas então, de forma involuntária, a imagem de Jamie transando com outra garota bem ali, daquela mesma forma, se formou na minha mente, e estremeci. Ele estava certo; eu não queria saber nada disso. E apesar da forma como ele estava me tocando, eu não queria transar com ele naquele momento, minha mente ocupada com a imagem *dela* — seus gemidos e arfadas, e a maneira incrivelmente irritante como ela olhava dentro dos olhos acinzentados dele para que...

A pontada amarga de ciúme tomou conta de mim, preencheu os espaços vazios, ficou presa em minha garganta.

— Espera.

— Esperar? — Ele levantou a cabeça.

O que havia de errado comigo? Eu tinha conseguido dormir com George Prescott sem forçá-lo a enumerar sua legião de amantes. Sem sequer imaginá-lo com nenhuma delas enquanto estávamos na cama (ou no mausoléu, ou na despensa, ou em nenhum dos outros lugares onde estávamos em plena ação). Eu nunca tinha sido assim antes. Consegui sair de baixo de Jamie e me levantei.

— Eu... eu preciso ir.

— Você o quê? — Ele pegou meu braço enquanto eu procurava meu jeans. — Precisa ir? De forma alguma.

Consegui me soltar dele.

— Como assim?

— Não vou deixar você andar por essas redondezas às 4 horas da manhã.

Ah. Nisso ele tinha razão. Sentei-me na cama, segurando o jeans. Jamie se sentou a uma distância razoável.

— Sinto muito — falei, e engoli. — Acho que você tem razão... sobre ser melhor não saber de nada.

— Eu lhe contaria se achasse que acabaria com isso... — Ele balançou a cabeça e colocou as mãos sobre os joelhos. — Eu gostaria que você...

— O quê?

Ele não disse nada.

— O quê? — insisti. O que ele queria de mim?

— Eu gostaria que você confiasse em mim.

— Eu confio.

Ele riu com deboche.

— Eu gostaria que você me amasse.

Mordi o lábio. Ah, era isso o que ele quis dizer. No silêncio que se seguiu, achei que podia ouvir a erosão do solo no jardim da frente. Agora seria o momento perfeito para enfrentar as ruas perigosas e ir embora. Era mais fácil encarar os assaltantes.

— Esquece que eu disse isso. — As palavras de Jamie caíram no silêncio.

— E você?

— Se eu vou esquecer? Sim.

Não. Ele me amava? Mas eu tinha tanta chance de conseguir uma resposta dele sobre isso quanto tinha sobre as ex-namoradas.

— É melhor você dormir — disse ele por fim. — Você tem uma semana importante pela frente. A festa. As entrevistas. — Ele se retirou para o próprio lado da cama.

Deixei meu jeans no chão e fiz o mesmo. Talvez não nos amássemos — talvez não quiséssemos admitir isso — mas nos importávamos um com o outro. E eu gostava da forma como me encaixava na curva do braço dele. Gostava da forma como os lençóis tinham o cheiro dele. Gostava de ouvi-lo respirar enquanto dormia.

— Ainda acha que a Kalani é legal?

Que maneira de mudar o assunto. Passei a ponta dos dedos pelo braço dele.

— Sim. Ela é perfeita. Todo mundo vai gostar dela.

— O que você vai fazer com relação a Lionel Drake?

Beijei o ombro de Jamie, depois dei de ombros.

— Ele vai sobreviver.

— Então tirar os patriarcas do sério é a pedra fundamental da estratégia do seu clube.

— Prefiro tirá-los do sério a trazer Topher Cox para a Rosa & Túmulo. Não quero aquele cara brincando no meu quintal. — Não vamos nem entrar no mérito de que ele gostava de se comparar a um serial killer. Por falar em morbidez...

— Então você não vai ao menos convidá-lo para a festa?

Olhei para ele.

— E qual seria a vantagem disso?

Jamie se mexeu e eu fiquei ainda mais envolvida por seus braços.

— Duas coisas podem acontecer. Convidá-lo irá fazer com que Drake veja que você pelo menos está considerando o neto dele como uma possibilidade. Ou pode dar a eles falsas esperanças.

— Exatamente.

Franzi as sobrancelhas e me aninhei mais a ele.

— Então o que devo fazer?

— De forma alguma vou responder isso.

Eu o belisquei.

— Você é tão mau. Sério, o que você faria?

— Você sabe o que eu faria, Amy, porque sabe o que *fiz*. Eu convoquei o legado, mesmo não gostando muito dele.

— George não é Topher. — E não só porque eu tinha dormido com o primeiro.

— Tenho que concordar. Mas uma sociedade só é tão boa quanto a própria rede de contatos. Se ela desmorona por falta de apoio, não há razão de ser.

— Uma sociedade só é tão boa quanto seus membros — argumentei. — Se convocarmos degenerados, só vamos comprometer as gerações futuras.

Jamie me puxou para mais perto e me beijou na boca com força. Era toda a resposta de que eu precisava.

No final das contas, convidei Topher para a festa. Nosso encontro seguinte mostrou um claro aumento no quociente de consideração e respeito, o que dava a entender que alguém — provavelmente Vovô Drake — tinha conversado com nosso garoto nesse meio-tempo. Perversamente, eu me diverti com o puxa-saquismo de Topher, embora tivesse me chateado com o de Arielle.

O convite dela para a festa ainda estava pesando em minha mochila. Clarissa tinha feito um para todos da nossa lista de candidatos (menos para as celebridades da lista de George) naturalmente, mas eu não queria dar nenhuma falsa esperança à pobre garota. Se convidasse Arielle para a festa será que ela veria isso como "esfregar sal na ferida"?

Ou talvez eu devesse apenas encarar tudo isso como uma chance de beberem champanhe de graça bancado por nós, Coveiros?

Por mais que tentasse, eu não conseguia pensar numa maneira discreta de topar acidentalmente com Kalani uma terceira vez. A posição de poder que ocupava no *EDN* significava que, quando não estava em aula, podia geralmente ser encontrada entocada no castelo gótico do quartel-general do jornal. Tinha ouvido um rumor de que ela às vezes malhava nos aparelhos elípticos do ginásio, mas a garota claramente não estava com disposição para fazer exercícios naquela semana, e sua colega de quarto idiota aparentemente tinha até se oferecido para buscar, segunda à tarde, as porcarias de suas roupas que estavam sendo lavadas a seco, então minha vigilância nas lavanderias do campus tinha ido por água abaixo.

Que frustrante.

Na quarta, eu já estava ficando desesperada. A festa era na noite seguinte, e eu não tinha conseguido entregar o convite para minha convocada favorita. Decidi, então, assistir a outra aula de romance russo. Dessa vez, preferi entrar de maneira discreta no final da aula, na esperança de conseguir pegar minha presa sem ser forçada a ouvir cinquenta minutos sobre *Os Irmãos Karamázov*.

A sala de conferências estava lotada como sempre, e olhei em volta duas vezes antes de encontrá-la numa das fileiras do meio, no lado esquerdo do auditório. Fiquei parada no final da última fila, perto da porta pela qual ela teria que sair, e tentei pensar numa maneira inocente de puxar assunto.

Por que isso era tão difícil? Estava me sentindo como se quisesse convidá-la para um encontro romântico. *Ei, Kalani. Quer ir comigo a uma festa amanhã à noite?* Sim, muito sutil. Além disso, quem é que convida uma garota com quem só conversou uma vez para uma festa? Isso podia dar certo na primeira semana do primeiro ano, quando ninguém tinha nenhum amigo e todos pensavam que as pessoas que cruzam seu caminho no campus estavam destinadas a serem seus melhores amigos para sempre. Os veteranos já não compravam mais essa besteira. Nem os alunos do penúltimo ano. Ela iria pensar que eu era uma total fracassada para agir assim nesse estágio da minha carreira em Eli.

A aula acabou e a sala se encheu de barulho enquanto os alunos se levantavam de uma vez, conversando, colocando celulares para carregar, guardando livros, cadernos e laptops. Por um instante, perdi Kalani de vista. Não, ali estava ela, mais à frente, conversando com uma colega. Pensei rapidamente nas minhas opções para quebrar o gelo.

A) Oi, Kalani. Muito obrigada por aquelas anotações. Elas vieram bem a calhar. Como anda o seu trabalho?

B) Oi, Kalani. Olhe, a questão é a seguinte. Gostaria de convocá-la para a Rosa & Túmulo. Topa?

C) Oi, como vai? Você está bonita hoje. Está indo na mesma direção que eu?

Kalani estava subindo as escadas agora, vindo em direção a minha fileira. Tateava para fechar a bolsa, uma vez que sua atenção estava parcialmente focada na garota ao lado dela. Pense, Amy, pense. *Que aula incrível. Adorei o editorial na coluna de opinião do último domingo. Bonita saia.* Qualquer coisa. Apenas dê o pontapé inicial, depois a convide para a festa.

Ela estava quase na minha fileira agora. Abri a boca. *Oi, Kalani. Oi, Kalani. Oi, Kalani.*

Olhei para cima. Ela estava rindo seja lá do que fosse que sua amiga estava falando. Meus olhos correram para a tal amiga.

Felicity Bower. Felicity, da Cabeça de Dragão. Felicity, que estava saindo com meu ex-namorado Brandon. Felicity, que tinha feito o possível para tornar a minha vida um inferno nos primeiros meses deste semestre. Felicity, que pisaria alegremente sobre meu cadáver, se tivesse a chance.

Congelei. Abortar, abortar!

— Oi, Kalani — disse minha boca, porque tinha esse hábito desagradável de trabalhar independentemente do meu cérebro.

— Ah, oi, Amy — disse Kalani. Felicity parou, virou-se em minha direção, e fez uma discreta careta irritada de desdém. — Legal a aula, não é?

— Ainda estou tentando entender toda aquela metáfora com o globo aquoso — minha boca falou, sem levar em consideração a nova estratégia do meu cérebro. Aquela que envolvia minha fuga relâmpago da integrante da sociedade maluca rival que adorava me perseguir.

— Não sabia que você estava fazendo esta matéria, Amy — disse Felicity em um tom calmo. — Na verdade, achei que você tivesse feito no ano passado.

Kalani franziu a testa. Droga.

Abortar plano anterior. Novo plano envolve dar um murro na cara convencida da Felicity.

— Ah, Felicity. Sempre tão ocupada em gravar a minha grade de horários. — Verdade. De que outra forma ela teria conseguido me encontrar quando a Cabeça de Dragão estava passando todos aqueles trotes?

— Exatamente — replicou Felicity.

— Acho que você deve ter se confundido. — Sorri com os dentes trincados. — Mas você me conhece. Nunca me canso de Dostoievski.

É claro que ajudava o fato de *Os Irmãos Karamázov* ser um livro grosso o bastante para servir como arma letal se você o brandisse direito.

— Estávamos indo dar uma olhada na butique nova no centro da cidade — disse Kalani. — Quer vir?

Ah, estávamos, não é? Olhei para Felicity, para a expressão descarada de desafio dela. Inacreditável. Ela estava atrás da minha convocada. Minha. Convocada.

É claro que a Cabeça de Dragão iria querer uma garota do calibre de Kalani entre eles, mas por que Felicity, entre todas as pessoas, seria a responsável por recrutá-la? Ela não estava ligada ao jornalismo. Será que a Cabeça de Dragão tinha um *modus operandi* muito diferente quando se tratava de selecionar membros para a sociedade? Será que queria Kalani porque sua descendência em parte polinésia se encaixava na ideia de Felicity de um convocado ásio-americano?

Não. Isso era lhe dar muito crédito. A Cabeça de Dragão queria Kalani — *Felicity* queria Kalani — porque eles sabiam que eu estava atrás dela.

Essa era a mais nova batalha da sociedade em nossa rixa de longa data.

— Claro — respondi para Kalani, ainda olhando para minha nêmesis. — Adoraria.

Eu rapidamente descartei a ideia de que a Cabeça de Dragão tivesse grampeado o Templo Interior. Eles não precisavam quebrar a cabeça para saber de quais alunos do penúltimo ano estávamos atrás. Malcolm e Jamie tinham me contado no ano passado que era muito comum as sociedades competirem pelos convocados de primeira linha, e Kalani era o sonho de qualquer sociedade secreta.

Fiquei imaginando quantos dos outros potenciais convocados estavam sendo igualmente cortejados. Meus dedos estavam coçando para mandar uma mensagem de texto para Jenny ou Clarissa. *Tomem cuidado. CD à espreita.* Mas era difícil digitar, andar e continuar me insinuando na conversa de Felicity e Kalani tudo ao mesmo tempo. Decidi me concentrar nas duas últimas tarefas.

Mas, naquele instante, infelizmente, elas estavam falando sobre moda. Meu conhecimento começava em "Não use sapatos brancos em dias de chuva" e terminava em algum lugar por volta do meu total desprezo por shorts sociais, então não tinha muito com o que contribuir. Por isso me contentei em, de vez em quando, assentir de maneira inteligente e dizer "hummm".

No entanto, estávamos indo para uma butique. O que significava que se Felicity tivesse um pouco do know-how de Clarissa para roupas, ela iria se sair bem melhor lá do que eu. Ponto para a Cabeça de Dragão.

Então chegamos à butique. Felicity franziu o nariz, sorrindo para Kalani.

— Perfeito — foi tudo o que ela disse.

Perfeito era obviamente o oposto do que ela queria dizer. Dei uma olhada pelas janelas. Parecia que uma Feira Renascentista tinha explodido ali dentro. Espartilhos e espadas, tiaras e manoplas, capas de veludo bordadas com nós celtas e almofadas estampadas com cenas da Tapeçaria de Bayeux. O letreiro na porta de vidro dizia: O SIGNO DO UNICÓRNIO.

Entramos, sinos de fadas tocaram anunciando nossa chegada.

Uma mulher vestida como Stevie Nicks apareceu atrás do balcão.

— Abençoadas sejam — disse ela para nós, as mãos serenamente juntas diante do queixo. Havia uma fileira de livros atrás dela que tratavam de feitiços e ervas medicinais.

— Você é Wicca? — perguntei a Kalani. Demetria poderia aprovar se eu acrescentasse uma religião não predominante ao grupo.

— Não — respondeu ela, e seguiu por um corredor cheio de saias brocadas. — Só gosto das roupas. — Isso para mim era novidade, levando-se em conta seu suprimento inesgotável de tailleurs de cor bege.

Felicity ainda estava parada na entrada, procurando desesperadamente por qualquer coisa que fosse próxima de como ela achava que uma butique de roupas decente devia se parecer.

— Ei, Felicity — chamei, depois apontei para um dragão gigante de bronze no canto. — Dá só uma olhada. — Segui Kalani pelo corredor. Se ela gostava de fantasias, seria perfeita para a Rosa & Túmulo. Isso estava ficando melhor a cada minuto.

Kalani segurou um vestido verde e dourado em frente ao corpo, então conferiu seu reflexo no espelho ornado no final do corredor.

— É bobo, eu sei. Mas meus pais faziam parte da Sociedade para o Anacronismo Criativo quando eu estava crescendo, então acabei me interessando. Eu cheguei a entrar para a sede deles na Eli no primeiro ano, mas depois fiquei muito atarefada com... outras atividades e não pude continuar.

Como o jornal. Não conseguia imaginar de quantas coisas ela devia ter desistido para administrar o *EDN*. Ainda assim, havia encontrado tempo para arrumar um agente literário e manter uma grade de horários cheia. Eu tinha esperança de que Kalani encontrasse tempo para a Rosa & Túmulo, embora começasse a duvidar de que ela precisasse de nós tanto quanto precisávamos dela.

Ela segurou o vestido na minha frente.

— Você devia experimentar este. Combina tão bem com seus olhos.

Eu estiquei as mangas, que tinham o formato de asas gigantescas.

— Que maravilha, eu precisava de um vestido novo para o torneio de justas neste fim de semana.

Ela ficou toda animada.

— Há um torneio de justas neste fim de semana?

— Estava brincando.

— Claro. — Ela franziu as sobrancelhas e puxou um fio solto. — Ah, obrigada por vir conosco. A Felicity é legal e tudo mais, mas tem estado um pouco grudenta ultimamente. Sabe o que quero dizer?

Na verdade não. Felicity não se apegava, ela se agarrava. Em geral armada.

— O que ela quer? — perguntei. Essa era uma boa notícia. Kalani estava claramente mais irritada com a atenção de Felicity do que intrigada o bastante para se juntar à Cabeça de Dragão. Como Arielle e eu, só que ao contrário.

— É uma longa história — sussurrou Kalani, depois se virou de volta para os cabides de roupa enquanto Felicity vinha pelo corredor. — Vou experimentar este — disse ela, pegando um vestido feito de um brocado envelhecido. Mesmo em se tratando de moda renascentista, Kalani preferia o bege.

Esfreguei um tênis amarelo contra o outro enquanto Kalani se dirigia ao provador nos fundos, me deixando sozinha com Felicity.

— Então, o que você acha? — perguntei alegremente, segurando o vestido verde e dourado na minha frente. — Combina comigo?

— Vai para o inferno! — respondeu Felicity, de olho na porta do provador.

— Ela me contou que você a tem incomodado — continuei. — Acho que ela e eu temos isso em comum.

— É tudo o que vocês têm em comum — sibilou Felicity.

— Por que você não desiste? — sibilei de volta. — Não sabe reconhecer quando é derrotada por alguém superior a você?

— Derrotada? Está brincando? Por você?

Levantei o queixo.

— Pelo meu grupo.

— Ah, essa foi clássica, Amy. Você percebeu que eu ia dizer "você e que exército".

— Se me lembro corretamente, foi você que precisou de um exército. Sua sociedade inteira reunida para que exatamente? Certo... me manter afastada do seu namorado. E como Brandon tem andado?

Felicity ficou parada e em silêncio, mas havia um brilho em seus olhos que mostrava que minha farpa tinha atingido fundo.

— Você é uma vaca inacreditável.

— É preciso uma para reconhecer a outra.

Kalani saiu do provador, balançando os quadris de forma que o tecido da saia se abriu e tremulou à sua volta.

— E então? O que vocês acham?

O vestido era maravilhoso. Ela parecia uma rainha Elizabeth havaiana.

— Onde você vai usá-lo?

Ela deu de ombros.

— Não sei. No Baile do Sapato Prateado, se eu tiver coragem de ir fantasiada em vez de usar roupa de gala.

— Essa é a Eli que amamos — falei. — Um baile formal a cada uma ou duas semanas, e festas à fantasia a toda hora.

— Acho que sim — disse Kalani. — Mas é claro que vou ao Baile do Sapato Prateado. Só não sei se esse vestido é um pouco demais. É só a segunda vez que compareço. No ano passado fui com um vestido preto sem graça. Queria ir com tudo desta vez.

— Nunca fui a esse baile. — Quem poderia acompanhar todos os bailes formais de Eli?

— Ah, você devia ir! — exclamou Kalani. — Principalmente porque este é o seu último ano. Vou tentar arrumar um convite para você.

Felicity ficou parada com uma cara muito séria, depois olhou para o relógio.

— Meu Deus, olha só a hora. Eu preciso ir a uma reunião agora. Você não se importa, não é? — Ela sorriu para Kalani.

— Não, vai lá. — Kalani deu uma olhada nas mangas do vestido e esticou o pescoço para ver com atenção o traseiro coberto de brocado bege.

Felicity me lançou um sorriso presunçoso.

— Quebre a perna, Amy. — E depois foi embora.

Hum, eu tinha vencido? Fiquei olhando para ela confusa, depois me virei de volta para minha presa. Bem, essa foi fácil. Acho que meus comentários realmente a atingiram.

— E então? — Kalani estendeu os braços que estavam parecendo asas. — Você acha exagerado?

A parte do espartilho do vestido se ajustava firme à cintura de Kalani, acentuando seus quadris largos e transformando seus seios em uma prateleira na qual dava praticamente para apoiar bebidas. Acima do decote, a pele dourada brilhava e os olhos escuros faiscavam. Na verdade, vendo o rubor que se espalhava pelo rosto dela, acho que Kalani devia estar tendo dificuldades para respirar usando aquela coisa.

O traje com certeza era muito mais legal do que o de apicultor. Ela estava esplendorosa e elegante — parecendo muito mais capaz com essa roupa do que com os tailleurs executivos.

— Está demais — concordei. — Mas no bom sentido.

Kalani deu um pulinho.

— Eu sei, é fabuloso. Agora só preciso de um par.

Uma abertura.

— Ei, uma amiga minha vai dar uma festa na quinta à noite. Aposto que haverá vários rapazes bonitos por lá. — George, pelo menos, deveria ter que dar as caras. Não que eu quisesse empurrá-lo para cima de Kalani. Ou provocar o início de qualquer outro incesto de sociedade no grupo. Ainda assim, uma abertura era uma abertura. — Quer ir comigo? Vai ser divertido. Ela tem um loft incrível e sempre arrasa com as festas. Champanhe, caviar... é sensacional. Ela é como uma Gatsby moderna.

— Oba, parece divertido — disse Kalani. — Espera aí, você disse que é amanhã à noite?

Assenti. Kalani ficou desanimada de repente.

— Droga, não posso.

— Algum *deadline* no jornal?

Ela virou de volta em direção ao cabide.

— Não.

Espera aí, conheço essa virada de quem está sem graça, essa recusa em responder perguntas diretas. Conheço porque venho praticando isso desde o momento em que fui convocada para a Rosa & Túmulo.

— Então por quê? — perguntei, apertando as unhas contra as palmas das minhas mãos por receio e em expectativa.

— Tenho uns lances de sociedade.

Ela tinha *o quê*? Não, *nós* éramos o lance da sociedade. Nós éramos a sociedade com quem ela deveria ter algum lance.

— Todas as noites de quinta e domingo. Você sabe como é. — Ela deu de ombros, e o vestido balançou ao seu redor.

Claro, eu sabia exatamente como era, porque vinha fazendo essa coisa de todas-as-noites-de-quinta-e-domingo durante o ano todo.

E então de repente entendi. O Sapato Prateado. O baile social dado durante os últimos cem anos pelo...

— Você faz parte do Saguão São Lino? — Esforcei-me para que parecesse uma pergunta, embora já soubesse a resposta.

O Saguão São Lino era a única sociedade da qual você participa por três anos no campus. A única sociedade cujo fundo de doações era maior do que o da Rosa & Túmulo. A única que poderia ter roubado minha convocada de mim.

Porque procuraram por ela no começo de seu segundo ano.

— Faço — respondeu Kalani. E me lançou um olhar hesitante por sobre o ombro. — Você não é uma dessas pessoas que pensam que membros de sociedade são esquisitões lunáticos

ticos, uma panelinha de pessoas ricas e com poder político, que dormem em caixões e usam túnicas, é?

— Não — respondi, me engasgando.

— Porque o Saguão não é assim. Nós não somos como, sei lá, os Coveiros ou algo do gênero. Aqueles caras são esquisitos.

— Quer saber? — consegui dizer. — Acho que vou experimentar este. — Peguei o vestido verde e dourado e disparei para o provador. Lá dentro, atrás do relativo abrigo da pesada cortina castanho-avermelhada, tapei a boca com a mão e soltei um grito abafado.

Não! Por quê? Ela era perfeita, absolutamente perfeita. Seria a única coisa que eu conseguiria fazer direito em toda a minha experiência como Coveira — convocar alguém melhor do que eu. Convocar alguém que realmente merecesse fazer parte da organização. Que deixaria os patriarcas orgulhosos, fazê-los ver que a turma de Jamie e Malcolm não tinha estragado tudo ao deixar garotas entrarem para o grupo, ao me deixarem entrar para o grupo.

Mas ela já estava numa sociedade. E pior, achava que éramos esquisitões! E quando uma garota com um vestido de rainha Elizabeth que ela planeja usar em um baile social fala que *você* é a pessoa estranha, você sabe que alguma coisa está errada.

Eu não podia convocá-la para a Rosa & Túmulo se ela já fazia parte do Saguão São Lino. Era assim que funcionava. Podíamos fazer uma exceção para os Phi Beta Kappas como Josh, mas essa não era uma sociedade de verdade. Era só um broche que você usava no dia da formatura e um almoço com o reitor.

Não é de espantar que Felicity tivesse ido embora quando ouviu falar do "Sapato Prateado". Eu tinha dificuldades de acompanhar todos os eventos formais de Eli, mas ela, com o armário recheado de trajes Vera Wang, devia saber a maldita lista de cor. Porcaria de São Lino. Como Kalani tinha chamado a sociedade? O Saguão. Apelido idiota. Era uma instituição tão estranha. Três anos, lista aberta de membros. Eles tinham até áreas públicas em seu mausoléu para as quais os membros podiam convidar visitantes. Deixavam as pessoas de fora irem ouvir suas palestras, comparecerem às suas festas. O Sapato Prateado, estava me lembrando agora, era considerada a melhor festa do campus. Parte de mim ainda queria ir.

Mas, sério, qual era o sentido de uma sociedade secreta em que nada era secreto?*

Saquei o celular e o abri. Mensagem de texto para Jenny Santos:

A: Vc cometeu um erro... dos grandes.

A resposta veio em questão de segundos:

J: Vc está bem?

Digitei impetuosamente, me esquecendo por completo do vestido.

A: Pq vc não descobriu q kalani está no s. lino?

J: Não! Desculpa. Não tinha ideia.

---

*A confessora admite, relutantemente, como a configuração do Saguão São Lino parecia atraente para ela naquele momento. Toda a diversão de uma sociedade secreta, mas sem toda aquela bobagem sem sentido de "bárbaros". Imagine só poder ter Lydia em uma das festas dos Coveiros!

Então, depois de alguns instantes:

J: Saindo do lab. Me liga.

A: Não dá. Ela está bem aki.

— Amy? — chamou Kalani. — Quer ajuda com o espartilho? É um pouco difícil de vestir.

Esperava que ela tivesse atribuído meu gemido de frustração a algum problema com a roupa e não à minha troca de mensagens. Digitei para minha amiga cavaleira:

A: E agora?

Mas Jenny parecia estar pensando. Ou isso ou tinha guardado o telefone e voltado para a aula.

J: Agora... Topher.

— Argh! — disse em voz alta.

Kalani espiou dentro do provador.

— Por que todos esses gemidos de dor? Você ainda nem tirou a calça.

Por meio desta, eu confesso:
Não é divertido para nenhum
dos envolvidos.

6.

A festa

Pelo menos eu estava chegando em algum lugar com a minha monografia. Meu novo mantra: sou uma digitadora maníaca.

> Então, enquanto o conhecimento desses mistérios permanecia um privilégio exclusivamente masculino, a entrada ou iniciação nessa percepção era mais frequentemente guardada por uma entidade feminina. Afinal de contas, embora seja Eneias quem...

Ping.

De: Jennifer.Santos@eli.org
Assunto: Sinto muito

> ... Eneias quem espreita o mundo subterrâneo, é a Sibila que lhe mostra o caminho.

Ping.

De: Lucky-C177@phimalarlico.org
Assunto: Sinto muito, muito mesmo.

Pigarreei e continuei digitando.

> A deferência de Dante a esse acontecimento se revela em sua escolha em fazer do próprio autor de A Eneida, Virgílio, o guia para a viagem de Dante tanto pelo Inferno quanto pelo Purgatório. Entretanto...

Meu celular começou a vibrar.

> **NOVA MENSAGEM DE TEXTO DE JENNY**
> **ASSUNTO:** Lamento Muitíssimo

Virei o display do telefone para baixo.

> ... Entretanto, quando eles chegam ao Paraíso, o destino desejado, aquele a que Dante presumidamente quer se associar, sua iniciação fica aos cuidados não só de uma guardiã angelical, Matilde, mas também de uma guia turística feminina: seu amor de infância, Beatriz.

Uma janela de mensagem instantânea apareceu na minha tela, escondendo minha prosa imortal.

HelloGorgeous: Por que você está ignorando a Jenny?

Clarissa. Digitei de volta: *Ocupada trabalhando. Cai fora.*

HelloGorgeous: Não é o fim do mundo, você sabe.

AmyHaskel: Você está certa. É por isso que não ligo e estou ocupada trabalhando em alguma coisa realmente importante para variar: mulheres-como-guardiãs na poesia épica. Convoquem o Topher. Eu não ligo.
HelloGorgeous: Não use o imperativo comigo, mocinha! *Você* precisa convocar Topher. Veja dessa forma: Se você *soubesse* sobre a Kalani, o que estaria fazendo de diferente agora?

Levando Arielle mais a sério. Não a encorajando a se juntar à Pena & Tinta, com toda a certeza.

HelloGorgeous: Foi melhor assim de qualquer maneira. Isso vai ajudar a fortalecer nossa relação com os patriarcas.
AmyHaskel: Agora relaxa e goza?

Cliquei de volta na janela da monografia.

> É claro, resta saber se essas iniciações visam realmente o bem-estar do personagem. Às vezes torna-se apenas um aborrecimento se unir ao clube idiota deles.

Suspirei e deletei a última frase, depois cliquei de volta na janela de mensagem instantânea.

AmyHaskel: Eu teria de trocar por ele, você sabe. Peguei uma bola de garota.
HelloGorgeous: Amy, é a Jenny. Você pode ficar com a minha bola de garoto se quiser. Sinto muito.

Lembrei-me do convocado de Jenny, o engenheiro à procura da localização física da alma.

AmyHaskel: Você faria isso por mim?
HelloGorgeous: Claro. Foi mancada minha. Só consultei os registros de admissão deles na Eli. Até agora. Eu deveria ter me aprofundado mais. E, além disso, você é minha amiga Coveira.

Ela iria desistir do convocado que queria para que eu pudesse selecionar o convocado que eu não queria. Alguma coisa aí estava profundamente errada.

AmyHaskel: Não, Jenny. Vamos pensar em alguma coisa.

Eu só não sabia o quê.

Na quinta de manhã, entrei no auditório do departamento de geologia, andei até a mesa de Arielle Hallet e deixei um convite para a festa em cima de seu caderno.

Ela levantou o rosto.

— O que é isso?

— O que você acha? — repliquei, tentando não soar tão cansada como me sentia. — Gostaria que você viesse a uma festa hoje à noite.

— Uma festa — repetiu ela, brincando com o envelope. Como ainda estávamos num estágio teoricamente anônimo do processo de convocação, o envelope era branco, liso e simples, não do tipo em papel acetinado, de borda preta, que vínhamos usando ultimamente para informar nossos convocados da nossa escolha. — Com quem?

— Alguns amigos. — Aquilo era torturante. Ela sabia, eu sabia que ela sabia, e ela também sabia disso. — O que você me diz?

Ela olhou fixamente para o envelope.

— Digo: por que você demorou tanto?

Então ela guardou o envelope na mochila e voltou a fazer anotações. Não me convidou para me sentar ao seu lado. Nem olhou para mim de novo.

Não era um bom sinal. Os cavaleiros deviam ser aqueles com poder, não os convocados. Os convocados deviam se sentir escolhidos, arrancados da obscuridade para se tornar um dos eleitos. Mas Arielle não era tola. Se eu estava atrás dela agora, depois de ter sido indiferente por um tempo, devia ter entendido que eu precisava dela.

Gostaria que ela tivesse me dado umas aulas na última primavera.

Sentindo-me ainda mais arrasada do que nunca, me arrastei escada abaixo e desabei num assento na quarta fileira.

— Oi, Amy — disse Michelle. Ela se virou e se inclinou sobre as fileiras, sorrindo. — Por que está tão chateada? É a culpa existencial em razão da esperada crise ambiental?

Sorri meio sem graça.

— Você sabe falar de alguma outra coisa?

— Não nessa aula. — Então ela franziu as sobrancelhas. — Pensei que havia lhe convencido a aparecer na minha reunião semana passada. — Ela se inclinou mais para perto. — Você está arruinando minha reputação com os outros monitores, sabia?

— Hã?

— Já estou na lista negra porque sou nova e não sou aluna de geologia. Agora não consigo nem fazer com que as pessoas apareçam para minhas aulas? — Ela levantou os olhos para o teto. — Esquece. Eles não me convidam para nada mesmo.

— Por que você se importa com o que eles pensam?

— Porque alguém uma vez me disse que reputação é tudo em Eli.

Isso eu sabia bem. Era praticamente um lema dos Coveiros.

— Sinto muito.

— Prove. Venha para a aula amanhã.

— Em uma tarde de sexta-feira? — perguntei, com um olhar perplexo. — Você deve estar brincando.

— Não estou. Para tornar as coisas mais agradáveis, vou levar cupcakes.

Continuei cética.

— Cupcakes veganos?

— Eu me recuso a responder porque isso pode me incriminar.

Ugh. Cupcakes veganos. Provavelmente eram feitos de gérmen de trigo e alfarroba.

— Por favor, Amy — disse ela, com um tom de súplica na voz. — O professor vai, ele me fez um grande favor, e eu quero mostrar que posso fazer um trabalho decente. Minha taxa de comparecimento tem sido bem baixa este semestre e não quero parecer negligente. Cinquenta minutos da sua vida e um slide show sobre chuva ácida. Por favor?

— Vou ter que comer os cupcakes veganos?

— Totalmente opcional. — Ela se virou quando o professor chegou ao tablado e cumprimentou a turma.

Sorrindo, apesar de tudo, abri o caderno e comecei a anotar rapidamente o que o professor falava. Eu definitivamente estava perdendo alguma coisa faltando às aulas dela nos últimos meses. Michelle é hilária. Eu nunca tinha conhecido uma hippie mais agitada.

Mas seria esse o termo correto? Sua misantropia parecia derivar do ambientalismo, mas ela não estava exatamente vestida de cânhamo e calçados Birkenstock. Na verdade, as roupas de Michelle eram bem clássicas. Naquele dia, ela estava de calça cáqui e uma camisa polo desbotada.

Eu estava escrevendo uma lista de sumidouros de carbono quando um papel triangular aterrissou na minha mesa. Passando bilhetinhos? Isso era meio infantil.

Abri o papel.

T DEVO 1! — M.W.

Aparentemente você não me deve palavras completas, eu, sempre a aluna de literatura, escrevi em resposta, me perguntando se passar bilhetinhos a faria perder mais pontos com o professor do que ter poucos alunos em sua monitoria.

Observei enquanto Michelle desdobrava o papel. Os ombros dela balançaram com uma gargalhada silenciosa, e de repente me enchi de nostalgia, me lembrando de uma aula que eu havia feito no segundo semestre do primeiro ano com Lydia. Tínhamos passado o tempo toda juntas, escrevendo piadas uma para a outra nas margens dos nossos livros. Ainda tinha esses livros, todos rabiscados com *non sequiturs*, observações espirituosas sobre nossos colegas de turma e o professor, e a base de uma amizade que duraria a vida inteira. Eu nunca mais faria outra aula com Lydia. Nunca mais faria uma matéria nova em Eli. Mais algumas semanas sentada nesses salões sagrados com um caderno espiral no colo e então era só.

Michelle, é claro, ainda tinha mais um ano, uma vez que estava no penúltimo.

Penúltimo ano.

Eu me endireitei na cadeira. Michelle poderia até ficar me devendo por ir a aula no dia seguinte, mas Jenny Santos me devia ainda mais por ter dado aquela mancada na pesquisa sobre os convocados. E precisávamos de outro convocado, para substituir nosso primeiro exemplo de dificuldade, Howard First.

Howard First, o convocado de ciências.

Precisávamos de alguém inteligente e empenhado, como um aluno ainda não formado que já estivesse trabalhando como monitor.

Alguém entusiasmado e ambicioso, como um aluno que ficou fora alguns semestres, embora isso representasse ficar para trás de seus colegas de turma, para fazer pesquisas para causas em que acredita.

Tínhamos feito uma lista de candidatos para a vaga dele, assim como para todas as outras, mas dadas as circunstâncias atenuantes que eu enfrentava, um acréscimo de última hora não seria um problema. Rasguei um pedaço de papel tão silenciosamente quanto possível e fiz outro bilhete para Michelle. Não era no papel de carta especial de Clarissa, mas teria de servir.

Quer ir a uma festa comigo hoje à noite?
—A.H.

Eu estava praticamente pulando quando entrei na suíte naquela tarde. Meu caminhar era leve, animado por planos e entusiasmo. Desde que havia descoberto sobre Kalani, a convocação parecia um fardo e uma perda de tempo. Não conseguia achar um jeito de ficar feliz com Topher Cox, e a ideia de ser sua irmã mais velha tinha lançado uma nuvem negra sobre todo o processo. Não podia exatamente buscar conforto em Jamie; ele tinha feito sua quota de sacrifício pelo grupo quando convocou George no ano anterior e nossas opiniões divergentes sobre — e experiências com — o irmão mais novo de Jamie não faziam dele o melhor assunto para uma conversa.

O telefone de Jenny tinha caído na caixa postal, então não consegui lhe contar as novidades. Clarissa, enrolada com os preparativos para a festa, também não estava atendendo ao telefone. Tudo bem. Eu ia avisar sobre a convidada extra quando fosse ajudá-la na arrumação.

Lydia me olhou do sofá quando passei pela porta. Estava com alguns envelopes nas mãos, e havia um sanduíche intacto e uma garrafa de refrigerante em cima da mesa de centro à frente dela.

— Oi, sumida — disse ela.

— Oi. — Passei por ela em direção ao meu quarto.

— Você tem um minuto?

Na verdade, não. Parei perto da porta.

— O que houve? — Por favor, que seja rápido.

— Quase nunca vejo você ultimamente. Está sempre ocupada fazendo coisas no mausoléu ou então na casa do Jamie.

— Ou você está na casa do Josh — reagi. Resisti à tentação de olhar o relógio. Quanto tempo eu ainda tinha até o horário em que Clarissa esperava por mim? E ainda precisava tomar um banho correndo, conseguir achar alguma coisa decente para vestir...

— Sinto como se nunca conseguisse falar com você nos últimos dias — estava dizendo Lydia. — E logo vamos nos formar... Não quero perder você, Amy.

Juntei-me a ela no sofá e passei um braço em volta de seus ombros.

— Você não vai me perder. Somos melhores amigas para sempre, certo?

Ela revirou os olhos.

— Não sei. Não fizemos nenhum juramento, ao contrário de você e seus outros amigos.

— Não precisamos de juramento. Temos algo mais importante.

— Sério? E o que é?

Franzi as sobrancelhas.

— Espera aí, me dá um minuto. Vou pensar em alguma coisa.

Ela riu por um momento, depois mordeu o lábio e olhou para os papéis em suas mãos.

— Preciso falar com você. Não posso mais adiar isso.

Ah, meu Deus, ela estava grávida. Eu me preparei para a notícia, ensaiando minhas palavras de apoio de melhor amiga. *Você ainda pode ir para a Faculdade de Direito. Você e Josh estão passando pela melhor fase possível para uma novidade como essa. O que não quer dizer que você tenha que se casar ou algo assim, a não ser que queira. Você tem várias opções. Pode até dar o bebê para adoção. Um bebê de dois alunos da Eli? Vai chover gente interessada. O que Josh pensa disso?*

— Dá uma olhada. — Ela me estendeu um envelope com o símbolo da Faculdade de Direito de Eli. Li o que havia lá dentro.

Cara Srta. Travinecek,
Temos o prazer de informá-la de que foi admitida na Faculdade de Direito de Eli...

Nem continuei a ler.

— Lydia! Minha nossa!

Ela assentiu.

— Eu sei. Não esperava... as chances eram pequenas... eu estava na lista de espera...

— Faculdade de Direito de Eli! Você arrasou! É o seu sonho que virou realidade! — Abracei-a com força.

— Eu sei.

Então por que ela não estava pulando pela sala? Dei uma olhada com atenção na carta. Espera aí...

— Lydia, essa carta de aceitação é de três semanas atrás.

— Eu sei.

Para alguém que tinha acabado de entrar para a melhor faculdade de direito do país, o vocabulário dela era consideravelmente limitado.

— Você sabe disso há três semanas?

— Desde que voltei da Espanha. — Então ela olhou para mim. — Ai, Amy, o que eu vou fazer? Não posso contar para o Josh.

Pisquei sem entender.

— Por que não?

— Porque deveríamos ir para Stanford juntos. Deveríamos arrumar um apartamento e sermos uma dupla incrível e poderosa de alunos de direito, depois uma dupla poderosa de estagiários, depois uma dupla superpoderosa de advogados. — Ela olhou novamente para as mãos. — Havia um plano.

— O plano incluía vocês desenvolverem superpoderes? — perguntei. — Por favor, me diga que não era visão de raio laser.

— Amy...

— Desculpa, mas o que você está dizendo não é menos ridículo. Josh vai ficar radiante por você, querida!

Lydia ficou em silêncio.

— Você acha que ele vai ficar com inveja por não ter entrado? — perguntei a ela.

— Talvez.

Provavelmente, se eu o conhecia bem.

— Quer dizer, acho que vai ficar feliz por mim, mas também vai ficar decepcionado por não ter conseguido. Mas tenho medo de que contar a ele possa me fazer parecer algum tipo de mártir.

— Por quê?

— Porque eu não vou.

— O *quê?* — Olhei para minha amiga em estado de choque. — Mas... é a *Faculdade de Direito de Eli!*

— Sei disso, mas não é como se Stanford fosse alguma instituição de ensino vagabunda. Três semanas atrás eu estava pronta para ser perfeitamente feliz lá. E é onde Josh vai estar.

Balancei a cabeça, sem conseguir acreditar. Não era assim que funcionava. Não decidíamos para que faculdade ir pensando em nossos namorados. Bem, teve uma garota do meu colégio que tinha desistido de Georgetown para ser uma Buckeye com o namorado, e então ele deu o fora nela no final da primavera do primeiro ano. Ou seja, tinha sido a troco de nada.

Mas essa era exatamente a questão. Namorados eram passageiros, mas universidades são para a vida toda. Será que Lydia não entendia isso?

— Josh vai entender — falei, embora talvez ele não fosse. — E vocês ainda podem ficar juntos. — Embora provavelmente não ficariam. — Esse é o seu futuro.

— *Josh* é o meu futuro — replicou Lydia. — Tanto quanto o Direito. Eu o amo. Quero ficar com ele para sempre. Você não acha que em algum momento teremos que fazer sacrifícios como esse? Ele consegue um estágio em alguma cidade e eu tenho que ir atrás? Eu consigo um emprego em outra cidade, e ele me segue? Ou eu me declaro desqualificada quando for uma juíza e ele, um advogado?

— Josh não vai ser advogado — falei.

A faculdade de direito era apenas mais uma etapa no currículo dele antes de se tornar um político. O que era outro motivo para Josh sentir inveja de Lydia por estar na Faculdade de Direito de Eli. Ao contrário de Stanford, Eli raramente formava advogados que exerceriam a profissão, apenas pessoas com diploma de Direito que se tornavam professores ou políticos ou espiões.

— Não importa. Você sabe o que quero dizer.

— Mas isso é mais tarde! — argumentei. — É só *mais tarde* que se fazem todos esses sacrifícios. Como quando você está casada. Agora ainda somos muito jovens para levarmos tudo tão a sério. Seguir um cara pelo país só porque você o ama? Isso é estúpido.

— Nós não somos tão jovens — rebateu Lydia. — Não somos mais adolescentes. E não estou apenas o seguindo às cegas. Vou segui-lo para Stanford.

Li a carta toda e sacudi a cabeça.

— Se você já tomou sua decisão, então por que está me contando?

Ela deu de ombros.

— Não sei. Acho que quero que você me diga que estou fazendo a coisa certa.

Mas eu não achava que ela estava.

— Não, você quer que eu te convença a desistir disso.

Lydia pegou o sanduíche e deu uma mordida. Ela mastigou e engoliu, e continuou sem dizer nada.

— Se as coisas não derem certo entre você e Josh em Stanford, você vai se arrepender disso para sempre.

Ela deu outra mordida.

— E se você escolher Eli, e as coisas não derem certo entre vocês, você sempre vai se perguntar o que teria acontecido se tivesse ido para Stanford.

Ela mastigou durante um tempo, pensando, depois colocou o sanduíche na mesa.

— Então o que você está dizendo é que é a estratégia dominante no dilema do prisioneiro. Mas o que não está levando em consideração é a utilidade marginal do valor esperado de...

— Espera aí — cortei. — Não falo a língua dos exames LSAT.

— Você está dizendo que é melhor para mim ir para Eli se Josh e eu ficarmos ou não juntos. E que já que a faculdade para a qual eu vou é a única variável que posso controlar nesse cenário...

Assenti.

— É a resposta a que cheguei também — disse ela, desmoronando contra o encosto do sofá.

E ela havia arrasado nos exames. Nossa, talvez eu tivesse desperdiçado minha vocação. Fiquei pensando quanto eu teria tirado se fizesse o LSAT.

— Então por que Stanford?

— Porque acho que temos mais chances de ficarmos juntos lá.

Problemas lógicos nunca levavam em conta as questões do coração. De uma maneira ou de outra, eu a invejava. Duas opções incríveis: uma faculdade excelente com o amor da vida dela ou uma faculdade excelente — a faculdade dos seus sonhos — sem ele. Joguei-me ao lado dela no sofá e ficamos olhando juntas para o outro lado da sala. Lydia mastigava o sanduíche.

— No que você está pensando? — perguntou ela um minuto depois.

— Estou tentando imaginar uma circunstância em que eu tomaria uma decisão sobre meus planos para a vida levando em conta alguém com quem estou namorando. Cada fibra do meu corpo se revolta contra a ideia.

— Humm — disse Lydia. — Em sua hipótese, você está apaixonada?

— Como você sabe que está apaixonada? — perguntei a ela. — Porque se isso for determinado por quanto se está disposto a desistir de tudo pela outra pessoa, eu acho que é um sistema falho.

— E por falar no assunto, como está Jamie?

Agora foi minha vez de não dizer nada. Mas jogar o foco da conversa em mim me pareceu um truque terrivelmente barato.

— Ouvi Josh falar algumas coisas que me deixaram preocupada. — Lydia continuou a comer o lanche.

— Sobre Jamie?

— Sim, sobre você e Jamie.

Ah, isso deve ser bom. Conselho sobre relacionamento de uma garota que não conseguia nem contar para o namorado que tinha entrado para a faculdade dos sonhos.

— Meu único problema é que ele gosta de guardar segredos de mim e acho isso frustrante. Anota aí, Srta. Faculdade de Direito de Eli.

— Josh disse que vocês dois eram, tipo, inimigos mortais ou alguma coisa assim.

Eu não tinha como negar isso.

— Ele me disse que todo mundo acha que Jamie é uma espécie de imbecil — disse ela, acenando de forma vaga para simbolizar os Coveiros da C177.

— Não "uma espécie" — falei. — Um imbecil completo.

— E ele é?

— Ele é... — Lutei para achar uma palavra. — Difícil.

— Ah. — Lydia terminou de comer o sanduíche. — Gostaria de conhecê-lo melhor, para que pudesse fazer meu próprio julgamento.

Junte-se ao clube, colega.

Ela se virou em minha direção.

— Estava jogando verde, Ames.

— Claro, até parece que vou marcar um encontro duplo para você levá-lo a julgamento. Você ainda não tem uma toga de juiz.

— Está bem. — Ela hesitou por um instante. — Só garanta para mim que não está saindo com ele apenas porque as coisas deram errado com Brandon.

— Foi o que Josh disse?

— Não. — Ela respirou fundo. — Ele acha que você está namorando Jamie porque está abalada... pelo que aconteceu com você.

Olhei fixamente para minhas mãos.

— Já estávamos juntos antes daquilo.

— Sei. — Ela assentiu lentamente. — Depois que você caiu do barco indo para a ilha e ele salvou sua vida.

— Não. — Ergui a cabeça para encará-la. — Não foi bem assim, Lydia.

Eu me preparei para mais argumentações. *Então foi como? Por que está namorando Jamie? Se ele guarda segredos, e é "difícil", e seus amigos todos o detestam, e você está saindo de Eli em alguns meses, de qualquer forma? Por que está perdendo tempo com ele em vez de estar com as pessoas que você supostamente ama?*

Mas não houve nada disso.

— OK. — Ela suspirou. — Quero que seja feliz, Amy. Mas saiba que sua felicidade não precisa vir junto com um garoto.

Dei um sorrisinho para ela.

— Nem a sua.

O apartamento estava decorado, o champanhe, gelado, o *hors d'oeuvre*, preparado, e eu estava esperando por Michelle na esquina para que pudéssemos falar juntas com Clarissa.

Eu ter acabado de sair do apartamento de Clarissa era algo que pretendia que minha amiga monitora não soubesse. Mas ainda não tinha pensado em como pedir de volta o jeans e a camiseta que tinha usado para arrumar tudo. Tinha trocado de roupa, colocando a saia-lápis preta e a blusa de tricô com gola canoa, no quarto de hóspedes de Clarissa (sim, ela tem um quarto de hóspedes, que até mesmo Jenny, que tem um apartamento extra em Nova York, achava que era um exagero). O preto era uma manobra estratégica dos membros da sociedade. Todos de preto, assim iríamos nos destacar sutilmente dos convidados. Pareceríamos elegantes e reservados. Além disso, seria difícil se lembrarem de nós em roupas discretas.

"Discreto" era quase a máxima da Rosa & Túmulo depois de um certo incidente com um tênis amarelo no começo do semestre. Hoje, eu estava com meus sapatos pretos de salto alto.

Fiquei meio escondida observando a chegada dos potenciais convocados. A maioria veio trazendo o envelope nas mãos, olhando nervosamente ao redor, como se não soubesse exatamente o que a noite lhes reservava. Não os culpava. As lendas sobre nossa iniciação eram elaboradas e por vezes falavam de sangue. Mas ainda estávamos muito longe da Noite de Iniciação. Estávamos ainda muito longe da Noite da Convocação também.

Alguns chegaram junto com cavaleiros, que tocaram de leve os queixos com os polegares quando passaram por mim na rua, indicando que seus acompanhantes eram os principais candidatos de sua lista de potenciais convocados.

Vi Topher se aproximar da esquina, vestido todo de preto, o idiota empolado. Ele acenou para mim, com um sorriso largo.

— Vejo você lá dentro?

Assenti discretamente para ele. Bem, se Topher sabia o bastante sobre os procedimentos para se vestir de preto, talvez também soubesse o que significava o fato de eu não acompanhá-lo até a porta. Vamos deixar que pense um pouco a respeito disso.

— Oi, Amy — disse Michelle, surgindo de repente ao meu lado enquanto eu observava Topher tocar o interfone do prédio de Clarissa. — Espero que você não esteja aí há muito tempo. É uma longa caminhada até esse lado do campus.

— Não, está tudo bem — falei, examinando rapidamente o visual dela. Bom. Uma saia cáqui evasê, suéter verde, cabelos recém-arrumados. Olhei para os pés dela. Sapatilhas verdes. Estavam OK. Os Coveiros iam gostar dela. — Quer entrar?

Infelizmente, Topher ainda estava parado em frente à porta do elevador na portaria, então nós três subimos juntos. Ele e Michelle não trocaram nem uma palavra, mas os olhares fuzilantes diziam muito. Lembrei-me do que Arielle tinha dito sobre o jeito dele com as mulheres — ou a falta de jeito. Eu estava para convocar duas pessoas para uma sociedade que já tinham razões para se odiar? Teria que acrescentar isso à lista de perguntas que precisava que Jenny me respondesse.

Tarde demais para fazer qualquer coisa por enquanto. Chegamos à porta de Clarissa, que atendeu resplandecente como sempre, em um vestido tubinho preto que cintilava como escamas sempre que ela se mexia. Como havia me prometido enquanto eu a ajudava a arrumar as coisas para a festa, ela não levantou nem uma sobrancelha para minha convidada de última hora.

— É ótimo receber vocês! — disse a anfitriã, apertando a mão de Michelle no verdadeiro estilo Upper East Side. — Qualquer amigo de Amy é meu amigo também.

— É assim que funciona, você sabe, Shelly — disse Topher, e caminhou até onde estava o champanhe. Michelle ergueu o queixo.

Vi Arielle do outro lado da sala, conversando com Demetria e uma de suas convidadas, pedi licença a Michelle e fui em direção a ela.

— Oi, Amy — disse Arielle. Ela estava segurando um prato cheio de salgadinhos. — Vejo que trouxe Topher.

Arielle, aparentemente, também estava familiarizada com os procedimentos internos desse evento.

— Ele estava no elevador comigo — repliquei.

Ela deu de ombros e mordeu outro canapé. A outra aluna do penúltimo ano devia ser a candidata preferida de Demetria, Tamar Adamo, líder do Centro Feminino de Eli. Ela era uma garota alta e magra com o rosto cheio de sardas e cabelo raspado bem rente.

Demetria, que usava uma calça cargo preta de seda e uma camiseta preta justa, estava sorrindo largamente.

— Então já estamos nos divertindo? — Ela deu uma olhada na sala. — Acho que o problema com esta festa é que pelo menos metade das pessoas já está agindo como se estivesse na confraternização da empresa de sucesso deles.

— Agora, por que estariam agindo assim? — perguntou Tamar em um tom brincalhão.

Aparentemente todos sabíamos exatamente o que estávamos fazendo ali.

— Vocês já se perguntaram qual é o propósito de manter a existência de uma sociedade em segredo? — indagou Demetria de repente.

Arielle engasgou.

— Vocês não deveriam evitar falar sobre isso?

— Sociedades secretas? — disse ela. — Por quê? Posso falar sobre elas o dia todo.

— De forma geral, é claro — falei, lançando-lhe um olhar de advertência. Só porque eles sabiam não queria dizer que deveríamos sair quebrando nossos juramentos. *Apenas jogue o jogo, Demetria.*

Mas minha colega cavaleira seguiu em frente.

— Não sei se mencionei isso para você mais cedo, Amy, mas optei por uma nova abordagem durante todo esse empreendimento.

— Não, você não tinha mencionado nada — respondi através de dentes trincados.

Ela enrugou o nariz.

— Oops. Sim, provavelmente porque imaginei que você e nossos outros amigos não ficariam empolgados com o plano.

— E qual é?

Ela bebeu um gole do champanhe e sorriu serenamente.

— Glasnost.

Peguei o braço dela, quase derramando champanhe em Arielle.

— Com licença um instantinho — falei, levando Demetria para longe dali. — O que você está fazendo? — sibilei para ela.

Demetria estava com o corpo aprumado, a expressão firme.

— Liderando uma nova era. Sou a portadora da luz e da verdade. A velha Eli ficaria orgulhosa.

— Mas a velha Perséfone não iria — argumentei. — Obedeça aos seus juramentos. Faça o que foi combinado.

— Besteira. Não existe uma pessoa nesta sala que não saiba o que estamos fazendo aqui. Por que fingir?

— Porque... — Fiquei tentando pensar numa resposta. — Porque é o que fazemos. — Procurei desesperadamente em volta por alguém para me apoiar. Onde estava Jamie?

Do outro lado da sala, conversando com... Michelle.

— Pense sobre isso e não faça nada de que vá se arrepender — sibilei para Demetria.

— Você quer dizer nada que leve os detentores do poder a fazerem com que eu me arrependa? — disse ela num tom sarcástico enquanto eu saía.

Michelle olhou para mim quando cheguei.

— Oi! Não tinha entendido que o namorado de quem você sempre fala era Jamie.

— Vocês... se conhecem? — perguntei.

Jamie estava decidido a não olhar para mim. Observei a camisa social preta com listras pretas discretas que vestia e o que devia ser uma calça preta social nova. Os dois ficavam ótimos com o cabelo escuro e os olhos acinzentados de Jamie. Não era Johnny Cash, mas talvez Joaquin Phoenix fazendo o papel de Johnny Cash.

— Claro, de Strathmore — disse Michelle.

— É claro. — Tentei ler a expressão de Jamie. Nada.

— Não tinha ideia de que Amy iria trazer você esta noite — disse ele tranquilamente. Então olhou para mim. É, ele estava puto. Porque eu estava me desviando do roteiro já estabelecido pelos Coveiros ao trazer uma convidada cujo passado não tinha sido checado e *não* estava na minha lista de candidatos para aquela festa.

— Que coincidência engraçada — disse Michelle.

— Hilária. — Jamie tomou um gole de champanhe. — Então, como tem passado? — Bem, pelo menos ele estava planejando ser educado.

— Ah, você sabe...

Os dois começaram então uma conversa sobre os residentes da Faculdade Strathmore que eu não conseguia acompanhar direito, nem reconhecer metade dos nomes. Peguei uma taça de champanhe de uma bandeja que estava passando e tentei fingir tanto um interesse quanto uma compreensão que não existiam. Ali estavam informações que eu procurava saber desde o começo do nosso namoro — os amigos de Jamie fora da sociedade, o passado de Jamie. Mas descobrir que ele já havia jogado — ainda que pateticamente, insistira o próprio, mas Michelle negara — na equipe interna de Ultimate Frisbee não estava exatamente me dando a percepção da personalidade de Jamie que eu desejava. Ele não fazia mais sentido para mim agora do que antes.

Entretanto, pelo menos não estava mais fazendo nenhum comentário sarcástico na minha direção. Na verdade, ele e Michelle pareciam estar se dando muito bem.

Ainda assim, Jamie não aprovava. Tudo que não era comportamento padrão de Coveiro o irritava. E aposto que não conseguiria um conselho sobre o problema de Demetria sem incitar um sermão de que meu comportamento era tão inortodoxo quanto o dela. Ele provavelmente achava que eu devia aceitar a situação e convocar Topher.

Falando no diabo, onde estava aquele cretino? Dei uma olhada na sala e o achei em meio a um grupo de pessoas perto da mesa do bufê.

— Vou deixar vocês dois colocarem a conversa em dia — falei alegremente. Jamie franziu as sobrancelhas enquanto eu saía.

Meu colega cavaleiro Greg Dorian estava sendo bajulado perto da bandeja de sushi pelos três membros da lista de candidatos dele assim como por Arielle e Topher. Greg era um poeta e aluno de linguística que voltaria para a Inglaterra natal depois da formatura para fazer pós-graduação em Oxford. As pessoas reunidas perto dos sushis provavelmente formavam o grupo mais concentrado de literatos entre os alunos do penúltimo ano de Eli.

Fui me insinuando na conversa, que parecia ser sobre livros famosos com cenas em Eli — que eram vários — e se devia haver algum curso dedicado ao assunto.

— Veja *Franny and Zoë*, por exemplo — Topher estava dizendo.

— Zooey. — Arielle tomou um gole de champanhe.

Topher a fuzilou com os olhos.

— É Zoë. Zooey não é um nome.

— Você está certo, não é. — Arielle fuzilou-o de volta com o olhar. — É apelido de Zachary.

— A garota se chamava Zoë.

— A *garota* — replicou Arielle, falando lentamente — se chamava Franny. Frances Glass. E você é uma vergonha para os alunos de literatura. — Ela me olhou fixamente, enquanto os outros assobiavam e saíam para se servirem de mais bebidas. — Você só pode estar brincando comigo. — Ela acabou de beber e entregou a taça para Topher. — A gente se vê.

Topher parecia desconcertado, e por um segundo eu podia ter beijado Arielle. Mas ela estava saindo apressadamente em direção à porta.

— Espera! — Corri atrás dela, sem ligar para os olhares que provavelmente estávamos recebendo de convidados que nunca sonhariam em ir embora da festa assim, por medo de não ficar bem para eles e diminuir suas chances de serem convocados.

Encontrei-a no corredor.

— Por favor, não vá embora por causa de Topher. Ele é um idiota; nós duas sabemos disso.

— Mas só uma de nós parece se importar — disse ela, apertando o botão do elevador.

— Você arrasou com ele — repliquei.

— Não importa. — A porta do elevador se abriu.

Eu a bloqueei.

— Como eu nunca ouvi você falar sobre livros dessa maneira antes?

Ela olhou para longe no corredor.

— Olha, posso não ser um gênio como você ou Brandon, mas também não sou uma idiota. Estou administrando muito bem a revista literária. Os anúncios e a circulação estão aumentando.

Um gênio? Eu? Quase ri alto, mas meu sorriso se esvaneceu quando percebi que talvez Arielle com sua visão mais voltada para o mercado estivesse sendo uma editora melhor do que eu. Quem era o verdadeiro gênio nesse caso?

— Sei que você não queria que eu fosse a editora, e sei que não me quer aqui hoje à noite também. — E então ela olhou para mim. — E acho que no último caso sua intuição pode estar certa. Agora que estive aqui, agora que vi como vocês são de verdade, de quem você *gostaria* de verdade... eu não sei. Não sei se quero fazer parte disso. — Ela sacudiu a cabeça como se quisesse tirar aquilo da cabeça. — Conheci o grupo da Pena. Gostei deles. Consigo me imaginar passando minhas noites e fins de semana com eles ano que vem. Não consigo imaginar passar todo esse tempo com Topher Cox.

— Mas... — Mas o quê? Se eu convocasse Arielle, ela nunca teria que passar tempo algum com Topher?

— Acho que o que estou querendo dizer, Amy, é obrigada, mas não obrigada. Como vocês costumam dizer mesmo? Ah, sim: rejeito. — Ela passou por mim e entrou no elevador.

Fiquei lá parada em estado de choque. Isso não devia acontecer. Rejeitada por seu convocado reserva?

De volta à festa, as coisas pareciam ter se deteriorado. Duas vozes que não reconheci estavam discutindo dentro do quarto extra. Kevin tinha se apropriado do banheiro de Clarissa como um lugar para pegação, acompanhado de um de seus potenciais convocados. Michelle estava envolvida em um debate ardoroso sobre a origem do aquecimento global com todos os quatro candidatos de Mara, e Jamie não estava em lugar algum.

Fugi para o quarto de Clarissa e me afundei no chão, ao pé da cama, apoiando o rosto nas mãos.

Como eu podia estar fazendo tudo tão errado? Minha primeira opção de convocada era inelegível, minha candidata reserva não estava interessada, meu namorado achava que tudo o que eu fazia estava errado de alguma forma, eu não tinha um emprego, não conseguia terminar minha monografia, continuava tendo pesadelos com um garoto de 14 anos de idade que provavelmente nunca veria de novo e agora estava sentada no chão do quarto da minha amiga no meio de uma festa como se ainda estivesse no ensino fundamental e tivesse acabado de brigar com a vizinha de armário no colégio.

Além disso, estava ficando com pelo de gato na saia.

— Amy? — Olhei para cima e vi Clarissa parada na porta. — Você está bem?

Assenti, me sentindo péssima.

Ela fechou a porta e veio se sentar ao meu lado, tirando os pelos de gato de seu vestido de lantejoulas.

— Que bom, porque já reivindiquei o direito de ser o desastre total desta noite. — Ela bateu a cabeça contra o edredom.

— Não é justo — disse uma voz que vinha do outro lado da cama. — Eu reivindiquei esse direito muito antes de vocês duas. — Demetria se sentou e olhou para nós por cima do colchão.

— Qual é o seu problema? — perguntou Clarissa.

— Não quero submeter ninguém da minha lista a própria versão deles desta porcaria no ano que vem. Odeio cada minuto disto e decidi que amigos não deixam amigos entrarem para sociedades secretas.

Isso de novo. Voltei a apoiar a cabeça nas mãos.

— Você está brincando, certo? — perguntou Clarissa. Demetria se deitou de novo. — Perfeito. É o final perfeito para minha noite perfeitamente desastrosa.

— O que aconteceu com você? — falei em direção aos meus joelhos.

— Minha convocada predileta veio, deu uma olhada nos convidados reunidos e foi embora.

— Ah — lamentei. — Uma das pessoas da minha lista também fez isso! Disse que preferia entrar para a Pena & Tinta.

— No caso da minha garota, ela não pode se aproximar nem um centímetro do ex-namorado, e ele está na lista do Ben.

— Mais problemas de incesto de sociedade. — A voz de Demetria veio de cima. — E você se pergunta por que me sinto assim?

Clarissa balançou a cabeça, a expressão sombria.

— Não, aparentemente eles tiveram algum tipo de separação muito ruim e agora ela *literalmente* não consegue ficar na mesma sala que ele. Algum tipo de acordo com o reitor... eles não ficam nem nas mesmas salas de aula. Como uma ordem de restrição de Eli.

— Você está brincando! — falei, boquiaberta. — Isso é algo que precisamos investigar. O que houve? Foi um caso de abuso ou algo parecido?

Clarissa deu de ombros.

— Qualquer coisa que possa tornar uma separação tão ruim... Temos certeza de que a lista de Ben foi devidamente verificada?

Clarissa deu de ombros.

— Aposto que esse é outro problema que dificilmente eles tinham antes de decidirem incluir mulheres — falei. E outro problema que Jamie provavelmente adoraria jogar na minha cara.

— Não conte com isso — disse Demetria. — Já estamos indo em direção ao território do assédio sexual com a lista de caras que Kevin pega.

Ouviu-se uma batida na porta e Josh colocou a cabeça para dentro.

— Meninas? — disse ele, dando uma olhada na reunião improvisada. — Já deram pela falta de vocês.

Tradução: Voltem logo para cá. Todos temos que participar da sessão de tortura juntos.

De volta à batalha, envolta em fascinação e realização e privilégio e legado; conhaque, champanhe, massa folhada e minimilho à luz de velas douradas. Conversas sobre os internatos da Nova Inglaterra e empresas em Wall Street. Debates sobre departamentos e doações e a fila no Teatro de Repertório de Eli. Um bate-papo sobre quem conseguiu uma bolsa de estudos da Fullbright e por quê, e se eles tinham ou não começado a distribuí-las por aí como doces. Todas as conversas voltadas diretamente para impressionar as pessoas que flanavam pela sala vestidas de preto, assentindo educadamente enquanto os potenciais convocados se destruíam mutuamente com a esperança de nos impressionar.

Todos com a exceção de uns poucos — aqueles poucos sortudos — que ou não sabiam de nada ou não ligavam para o motivo pelo qual estavam ali. Numa das pontas da sala, Michelle estava superenvolvida numa conversa com um dos selecionados de Omar, que, de acordo com os boatos, já havia sido um espião no exército israelense. Eli estava cheia de caras que já tinham sido do exército israelense. Eu conhecia a maior parte deles apenas pela reputação. Eles eram mais velhos do que a maioria dos adolescentes que se matriculava, e tendiam a desdenhar um pouco da imaturidade e do jeito mole dos outros alunos. Afinal de contas, eles sabiam como matar homens com os dedos mindinhos. O que três anos no conselho estudantil ou um período no comitê de formatura tinham que se comparasse a isso?

Aproximei-me o suficiente para ouvir o que diziam. Aparentemente, desde que havia deixado Israel, o cara tinha se envolvido com uma ONG para criar estações de tratamento de água na África subsaariana. Quando os dois começaram a falar sobre os vários tipos de destilação por membranas, eu me perdi, então fui saindo devagar e comecei a procurar por Jamie.

Mas, sempre que eu conseguia encontrá-lo, ele dava um jeito de fugir um pouco depois e de não me olhar nos olhos.

Mais tarde, quando as festividades — por falta de uma palavra melhor — foram chegando ao fim, Michelle foi me encontrar na cozinha, onde Clarissa e eu estávamos pensando seriamente em afogar nossas mágoas no que havia restado do engradado de champanhe.

— Aí está você. Muito obrigada por ter me chamado para a festa. — Ela sorriu para Clarissa. — Seus amigos são incríveis. Isso foi quase como ir a uma recepção para um palestrante em Strathmore de novo.

Clarissa entrou no modo anfitriã.

— Fico feliz que tenha se divertido. — Ela precisava trabalhar um pouco mais para animar o tom.

— Sério. — A expressão de Michelle ficou melancólica. — Sinto muita falta de morar no campus de vez em quando, e é disso que sinto falta. Poder conversar com todos os outros alunos. Quero dizer, meus professores são ótimos, e o departamento, e tudo aquilo, mas às vezes é tão limitador. Sinto como se nunca tivesse chance de fazer nada a não ser discutir química.

Meu estômago começou a revirar. Isso, isso, era exatamente isso. Era disso que eu gostava na Rosa & Túmulo. Os pontos de vista variados, os debates e discussões intermináveis com pessoas cujas opiniões e experiências eram tão diferentes das minhas. Não essa série de discursos obsequiosos sobre currículos.

A voz de Clarissa soou muito mais sincera dessa vez.

— Obrigada, Michelle.

— E Jamie — disse Michelle. — Aonde ele foi?

— Estou bem aqui. — A voz firme e gentil atrás de mim. Eu me virei e meu campo de visão se encheu com as listras pretas discretas, meu nariz com o perfume singular. Mas seus olhos vidrados passaram direto por cima de mim. E ele se dirigiu a Clarissa. — Que festa maravilhosa. Seu pai ficaria orgulhoso.

— Que pena — disse ela baixinho.

— Estou indo embora agora. — Ainda não estava olhando para mim! Essa era a sua versão de boa-noite? Mesmo chateado, era inaceitável.

— Onde você mora? — perguntou Michelle. — Moro perto de Orange.

— Eu também — disse Jamie. — Em Danbury. Podemos ir juntos.

Clarissa ergueu as sobrancelhas para mim, mas devia haver cimento líquido naquela última taça de champanhe. Fiquei lá grudada no chão da cozinha.

— Ótimo! — disse Michelle, e sorriu para mim. — Vou pegar o casaco. — Ela saiu toda animada. Clarissa olhou de Jamie para mim, limpou a garganta, e escapou.

Jamie estava olhando para a porta.

— Hum — falei.

Jamie continuou olhando para a porta.

— Não seja tão infantil — disparei, por fim.

Os olhos dele encontraram os meus, frios e cinzentos como sempre.

— Olha só quem fala.

Bufei e me virei para o outro lado.

Michelle voltou, trazendo a jaqueta.

— Vocês estão prontos? — Ela olhou para nós, para nossa postura de braços cruzados em lados opostos da sala, e um ar de incerteza surgiu em seu rosto. — Ah, me desculpem, só achei...

Que eu iria para casa com Jamie.

— Tenho tanto trabalho para fazer hoje à noite — dissemos em uníssono. Eu me encolhi. Ele mordeu o lábio.

Michelle riu.

— Está bem. Já entendi. Bem, eu vou para casa de qualquer jeito. Amy, vejo você na aula amanhã?

Assenti, pensando se eu estava mais infeliz por ter de assistir a aula numa sexta ou pela cena que estava certa que teria de aturar no instante em que eu e Jamie ficássemos sozinhos.

Mas quando ficamos a sós, tudo o que ele me disse foi:

— Você precisa ficar para ajudar Clarissa com a limpeza?

Sacudi a cabeça dizendo que não. Foi por isso que Deus inventou o serviço de bufê, ou foi o que a Park Avenue ensinou à minha amiga.

— Então vamos embora.

Mais uma vez, assenti. Andamos em silêncio pela Chapel Street. Os bares e restaurantes ainda estavam abertos, derramando luz dourada nas calçadas escuras. Poucas pessoas caminhavam pelas ruas, a maioria em grupos ou em pares. Uma garota bêbada cambaleava de um lado para o outro, tropeçando nos saltos altos e rindo. Jamie colocou a mão em meu ombro e me tirou do caminho dela.

O toque dele rompeu a represa.

— Você não tem direito de ficar chateado, sabia disso?

— Desde quando é você quem decide isso por mim? — replicou ele.

— Você vem dizendo o tempo todo que é meu convocado, minha decisão, e não quer se envolver. Então pare de agir como se eu tivesse descumprido um mandamento ou algo parecido.

Ele parou no meio da rua.

— Eu não entendo... Por que você está namorando comigo, Amy?

O *quê?*

— Estou tentando entender isso a noite toda. Parece que eu a faço completamente infeliz, e então... esta noite. Foi algum tipo de piada sórdida, você se desviar do seu caminho para me magoar.

Magoá-lo! Há!

— É claro, tudo o que eu faço magoa você. A sociedade é tão importante, a maneira como você costumava fazer as coisas é tão inacreditavelmente *vital* para a *fibra* do seu *ser*... Pare de levar tudo para o lado pessoal. Você me desaprova, desaprova meu clube, você desaprova de todas as maneiras possíveis que a gente faça as coisas de um jeito diferente de como você faria...

— Espere aí um minuto...

— E você desaprova Michelle. É claro que sim, embora tenha sido doce como mel na frente dela.

Ele piscou para mim, sem dizer nada.

Ótimo, me deixe dizer o que estou pensando.

— Você a desaprova porque ela não foi devidamente investigada, como o cara que *deveríamos* convocar. O herdeirozinho, o garotinho do vovô com absolutamente nada a nos oferecer além de uma atitude arrogante e uma grande pilha de dinheiro de família. Michelle é ótima! Ela é interessante, inteligente, entusiasmada, aplicada...

— Amy, o que você está insinuando?

— Nada! Não estou insinuando nada! Estou dizendo! Você se recusa a dizer qualquer coisa para qualquer pessoa. — Meu coração estava batendo forte no peito e as palavras saíam num ímpeto furioso. — Você guarda seus segredinhos e gosta de saber os de todo mundo, e se recusa até a pensar na ideia de fazer as coisas de forma diferente. Você acha que é errado trazer Michelle, não por causa de quem ela obviamente é, mas porque você não conhece os segredos dela. Você não recebeu uma lista antecipada com todos os professores dela de ensino fundamental e os orientadores de acampamentos de verão e os nomes de todos os caras com quem ela já dormiu...

Jamie estava balançando a cabeça, e quando ele falou, sua voz estava mais baixa do que nunca.

— Não, Amy, não. Veja bem, não preciso dessa lista. Eu já sei, porque eu fui um desses caras.

Por meio desta, eu confesso:
Para algumas declarações,
não há resposta possível.

7.

Deliberações

— Você sabia — disse ele, ao ver minha expressão de surpresa.

— Não — sussurrei.

— Ah, qual é, Amy, você sabia.

— Não — repeti, um pouquinho mais forte. Não. Não, não, não, não e não.

Ele observou meu rosto, procurando pela mentira que não estava lá.

— Como eu poderia saber se você nunca... — Claro. Os Livros Negros. Eu *sabia* que isso ia acontecer.

Jamie continuou desconcertado.

— Então por que você a trouxe?

— Eu gostei dela! — falei, lançando as mãos para o ar. — Ela é minha monitora de geologia e eu... Meu Deus, o que você achou? Que eu a estava esfregando na sua cara como se fosse George... Ah, meu Deus. — Eu me virei e comecei a descer a rua. Queria meu quarto. Queria minha cama. Queria que o mundo acabasse.

— Pare. — Não parei, mas ele me alcançou alguns passos depois. — Ei — disse ele em voz baixa. — Você pelo visto não é a única capaz de pensar o pior a respeito da outra pessoa neste relacionamento.

Parei e olhei para ele.

— Isso foi um pedido de desculpas — disse Jamie.

— Um bem ruim. — Comecei a andar de novo e ele me acompanhou. — Quando? — perguntei com dificuldade. Eles pareciam ter se dado muito bem na festa, conversando tranquilamente. Conversando sozinhos. Ela inclusive queria que ele a acompanhasse até em casa.

Mesmo sabendo que era meu namorado. Minha garganta ficou seca novamente.

— Meu penúltimo ano, o segundo dela — respondeu Poe. — Saímos algumas vezes em Strathmore... comíamos juntos, flertamos no pátio, coisas assim.

– E?

— E o quê?

— Você me disse que não teve namorada na faculdade.

— E não tive. Como poderia, com meu orçamento microscópico? Mas podíamos estar indo nessa direção. Gostávamos um do outro, ficamos juntos algumas vezes. Mas nunca conversamos sobre para onde aquilo estava indo.

— Então o que houve?

Ele desviou o olhar para a rua.

— Fui convocado. Fiquei ocupado. Praticamente sumi durante o restante do ano escolar. Estava tão animado. Queria passar todo o meu tempo no mausoléu, queria sair apenas com meus novos amigos Então chegaram as provas e o verão. Ela acabou saindo do meu radar. — Ele chutou o meio-fio. — Estava ocupada com a pesquisa, eu tinha o estágio... Quando voltei no outono, alguém me disse que ela estava namorando. E que era bem sério. Eles estavam noivos ou coisa parecida. Eu a via de vez em quando no refeitório e lugares assim, mas estava tão ocupado. Tinha a prova e os requerimentos para a Faculdade de Direito, a sociedade, os formulários de trabalho e as entrevistas. Depois ela terminou com o cara e foi para o exterior e... — Ele olhou para mim. — Nós seguimos em frente. Não ficou nenhum ressentimento.

Isso tinha ficado bem claro naquela noite.

— E então, isso satisfaz sua curiosidade mórbida? — perguntou ele. Quando não respondi, Jamie parou e me pegou pelos ombros, me virando gentilmente de frente para ele. — Você jura que não sabia?

— Eu juro.

— E foi só coincidência você trazer uma garota que não tem nada a ver com você?

— É uma universidade pequena, Jamie — falei de modo inexpressivo. — Naturalmente eu ia acabar sendo monitorada por sua ex-namorada em algum momento. — Ele não riu, o que era bom, porque eu só estava brincando em parte.

— Acredito em você. — Ele olhou em meus olhos. — Agora responda a minha pergunta.

— Que pergunta?

— Por que você está namorando comigo?

Eu me afastei dele. Que pergunta idiota!

— Amy!

Comecei a andar.

Ele me seguiu.

— Você achou que eu detestava Michelle. Achou que eu a desaprovava como potencial convocada.

— Porque você estava claramente chateado comigo — repliquei sem me virar. — Acho que já concordamos que nós dois estávamos lidando com impressões erradas. Aparentemente, você gosta bastante da Michelle.

— Hoje em dia eu mal a conheço. Não tenho ideia se ela seria ou não uma boa opção para os Coveiros. Mas essa história da Michelle não foi a única vez em que você julgou, a priori, que eu estava pensando o pior a respeito das suas escolhas. — Tínhamos chegado ao portão da Prescott. Peguei meu cartão de identificação, mas Jamie cobriu o sensor. — Então minha pergunta persiste. Se é isso que eu penso de você... se desaprovo tudo o que você é e tudo o que quer... por que está me namorando?

Coloquei a mão sobre a dele. O sensor apitou e o portão destrancou. Eu o abri, com a mente em disparada. Eu estava namorando Jamie porque ele tinha salvado minha vida a caminho da ilha. Estava namorando-o porque ele havia me ensinado a nadar. Estava namorando-o porque eu ia sair da universidade em um mês e ele era a personificação da Eli. Estava namorando-o porque ele desafiava minha percepção do mundo e não me deixava desistir, ainda que fosse de seu interesse. Estava namorando-o porque Jamie parecia gostar mais de mim do que os outros caras que tinham me dado o fora no passado. Estava namorando-o porque ele tinha me ajudado no semestre anterior e no ano anterior mesmo sabendo que isso lhe traria problemas. Estava namorando-o porque ele beijava incrivelmente bem e fazia waffles muito bons.

Ele estava parado do outro lado do portão, como tinha estado tantos meses atrás, e me olhava por entre as barras. Ele gostava de mim naquela época, em novembro. Eu sabia disso agora. Ele gostava de mim, mesmo eu o tendo expulsado do mausoléu e ele minado secretamente meu clube ao ajudar alguns dos rapazes a fundar a sociedade secreta só para homens dentro da nossa sociedade, os Elísios. Ele gostava de mim, e tinha acabado com ele o fato de eu ter descoberto sua traição.

— Porque — continuou ele — existe um termo para definir garotas que namoram caras que constantemente as reprimem. E existe um termo para esses caras também. E eu realmente não gosto da ideia de que esses termos descrevam qualquer um de nós.

Eu ainda segurava o portão aberto, mas ele não iria entrar. Se eu não dissesse alguma coisa rápido, ele iria embora e seria o fim. Jamie podia gostar de mim mais do que os outros garotos com quem eu tinha namorado, mas não seria o suficiente. Seu orgulho não permitiria, assim como não o tinha deixado me aceitar como apenas uma garota com quem ficava às escondidas e nada mais.

— Eu gosto da Michelle porque ela me lembra de mim mesma — falei. — Não de nenhuma forma que se possa colocar num currículo ou registrar no boletim informativo da sociedade. Gosto dela. Acho que ela seria uma boa opção para a Rosa & Túmulo. Quero seguir adiante com ela para a posição de Howard. Isso me fará sentir melhor a respeito do Topher. Ele não é como eu, mas se conseguirmos Michelle... bem, eu teria um substituto de verdade.

Os olhos dele se estreitaram.

Soltei uma risadinha.

— E para ser perfeitamente honesta... depois do choque inicial... o fato de você já ter gostado dela meio que consolida essa convicção. Porque não acho que as coisas que você gosta em mim apareceriam num currículo também. Sei disso porque você viu meu currículo e não gostou dele. — Fechei meus dedos em volta dos dele sobre as barras, me inclinando para perto. — Você não gostava de mim. Não até me conhecer.

Jamie também se inclinou, apoiando a cabeça contra as barras até nossas peles se tocarem, quentes perto da marca fria do portão de ferro.

— Por que eu gosto de você também não é quantificável. — Acariciei os dedos e olhei dentro dos olhos de Jamie. — Não sei explicar isso para meus amigos. Não sei explicar para você.

A expressão dele se suavizou.

— Você precisa tentar explicar, pelo menos para si mesma. Se é isso o que você pensa de mim...

Ele não terminou. Estranho. Tantas coisas ele estava disposto a sacrificar para conseguir o sucesso e a segurança que queria. Coisas que ele *tinha* sacrificado: amigos, romances, dinheiro, independência. Tantas coisas que eu sei que ele aceitaria a qualquer custo. Mas não eu.

Onde ele demarcava o limite? Quem era aquele homem?

Puxei a mão de Jamie.

— Vamos entrar. Entre e converse comigo. Aposto que quanto mais eu souber a seu respeito, mais vou gostar de você também.

Ele se afastou.

— Não. Já lhe disse tudo o que há para saber sobre Michelle e eu. Não vou lhe fazer um E.N.

Dei a volta para fora do portão e coloquei os braços em volta dele.

— Não quero um E.N. Quero você.

— Eles são absurdamente caros — disse Jamie, passando os dedos em volta dos meus e levantando nossos braços juntos em direção à luz. Estávamos deitados na minha cama, aninhados, vestidos, a não ser pelas jaquetas e pelos sapatos. — Por um pedaço de lã feltrada? É um absurdo.

— Uma amiga minha fez o dela — falei. — Custou cerca de 15 pratas.

— Meu pai não iria fazer um — disse Jamie. Ele tinha me dito há muito tempo que o pai era um jardineiro que tinha lutado para equilibrar o orçamento depois que a mãe de Jamie, uma assistente social, havia morrido quando ele ainda era criança. — Mas ele economizaria para me comprar um. Foi meu grande presente naquele Natal. Um cachecol de cem dólares.

Com as cores da Universidade Strathmore. Vendido na caríssima JPress no final da rua. Os cachecóis da universidade eram um grande símbolo de *status* entre os alunos no campus, remetendo aos bons e velhos tempos quando todo mundo usava casacos de pele de castor e chapéus de palha e aclamavam o lema da faculdade ostentando orgulhosamente os cachecóis e os broches de sociedade.

— Ele estava tão orgulhoso de si mesmo por conseguir esse cachecol para mim, principalmente porque eu vinha lhe dizendo pelos últimos três anos o quanto queria um desses.

Fiquei imaginando Jamie adolescente, após anos sendo o garoto da bolsa de estudos no colégio de ensino médio chique, tentando compensar desesperadamente o tempo perdido cobiçando os paramentos da vida na Eli.

— Dava para notar no rosto dele. Seu filho, veterano da Universidade Eli. — Jamie respirou fundo e fechou a mão em volta da minha, entrelaçando nossos dedos. Ele abaixou nossas mãos e apertou-as contra o peito. — Usei o cachecol por algumas semanas. Mas a primavera chegou cedo naquele ano, você se lembra?

Assenti.

— E para falar a verdade, ele é meio grosso para um cachecol. E na faculdade de direito...

— Você não quer ser visto andando pelo campus com o paramento de aluno da graduação? — Dei um risinho para ele.

Ele sorriu de volta.

— Com minha namorada da graduação e minha máquina de fazer waffles roubada da graduação? É, há um limite para a humilhação que posso aguentar.

— Ei. Nada de denegrir a máquina de waffles — falei, cutucando-o.

— Enfim, detestaria que ele soubesse. — Jamie ficou olhando para o teto. — Ele se esforça tanto para entender essa vida. Às vezes tenho medo de voltar para casa um dia e não termos mais nada em comum. De não haver nada que ele me dê que eu seja capaz de apreciar. Nada...

Rolei na direção de Jamie e coloquei a mão sobre o rosto dele.

— Mas ele já lhe deu essas coisas. As coisas que o trouxeram aqui para começo de conversa. O trabalho duro, a dedicação... os sacrifícios depois que sua mãe morreu para que você pudesse ter essa educação, essa oportunidade. Não é um cachecol que importa para ele.

— É, acho que está certa. — Ele passou a mão pelo meu corpo, desde o ombro até os quadris. — E seus pais? O que esperam de você?

— Que eu ligue mais vezes, acho. — Me aconcheguei mais junto a ele. — Não sei. Eles são bem independentes, e desde que eu não me envolva em problemas, me deixam fazer o que eu quiser. Eles ficaram orgulhosos quando entrei para Eli, é claro, mas ficariam orgulhosos não importa para que universidade eu entrasse. Não são esnobes.

— O que achariam da Rosa & Túmulo?

Franzi o nariz.

— Meu pai provavelmente diria que é uma besteira elitista. Minha mãe não diria isso, mas é o que pensaria. Principalmente se soubesse que fiz parte da primeira turma de mulheres. Ela não tolera sexismo.

— Essa é a mesma mãe que desaprova suas escapadas sexuais?

— Ela é completamente hipócrita sobre essa questão de direitos iguais.

— Então provavelmente não gostaria que eu fizesse isso. — A mão dele deslizou para minha bunda.

— É pouco provável — falei, sorrindo.

— Ou isso? — Ele levantou a barra da minha saia e passou os dedos pela parte de dentro das minhas coxas.

— Definitivamente não.

— Humm... — Ele se inclinou para me beijar. — Então acho que deveríamos manter tudo isso em segredo, não é?

— Claro — concordei, e me arqueei nos braços de Jamie. — Por sorte, nos tornamos muito adeptos a segredos.

— OK, então é isso — Lucky estava dizendo para Puck quando me arrastei para a Grande Biblioteca num horário muito infeliz na manhã seguinte. — E obrigada — acrescentou para ele — por não ir atrás do Príncipe Harry. Porque eu realmente não tenho meios para hackear o Palácio de Buckingham.

Reuniões bem cedo com o comitê de investigação (isto é, Lucky), além de uma aula na sexta de manhã eram um arremedo de último ano de faculdade. Eu devia ficar totalmente livre desde o fim da reunião de quinta à noite até o começo da reunião de domingo à noite. Mas a convocação significava que cada hora de cada dia estava cheia de obrigações com a Rosa & Túmulo. Depois que terminasse aquilo, eu podia dar um jeito de espremer as tarefas não essenciais como banho, idas ao banheiro e terminar minha monografia.

Por outro lado, até que foi fácil. Enquanto estava agarrando meu namorado, Lucky havia organizado os arquivos de todos os nossos potenciais convocados.

— Oi, Bugaboo — disse Puck quando me sentei onde ele estava, em frente a Lucky. — Quer que eu espere aqui para voltarmos juntos para Prescott?

Curioso. Puck não vinha demonstrando nenhum interesse em andar comigo ultimamente.

— Não posso — admiti. — Tenho aula depois.

— Que droga! — Ele agitou o braço. — Vou voltar para a cama.

Mordi o lábio para evitar perguntar: *Sozinho?* Afinal de contas, eu não tinha deixado a cama vazia naquela manhã. Jamie tinha passado a noite comigo, bem encolhido na minha cama de solteiro do dormitório, me abraçando em conchinha para que eu não caísse da beirada. Não consigo acreditar que ele estivesse confortável, ainda mais com aqueles ombros.

Jamie, no entanto, não havia reclamado de nada.

A manhã tinha sido fria e clara. Um novo dia, fresco e agradável, pronto para revisões. Da minha monografia, do meu relacionamento, de todo o processo de convocação. Aproveitei-me do frescor do dia e não tomei banho. Não queria tirar o cheiro de Jamie de mim. Além disso, dez minutos a mais nos braços de Poe valiam a pena.

Principalmente quando pensava nas críticas que teria que aguentar do comitê de investigação. Eu já havia recebido um e-mail furioso de Lucky.

Lucky limpou a garganta.

— Já terminamos — disse ela para Puck. — Seu candidato com três gerações de legado, aluno conceito A, presidente do conselho da universidade não é meu problema hoje. — Interessante, então Puck tinha decidido ir pela linha tradicional. — Tenho muito o que conversar com a Senhorita Vamos-Mudar-As-Coisas aqui.

— Eu? — levei a mão ao peito bancando a inocente. — E quanto a Thorndike e a nova teoria sobre desclassificar a sociedade?

— Angel está cuidando dela — disse Lucky. — E Soze, se ela não encontrar Jesus depois disso.

— Encontrar Jesus? — perguntei ironicamente.

— É uma expressão!

— No Bronx?

Lucky limpou a garganta.

— Tenho saído muito com meu convocado. Ele é do Sul.

Ergui as sobrancelhas.

— E o que Tristram acha disso?

— Sobre o fato de ele ser do Sul? — replicou Lucky tranquilamente, arrumando os papéis na mesa à frente. — Está tudo bem. E não mude de assunto, mocinha! Você jogou uma bomba e tanto em cima da gente na noite passada, levando uma convidada que não teve a vida investigada para a festa.

— Eu deixei uma mensagem na caixa postal para você — argumentei.

A expressão de Lucky mostrou que ela não havia achado nenhuma graça.

— Três horas antes do evento não é tempo suficiente.

A porta da Biblioteca se abriu e entraram Big e Little Demon.

— Ooh, estamos falando de Michelle? — perguntou Little Demon e correu para perto, sentando-se numa cadeira ao lado de Lucky. — Quero ouvir.

Big Demon caminhou lentamente até onde estávamos e também se sentou.

— Qualquer coisa que tire o foco de Frodo e sua demonstração pública de amor pelo convocado está bem para mim. — Ele levantou as mãos. — Não tenho nada contra estilos de vida alternativos, mas desde quando nosso critério principal para quem gostaríamos de convocar passou a ser...

— Quem gostaríamos de *convocar*? — disse Juno, entrando de repente na Biblioteca antes que a porta se fechasse. — Sério! Não vamos deixar nossos padrões despencarem, hã? — Ela se sentou ao meu lado. — Por favor, me diga que estamos falando sobre Michelle.

— Estamos tentando — resmungou Lucky.

— Ótimo! — Juno sorriu, uma expressão que eu tinha aprendido a associar com a mesma expectativa com que esperaria um ataque de tubarão. Não tinha dúvida de que ela também não aprovava minha escolha não tradicional.

Mas até Juno tinha algumas surpresas na manga:

— Eu realmente gostei dela. Quero dizer, ela é uma liberal maluca, mas me deu ótimos conselhos sobre carros híbridos.

— Então isso é um bom critério para convocação? — perguntou Little Demon.

— Gente, por favor! — pediu Lucky, passando os dedos pelos cabelos curtos e repicados. — Ainda tenho mais umas dez dessas para fazer e não dormi até agora.

Todos se acalmaram.

— Tudo bem. — Lucky espalhou alguns papéis na mesa. — Então, deixando de lado por um momento a forma nada legal como você jogou isso em cima de mim, Bugaboo, vamos falar sobre Michelle porque, como vimos agora, ela causou uma ótima impressão ontem à noite.

Bem, era muito bom ouvir isso!

— Temos boas e más notícias.

Oh-oh.

— Primeiro, as boas. Aqui está uma cópia do requerimento de faculdade dela. Como podem ver, ela é brilhante. Pesquisadora da Westinghouse, campeã da feira estadual de ciências, tirou A nas provas de física aplicada, cálculo 1 e 2, química, biologia, história e inglês, e foi escolhida para representar o estado em sua equipe de cross-country.

— Legal! — disse Big Demon, virando o requerimento para ele. — Quais foram os tempos dela?

— Ela foi aceita em Duke, Rice, Berkeley, Bryn, Mawr, Bates, e recusou uma bolsa na Escola Politécnica da Universidade de Nova York para entrar na Eli.

Lucky pegou mais alguns papéis.

— Na Eli, ela entrou de cabeça na área de ciências. No primeiro ano, fez sete matérias, três laboratórios de meio crédito e ficou com 3,5 de média geral, o que é incrivelmente bom se você considerar que uma dessas matérias era bioquímica molecular e o laboratório da mesma.

Little Demon pareceu confusa.

— E por que isso é importante?

— É uma matéria muito difícil — explicou Juno. — Se você consegue tirar C mais, já é considerado um gênio.

Lucky limpou a garganta e continuou.

— Naquele verão ela foi assistente de pesquisa para o Professor Coudriet, que publicou recentemente *et al* um artigo sobre... — Lucky estreitou os olhos para ler o que estava impresso no papel — vias apoptóticas reguladas pelo cálcio, seja lá o que isso for, no periódico *Farmacologia Bioquímica* e colocou Michelle nos agradecimentos.

— Prato cheio para a LexisNexis — comentei.

— Verdade — disse Lucky. — O segundo ano foi mais do mesmo, e ela também se ofereceu como voluntária num colégio de ensino fundamental para dar aulas de ciências a crianças e organizar a feira da disciplina. Há um artigo no *EDN* sobre o programa que ela começou. — Lucky estendeu outro papel impresso. — Dá só uma olhada: escrito por Topher Cox.

— Estranho! — comentei. E ainda assim incrível ao mesmo tempo. Michelle, teoricamente, estava se saindo muito bem para ser a convocada de ciências. Ninguém poderia negar suas qualificações. Agora tudo o que eu precisava fazer era convencê-los a convocá-la para a vaga, e então eu ficaria com Topher como meu candidato "oficial" para acalmar os patriarcas poderosos. Isso ia dar certo! Tinha que dar!

— Agora, aqui é que as coisas começam a ficar estranhas.

Merda.

— Naquele verão ela aparentemente deveria trabalhar para o Professor Coudriet de novo, mas saiu por volta de julho.

— Para fazer o quê? — perguntei.

— Fazer aula de composição química e recuperação dos rios na Escola Florestal da Eli. Em que ela passou com nota máxima.

Contraí os lábios e disse:

— Bem, ela é minha monitora de geologia. Talvez tenha decidido deixar a Farmacologia e entrar para as ciências naturais.

— Talvez — disse Lucky. — Mas será que uma matéria a impediria de ser assistente desse cara de novo? Quero dizer, ela já estava no campus, de qualquer forma. E porque o Professor Coudriet tem o hábito desconcertante de salvar rascunhos de e-mail no servidor do departamento de química, sei que, na tentativa de atraí-la de volta, ele ofereceu incluí-la no *et al* da lista de autores do próximo artigo.

— Crédito em uma publicação? — perguntou Little Demon, os olhos ficando ainda mais arregalados. — Como aluna da graduação? E ela caiu fora?

Os olhos de Juno se estreitaram enquanto examinava o e-mail.

— Parece que ele tinha uma queda por ela.

Todos olharam de novo e Lucky assentiu de maneira inteligente.

— Pode ser outra razão pela qual ela desistiu.

Little Demon revirou os olhos.

— Vocês e sua ética. Ature o velho assanhado por alguns meses e consiga seu nome num artigo, garota!

Lucky virou para uma folha nova na pilha.

— No penúltimo ano é que chegamos às más notícias. Para começo de conversa, as notas dela foram por água abaixo. A média geral de Michelle caiu para 2,3 no primeiro semestre. Ela largou o programa que tinha criado para ensinar crianças. Saiu não de um, mas de dois laboratórios. E o semestre que supostamente passou fora durante a primavera? Invenção.

— O quê? — Ela devia estar brincando.

— Bem, ela pode de fato ter ido ao exterior. Eu não sei. Mas não estava matriculada em nenhum programa, e veja isso... de acordo com os registros que consegui na secretaria da universidade, ela *estava* inscrita em cinco matérias até o final do período de inclusão/exclusão de disciplinas.

— Então o que houve? — perguntou Big Demon. — Ficou com o período incompleto?

— Como ela excluiu as matérias a tempo, não estava inscrita como aluna da Eli naquele semestre. Mas ficou claro que pretendia estar.

Desmoronei na cadeira. Bem, então era isso. Não havia jeito de a Rosa & Túmulo aprovar uma média 2,3, mesmo para um aluno de ciências, a não ser que fosse se tornar um *quarterback* da NFL.*

— Então... sofreu um colapso nervoso? — perguntou Little Demon.

— Parece que sim — disse Juno, acrescentando baixinho: — Liberais.

(Isso vinha acontecendo bastante desde que o emprego das férias de primavera dela a colocara sob a orientação de um dos principais neoconservadores do mundo.)

— Não é bem assim — disse Lucky. — O projeto de pesquisa que ela estava fazendo no primeiro semestre deste ano era totalmente legítimo, e o que interessa, pode ainda ser publicado. E apesar do fraco desempenho no início do penúltimo ano, Michelle ainda foi convidada para ser monitora de uma turma no semestre em que voltou. O que quer que tenha acontecido, ela parece ter conseguido se reorganizar.

— Talvez tenha ido para uma clínica de reabilitação — sugeriu Little Demon.

— Uma viciada em drogas? — disse Juno. — Claro, *esse* é o tipo de pessoa que eu quero na minha sociedade.

— Ex-viciada em drogas — corrigiu Big Demon.

— E ela não seria a primeira — acrescentou Little Demon.

— De qualquer modo — disse Lucky, a voz cansada —, essa é a história dela. Vou ver o que mais consigo descobrir. — Ela estendeu a mão por cima da mesa e tocou meu braço. — Olha, Bugaboo, não estou dizendo que você não deva levar isso adiante. Não estou nem dizendo que as coisas

---

*Ou, a confessora sente a necessidade de acrescentar, se fosse um legado, filho de um diretor da CIA e/ou presidente, ou um candidato certo a futuro presidente ele mesmo.

que descobrimos podem acabar com as chances dela. Mas saiba logo que ela terá de se explicar na entrevista se houver alguma chance de a considerarmos. E é bom que a explicação seja muito melhor do que reabilitação. — Ela balançou a cabeça. — Você tem uma batalha difícil à frente.

É claro que eu tinha. É claro.

Para meu crédito, assisti mesmo à aula de geologia depois. Michelle piscou para mim quando cheguei, o que causou um enrijecimento involuntário da minha coluna.

Admito que isso não foi totalmente justo com ela. Afinal de contas, se ela não ia agir diferente depois de descobrir que Jamie era meu namorado, então eu não deveria mudar meu comportamento depois de saber que ele costumava namorá-la.

Ou que ela provavelmente sofrera um colapso nervoso e talvez fosse viciada em drogas, e que tinha acabado de complicar minha vida de uma maneira totalmente diferente. Fiquei pensando a qual das informações eu estava reagindo mais intensamente?

A aula em si foi genuinamente interessante. O professor apresentou slides da viagem que fizera recentemente à Antártida e o grupo (de puxa-sacos, para aparecerem numa sexta sem deverem favores à monitora) prestou muita atenção. Alguns até fizeram anotações, como se as fotos do professor com o estagiário tentando digerir refeições pré-preparadas, do tipo que costumam ser consumidas pelos soldados em missões, fossem cair nas provas finais.

Michelle permaneceu extasiada durante toda a palestra. Mantive meu foco nela. Talvez eu devesse estar fazendo minhas próprias anotações. Por Que Devemos Convocar Michelle Whitmore, Razão 335: Seria legal ter um cavaleiro no Polo Sul.

Será que isso compensaria a média ruim?

Quando a aula acabou, tentei atrair a atenção de Michelle, esperando que fosse almoçar comigo, mas ela estava muito envolvida em uma conversa com o professor e, depois de algum tempo, me dei conta de que era estranho continuar ali esperando. Eles claramente tinham planos.

Caminhei rapidamente de volta a Prescott e encontrei Josh e Lydia aninhados no sofá, folheando um catálogo da IKEA.

— Amy! — disse Josh. — Talvez você possa nos ajudar a encerrar um debate. Acabamentos em bétula são muito anos 1980, não é?

Lydia e eu trocamos olhares.

— Acho que ainda é muito cedo para pensar em mobiliar seu apartamento em Palo Alto — falei.

— Caramba, você fala igual a Lydia — disse Josh. — Enquanto eu já estaria procurando nos classificados hoje, se pudesse, ela quer esperar até agosto para se mudar para lá. Por que a gente não vai logo, sabe? Depois da formatura?

Lydia ficou olhando para as mãos.

— Tenho certeza de que vocês vão resolver isso logo, de um jeito ou de outro — falei, lançando um olhar expressivo para ela, que ignorou completamente.

Não importa. Tenho meus próprios problemas para lidar. Segui para o quarto.

— Ele já foi para casa — disse Josh, virando uma página do catálogo.

Meus passos vacilaram.

— E como foram as coisas com a coisa hoje de manhã? A investigação sobre Michelle. Eu me virei para ele.

— Existem algumas complicações.

— Já imaginava. — Ele virou outra página. — Eu apenas escolheria outro.

— O caminho mais tranquilo? — rebati. — Acho que muitos de nós estão indo nessa direção ultimamente. Fazendo apenas o que é mais fácil por medo de complicar as coisas, desafiar o *status quo*, indo contra o plano porque a melhor opção traz alguns riscos.

Lydia me lançou um olhar de advertência, e foi minha vez de ignorar.

— Você não acha, Lyds?

— Tenho certeza de que não faço ideia do que vocês estão falando — disse ela com uma risadinha. — Já que sou bárbara.

— Ei, Josh. Sem querer mudar de assunto nem nada, mas o que você acha da Faculdade de Direito de Eli? — perguntei, me apoiando na ponta da mesa de centro.

Ele franziu as sobrancelhas.

— Hã, acho que é a melhor faculdade de direito do país?

— E se um jovem aluno promissor na área de Direito tivesse a oportunidade de ir para essa faculdade, você não acha que deveria aproveitá-la? — perguntei, me inclinando para a frente.

Josh parecia confuso.

— Jamie está pensando em desistir?

— Sim! — interrompeu Lydia antes que eu pudesse dispersar a atmosfera de tensão. — São os empréstimos. Ele pode conseguir uma bolsa se decidir se transferir para... Rutgers.

Rutgers? Eu quase ri. Rutgers era o lugar que tinha oferecido uma bolsa a Lydia. Josh devia saber isso. Olhei feio para ela, mas estávamos nos tornando experts em ignorar uma à outra àquela altura.

— Isso é difícil — ponderou Josh. — Os empréstimos da faculdade de direito não são tão ruins se você estiver disposto a trabalhar como escravo no setor privado por alguns anos. — O que Jamie estava, a propósito. — Mas se você quiser ir para o serviço público, ou fazer estudos avançados... pode ficar um pouco difícil.

Ah, aquilo era ridículo. Não acredito que estávamos conversando sobre a capacidade do meu namorado de pagar pela pós-graduação.

— Sempre tive a impressão de que Jamie não queria de fato ser um advogado — Josh continuou dizendo. — Nesse caso, Eli é perfeita para ele... certo, Lydia?

— Algumas pessoas que vão para Eli querem ser advogadas — disse ela em tom defensivo.

— No entanto a maioria quer entrar para o governo, como Jamie.

Balancei a cabeça.

— Não, Jamie quer trabalhar para um grande escritório de advocacia e ficar rico. — Ele tinha sido muito claro quanto a isso quando conversamos no trem no último outono. Ele queria ter certeza de que nunca mais deveria dinheiro a ninguém. Queria a segurança que o pai nunca pôde oferecer como jardineiro paisagista.

Josh franziu as sobrancelhas.

— Não foi o que ele me disse.

— Mas... — falei, o drama de Lydia esquecido, e o telefone tocou.

Lydia atendeu, depois passou para mim.

— Acho que é...

— Alô?

— Oi, Amy — disse Darren.

— Darren — falei, sentindo o sangue gelar. — Acho que deixei claro da última vez que não quero...

— Estou só ligando para dizer que vão me liberar hoje.

— Já? — disparei sem pensar. Maldita língua!

— É. — Ele riu. — Falei com o cara encarregado e ele disse que estou bem.

— Isso é... bom.

— E disse que achava que você e meu pai estavam reagindo de forma exagerada.

— Exagerada...

— A algo que foi basicamente um trote de fraternidade.

— Mas...

— Acho que "coisas da juventude" funcionou de novo, hã?

Cerrei o maxilar, sem saber se gritava ou chorava.

— Então agora papai vai levar todos nós para a Disney World.

— Darren — falei, lutando para evitar que minha voz falhasse. — Quero falar com seu pai. Esse não foi o nosso acordo.

— Bem, papai não está aqui. Estou ligando do alojamento.

— Olha... — comecei a falar, mas o telefone foi arrancado das minhas mãos.

— Darren Gehry — disse Josh no aparelho —, nunca mais ligue para cá. — Ele desligou e jogou o telefone no sofá.

Meu queixo caiu.

— Por que você fez isso?

— Porque estou de saco cheio de aturar esse arremedo de justiça. Os Gehry se aproveitaram de você quando estava numa posição muito vulnerável, e isso não está certo.

Respirei fundo.

— Kurt Gehry jurou para mim...

— É isso que "se aproveitar" quer dizer, Amy. — O tom de Josh era firme e condescendente. — E agora vamos chamar a polícia e relatar o que houve.

— Você não tem o direito de decidir isso por mim.

— Amy, talvez você devesse pensar no que Josh está dizendo — disse Lydia.

— Ele nem estava lá! — gritei. — Nem chegou a conhecê-lo!

— Confio na opinião dele, e se ele acha... — Lydia começou a argumentar.

— Isso é uma grande mentira! — gritei com ela. — Se realmente confiasse na opinião de Josh não estaria mentindo para ele!

— O quê!? — disse Lydia.

— O quê? — perguntou Josh.

— Lydia entrou para a Faculdade de Direito de Eli — falei. — E está com medo de contar para você. — Depois me virei e saí pisando forte até o quarto.

Dois dias depois, o gelo na minha suíte ainda não tinha se dissipado. Durante o jantar antes da reunião de domingo à noite da Rosa & Túmulo, Soze fez questão de fingir que eu não estava lá, e calculei as chances de os outros cavaleiros julgarem que minha explosão — que *condizia* com a execução do juramento de colocar os irmãos da sociedade em primeiro lugar — pesava mais do que contar os segredos da minha melhor amiga para o namorado dela, que era uma coisa estarrecedoramente nada legal de se fazer.

Eu mesma ainda não tinha chegado a nenhuma conclusão sobre esse assunto. Nem se eu teria ou não jogado tudo no ventilador se não estivesse tão esgotada pela ligação de Darren e pelo comportamento neandertal de Josh.

E sim, é claro que falei sobre isso com Jamie. Estamos numa onda de franqueza agora.* Como foi a conversa?

1) Ele se perguntou em voz alta por que dramas dessa natureza entre melhores amigos/colegas de suíte eram quase inteiramente exclusivos ao grupo que alguns — não *ele*, veja bem —, mas *alguns* indivíduos antiquados e retrógrados chamariam de "sexo frágil". (Eu me contive para não falar que ele não tinha nem colegas de suíte nem amigos com quem se envolver nesse tipo de drama, então lhe dei um tapa de brincadeira, mas não muito de leve.)
2) Ele concordou que era melhor para Josh saber que Lydia tinha sido aceita na Eli, mesmo que isso representasse um final mais prematuro ao romance deles do que qualquer um dos dois tinha previsto. (Ele não se pronunciou sobre a questão de eu ter ou não o direito de ser a portadora da notícia.)
3) Ele perguntou o que eu ia fazer a respeito de Michelle agora que sabíamos que havia problemas nos registros

*A confessora admite a estratégica omissão do papel que Darren Gehry pode ou não ter tido nesse fiasco. Ela pode ser a favor da franqueza, mas não quando se trata de mexer em certos vespeiros.

dela. Aparentemente, a notícia o havia surpreendido. Na época em que Jamie e ela tinham sido amigos, Michelle era uma superstar acadêmica. (Eu disse que investigaríamos isso a fundo, antes ou durante a entrevista.)

4) Ele disse que, se Michelle acabasse ou não sendo uma boa candidata para convocação, levá-la à festa ainda tinha sido "uma coisa tipicamente Bugaboo de se fazer". (É claro que eu o multei e tentei ao máximo não me perguntar se "tipicamente Bugaboo" tinha uma conotação positiva ou negativa.)

E, como eu esperava, ele não foi àquela reunião também. Tudo bem se envolver com o processo de convocação quando havia champanhe e sushi de graça, mas se fosse para ficar sentado discutindo sobre os méritos relativos de um bando de jovens de 21 anos, Poe queria que nos sentíssemos independentes e no comando. Certo.

Tudo o que senti foi cansaço enquanto discutíamos e debatíamos e deliberávamos sobre os prós e contras dos alunos do penúltimo ano que tínhamos conhecido na semana anterior. Deveríamos entrevistar o cara da lista de Big Demon sabendo que, se fizéssemos isso, poderíamos esquecer a garota da lista da Angel? A separação confusa dos dois tinha impossibilitado que falassem um com o outro (que dirá fazer juramentos de proteger e amar um ao outro). Será que Thorndike tinha maculado a pureza do processo no que dizia respeito à própria lista ao explicar a cada um dos seus candidatos com que propósito estavam sendo avaliados? Será que Frodo tinha maculado seu candidato preferido ao ficar com ele? (Citando Angel: "O cara? Talvez. Meu tapete de banheiro? Com certeza.")

— E finalmente chegamos à questão da lista de Bugaboo — disse Soze, ainda sem olhar diretamente para mim. — Entendo que a cavaleira queira fazer uma troca?

— Sim — respondi, me levantando. — Gostaria de trocar minha bola vermelha pela preta que pertence ao cavaleiro que falta no nosso grupo, Number Two. E também gostaria de submeter uma aluna do penúltimo ano para consideração para essa vaga.

— E quem você gostaria que ficasse com a sua vaga, Bugaboo? — perguntou Soze.

Eu teria de dizer isso em voz alta?

— Proponho convocar Topher Cox. Ele tem todas as qualificações que procuramos em nossos membros. É editor-executivo do *Eli Daily News*. É um legado, uma vez que seu avô foi Achilles, da Cl25. E... — Não, era só isso.

— Que endosso comovente, Bugaboo — disse Thorndike.

— Ela está guardando a emoção para a outra candidata — disse Frodo.

— Nós todos sabemos para quem você está guardando sua emoção — Thorndike rebateu o que ele disse.

Estava ficando *muito* tarde.

— Topher Cox foi investigado pela cavaleira Lucky. O que ela diz?

Lucky olhou para ele, cética.

— *Ela* diz que ele é um retrocesso à velha escola de Coveiros.

— Ótimo! — disse Juno. — Acho que pode ser útil.

— Os patriarcas ficariam satisfeitos, pelo menos — disse Angel.

— Não sei — disse Puck. — Conheço o tipo dele. Sempre fala muito de si mesmo, mas não acrescenta em nada. Não tem conteúdo.

— Espere — disse Juno. — É isso mesmo? *Você*, dentre todas as pessoas, está dizendo que ele é superficial?

— Estou — disse Puck, recusando-se a morder a isca. — E se faço isso, ele deve ser ruim mesmo.

— Ainda digo que qualquer pessoa que pretende ser um escritor e decide não usar como assinatura o coriambo "Christopher Cox" não tem uma sensibilidade apurada — falou Bond, balançando a cabeça.

— Um pecado imperdoável, sem dúvida — resmungou Graverobber, tomando o resto do *espresso*.

Apesar da falta de sensibilidade, não houve maiores objeções a pelo menos entrevistá-lo.

— E quanto à sugestão para a vaga pertencente ao Number Two? — perguntou Soze, cansado.

Essa era a parte de pertencer a uma sociedade secreta que eu detestava. Por que toda a burocracia? Todos sabiam o que eu ia dizer e quais seriam as objeções à minha candidata. Já tínhamos conversado sobre isso antes da reunião, em conversas particulares ou através do e-mail da sociedade. Por que tínhamos que fazer tudo aquilo de novo no Templo Interior, usando velhas túnicas esfarrapadas que tinham cheiro de mofo e de coisa guardada, em linguagem formal adotada para facilitar a manutenção dos registros nos Livros Negros? Por que, aliás, ainda fazíamos anotações nos Livros Negros, uma relíquia de uma era pré-digital, quando com relativa facilidade poderíamos gravar o áudio de cada momento de cada reunião para a posteridade?

E mesmo assim, repassei tudo o que já tinha dito e ouvi Lucky repetir para o clube reunido os mesmos fatos e números que ela havia me informado dois dias antes, com o seguinte acréscimo:

— Eu também examinei a agenda de compromissos dos últimos dois anos da reitora da Universidade Strathmore. Michelle Whitmore teve mais do que uma dúzia de compromissos no fim do primeiro semestre do penúltimo ano e no começo do semestre seguinte, o interrompido.

— Isso bate com o fato de ela ter largado as aulas, não bate? — perguntou Little Demon.

— Bate — disse Lucky. — Mas o que é curioso é que a reitora tinha o hábito de fazer anotações no programa de calendário dela para a maioria das reuniões. "Foi concedida ao aluno prorrogação da dissertação de história 320." "Foi discutida a opção de orientação psicológica para lidar com o crescente problema do aluno de abuso de substâncias." "Foram providenciadas faltas justificadas para a licença médica prolongada do aluno." "Reunião conjunta com o aluno e o superintendente para tratar de assuntos ligados à audiência disciplinar devido a agressão de monitor." Coisas assim.

— E para que Michelle estava se reunindo com ela? — perguntei.

— Aí é que está — disse Lucky. — Eu não sei. Não há nenhuma anotação sobre as reuniões com Michelle. O que quer que discutissem, a reitora não queria um registro escrito disso.

Por meio desta, eu confesso:
A areia nem sempre é um lugar
tão ruim para colocar a cabeça.

8.

Flibusteiro

A sala de aula tinha sido transformada numa caverna. As janelas foram cobertas com cortinas *blackout*, as mesas e cadeiras envoltas em lençóis escuros. Na frente de cada um dos nossos lugares, uma prancheta com papel para anotações e uma pequena luminária de leitura para iluminar as páginas, mas não nossos rostos. Os cavaleiros se sentaram espalhados pelo salão sem nenhum padrão ou ordem discernível, um método que deveria confundir e desorientar o entrevistado assim como ajudar a manter nossas identidades secretas. Era muito mais difícil descobrir quem éramos quando não se podia determinar nossas posições naquele buraco-negro. Todos nós usávamos blusas pretas de gola rulê. Da cadeira na frente da sala, não era possível ver mais do que nossos maxilares.

O meu nunca tinha sido meu traço mais bonito.

Eu me lembrava daquela sala. Me lembrava daquelas cortinas pretas, das luminárias de leitura. Um ano antes, eu tinha sido a pessoa na cadeira da berlinda enquanto os membros da Rosa & Túmulo me interrogavam sobre minhas notas, minhas ambições e meus professores do jardim da infância. Eu tinha ficado ofendida, mostrado o dedo médio para eles e saído furiosa.

Eles acabaram me convocando de qualquer jeito. Talvez, agora eu percebo, porque minha demonstração de insolência pelo menos havia quebrado um pouco a monotonia do processo. Já tínhamos feito dez entrevistas, e nem ao menos um dos potenciais convocados havia nos contado algo que já não soubéssemos. Uma nota ruim no primeiro ano? Explicada por uma separação, uma morte na família, um caso de mononucleose, ou porque, quando se inscreveram, não tinham percebido como aquilo estava acima da capacidade deles.

E isso quando eles não estavam sendo condescendentes conosco em uma rodada de perguntas. Seus maiores defeitos eram sempre "perfeccionismo", os fracassos eram sempre pequenos problemas sem importância que transformaram em grandes lições de vida sobre aprender a assumir o controle e liderar quando outros não deram conta do recado. Aquela era a primeira vez que eu ouvia essa besteira do outro lado da mesa, e fiquei me perguntando como qualquer um de nós — treinados nessas mesmas técnicas de entrevista do tipo transforme-seus-pontos-negativos-em-positivos — tinha conseguido arranjar emprego. Será que todos nós soávamos tão dissimulados e pretensiosos? Não era possível que os empregadores pudessem comprar esse tipo de bobagem mais do que eu acreditava nesses potenciais convocados quando me diziam que as quatro palavras que melhor os descreviam eram "liderança", "lealdade", "inteligência" e "confiabilidade".

Principalmente quando um dos candidatos era Topher Cox.

Pérolas da Entrevista da Rosa & Túmulo com Topher Cox

1) Meu herói? Acho que seria meu avô, Lionel Drake. Ele é um cara incrível. Sempre deu muito apoio para mim e minha família. Meu avô apoia todo mundo que ele acha que faz parte da equipe dele, sério. (Verde, jogando verde aqui!)
2) Eu praticamente tive o mesmo grupo de amigos minha vida toda. Fizemos o ensino médio juntos, eu, Sam, Blake e Alan. Faríamos qualquer coisa um pelo outro... já fizemos praticamente de tudo um pelo outro. Bem, nada dessa coisa gay. (Citando Kevin: Que alívio.)
3) Uma das coisas que eu acho que acrescento é uma forte noção do valor da solvência financeira. Ninguém quer admitir isso, mas dinheiro? É importante. E eu tenho. (Bem, pelo menos ele não tinha nenhuma ilusão sobre os motivos pelos quais o estávamos convocando.)

De modo geral, ele foi muito bem. Nenhum inconveniente novo foi descoberto, e os prós começaram a ter proeminência sobre os defeitos de caráter de Topher aos olhos da maioria do clube.

— Vendidos — resmungou Demetria.

Eu não discordava, mas também não estava reclamando da escolha. Os patriarcas conseguiriam que Topher entrasse; eu (se tudo desse certo) conseguiria Michelle. Outros antes de mim, como Jamie, tinham convocado de acordo com as necessidades da sociedade, e eles não tiveram nem o prêmio de consolação de um convocado bônus. O benefício que uma iconoclasta como Michelle poderia trazer para o grupo acabaria tendo muito mais influência do que a postura de 'velhos contatos de sempre' de Topher, ou mesmo do que seu influxo de caixa. Às vezes é preciso ceder um pouco. Certo?

— Um dia você vai se lembrar do quanto cedeu e não vai nem se reconhecer. É isso que a Rosa & Túmulo me ensinou — dissera Demetria, quando ressaltei a questão.

Ficamos preocupados de que ela não estivesse apresentando o retrato mais positivo da sociedade para seus potenciais convocados.

Michelle era nossa próxima entrevistada. Encontramos um horário livre na grade dela e levamos em consideração o tempo extra que levaria para chegar à entrevista vindo do apartamento fora do campus, perto dos prédios de ciências. Kevin, que tinha a melhor modulação de voz do clube, estava encarregado de fazer as ligações. E, seguindo a tradição da sociedade, todos os convocados recebiam convites surpresa para uma entrevista. Eles tinham apenas poucos minutos para se vestir adequadamente e chegar até onde estávamos. Cruzei os dedos sob a mesa enquanto ele discava o número dela. Com Michelle, tudo dependia da entrevista.

— Alô? — A voz de Michelle soou metálica no celular.

— Michelle Anastasia Whitmore? — A voz de Kevin retumbou como Deus falando de uma sarça ardente.

— Hum, sim?

— Solicita-se sua presença na College Street, 750, sala 400, às 15h15 desta tarde.

Houve uma breve pausa, com a qual já estávamos acostumados àquela altura. Em seguida viria o inevitável *Quem está falando?*

Só que não foi isso que aconteceu. Em vez disso, Michelle deu uma estranha risada e disse:

— Claro. Boa tentativa, imbecil.

A ligação caiu. Kevin tentou ligar novamente três vezes. Na primeira e segunda tentativas, a ligação caiu na caixa postal. Na terceira, Michelle atendeu novamente.

— Ouça — sibilou ela antes que Kevin tivesse a chance de dizer o combinado. — Me ligue de novo e vou bloquear este número como bloqueei os três últimos, entendeu?

Os três últimos? Os cavaleiros se mexeram desconfortavelmente nos assentos. Será que Michelle, assim como Kalani, estava sendo cortejada por outra sociedade? Pela Cabeça de Dragão talvez?

— Isso não é sem precedentes — disse Josh, no tom estranho e formal que tinha passado a usar comigo desde que eu havia despejado aquela bomba na suíte. — Alguns estudantes já passaram trotes em certas ocasiões. Pessoas fingiam ligar sobre uma entrevista de sociedade e o desafortunado aluno do penúltimo ano aparecia só para descobrir que tudo se tratava de um golpe. Deve ser isso que está acontecendo. Ela acha que estamos brincando.

Demetria bufou e disse:

— É por isso que é melhor contar logo para eles. Sem surpresas.

— Então o que fazemos? — perguntei.

— Tradicionalmente, é o fim — disse Clarissa. — Eles tiveram a oportunidade. Nós ligamos, eles movem o traseiro até aqui. Se não aparecem, estão fora da lista.

É. Eu sabia disso. Só não queria ter a confirmação. Todo aquele tempo perdido convencendo os outros a darem uma chance a Michelle, para saber qual fora a razão para aquelas notas baixas e o abandono da faculdade. Todas as minhas esperanças de conseguir um convocado que eu teria orgulho de chamar de meu — tudo já era.

— OK, galera — disse Josh, checando o visor do relógio digital na mesa. — Por hoje é só. Vamos voltar a nos reunir amanhã à tarde para o restante das entrevistas, salvo qualquer circunstância imprevista, e se der certo resolveremos tudo. Depois teremos a Noite da Convocação neste fim de semana. Vamos nos certificar de sairmos um de cada vez. Não queremos que ninguém nos veja.

Quando todos deixaram os assentos para conversar, circular um pouco ou correr para o banheiro, cuidei para que meu caminho até a porta passasse pela mesa de Kevin. Dei uma olhada na papelada enquanto andava por ali. O endereço de Michelle. O telefone de Michelle.

No corredor iluminado pelo sol, refleti sobre como era frágil essa questão de manter secreta a sociedade. Apesar das dificuldades por que passamos para garantir que nossas identidades permanecessem realmente desconhecidas naquela sala, isso exigia cooperação total por parte das pessoas que entrevistamos. Tinham que estar dispostas a embarcar na ideia. O quão fácil seria para eles acenderem as luzes? O quão fácil seria apenas ficar sentado ali e esperar por nós no corredor até que deixássemos a sala?

Sociedades como a minha permaneciam "secretas" não através dos nossos esforços, mas porque todo mundo no campus aceitava a excentricidade e era indulgente conosco. As pessoas espalhavam as histórias de poder incrível e influência ilimitada, e desviavam educadamente o olhar quando entrávamos furtivamente no mausoléu todas as noites de quinta e domingo, um bando de alunos comuns com dissertações atrasadas, vidas amorosas complicadas e enormes empréstimos estudantis. Os alunos da Eli compravam as lendas sem questionar — eu mesma tinha feito isso —, embora nosso currículo nos ensinasse a questionar todo o resto. Sociedades eram uma tradição de campus, tanto quanto competições esportivas internas ou corais, noites de sábado passadas bebendo de troféus de prata no Tory's e tardes de domingo no estádio cantando canções bobas que debochavam de Harvard. Até mesmo os tabloides e jornais satíricos do campus que diziam querer nos expor apenas colaboravam para toda a aura de mistério. A existência das sociedades como uma parte única da experiência da Eli estava doutrinada em todos os calouros, e, quando chegavam ao penúltimo ano, muitos deles queriam fazer parte ou pelo menos conseguir um vislumbre do nosso mundo seleto.

De certo modo, a sociedade era um passo natural. Todos aqueles estudantes de ensino médio competitivos e ambiciosos, pressionando os rostos contra o vidro da admissão nas faculdades, e se perguntando o que havia naquelas universidades dos sonhos, o que havia de diferente em Eli ou Princeton que valia a pena o alto preço, o que a fazia tão especial comparada à universidade de seu estado de origem? Aqueles mesmos alunos, os que conseguiram, estavam olhando agora para os gigantes e imponentes mausoléus no campus e se perguntando as mesmas coisas. O que havia de tão especial numa sociedade, e eles eram especiais o bastante para serem admitidos?

Lá de onde eu vinha, em Ohio, as pessoas achavam que era algo muito importante eu estar em Eli. Soltar a "bomba

E" durante uma conversa era algo imprevisível. Havia muita gente que presumia que eu era uma esnobe arrogante quando ouvia que eu tinha ido para uma faculdade da Ivy League, como se minha ambição e realizações tivessem de alguma forma sido projetadas para insultar as deles, como se o fato de eu me matricular numa universidade de elite fizesse de mim uma elitista.

Talvez tenha sido esse o verdadeiro motivo pelo qual as sociedades se tornaram secretas, e a lista de membros seja sigilosa. Não porque acentuava nossa própria experiência dentro da sociedade, mas porque nos protegia do preconceito fora dela.

Os outros cavaleiros com certeza já tinham ido embora àquela altura. Peguei o celular e digitei o número que havia surrupiado de Kevin.

— Alô? — disse Michelle, parecendo mais desconfiada do que nunca.

— Michelle, aqui é Amy Haskel — falei no tom mais animado que consegui.

— Ah, oi, Amy — disse ela. — Fiquei um pouco preocupada depois do final de semana passado... espera, como conseguiu este número?

— Hum... — Roubei da pesquisa da Jenny. Ela, por sua vez, tinha conseguido acessando ilegalmente a secretaria da universidade. — Procurei na lista telefônica dos alunos.

— Não estou na lista. — A desconfiança estava de volta, com força total. — Onde você o encontrou?

— Para ser sincera, não consigo me lembrar — menti. — Anotei esta manhã e só agora tive chance de ligar para você. De qualquer forma...

— Eu preciso mesmo saber — interrompeu ela. — Você me faz um grande favor? Quando voltar para casa hoje à noite dá uma olhada no histórico do seu navegador para ver onde você conseguiu. Meu número não deveria estar em nenhuma lista e venho recebendo umas ligações estranhas...

— É mesmo? — falei. — Sobre essas...

— Olha, Amy, tenho que ir cuidar disso. Por favor, me conte o que descobrir, está certo?

Então continuei:

— Preciso falar com você sobre...

— Eu sei. E prometo que vamos conversar. Almoço depois da aula amanhã? Beleza. Preciso ir.

E então ela desligou. De novo.

Não há nada melhor para curar a frustração do que encontrar uma nova fonte, então fui para casa para incorporar as mais recentes observações do meu orientador à minha monografia. Milagrosamente, Professor Burak tinha, na verdade, parecido impressionado pela última versão. Pelo menos essa foi minha opinião a julgar pelo tom das observações. Havia muito poucas correções para o que eu já havia escrito. De certa forma, todas as sugestões dele tendiam em direção a levar minha pesquisa um passo adiante, para encontrar outro exemplo que sustentasse as questões trabalhadas. No alto das páginas, ele colou um post-it que dizia:

Encontrei algumas ideias bem originais aqui. Fico feliz que tenha descartado Perséfone!

Eu podia tê-la descartado, mas não a havia abandonado. Meu tópico final da monografia, sobre a alegoria frequente de mulheres como guardiãs de portal para o mundo espiritual, devia muito a minha compreensão da Rainha de Hades. Pensei então se o Professor Burak ficaria feliz de saber que tínhamos decidido incorporar algumas dessas ideias na iniciação da Rosa & Túmulo. No ano anterior, embora eu não tivesse entendido na época, Jamie tinha registrado seu voto dissidente dirigindo uma cerimônia de iniciação cheia de cenas de mulheres arrivistas através da história. (Dica: A maioria tinha sido assassinada.) Não sei quão bem a ironia teria se saído em Peoria; em New Haven, tinha me deixado muito assustada. A porção pró-mulheres do clube C176, por outro lado, achou que os símbolos antifeministas apresentavam uma casa dos horrores verdadeiramente apropriada, um mundo desequilibrado que eles estavam fazendo ruir com a jogada ousada de convocar mulheres pela primeira vez.

Simbolismo: nunca é o que você pensa que é.

Nosso clube tinha decidido descartar aquele tema e seguir em direção ao óbvio próximo passo: Como o primeiro clube a incluir mulheres, achamos que deveríamos focar em uma iniciação que mostrasse a participação de mulheres em rituais misteriosos e secretos. Um pouco *Código Da Vinci*, talvez, mas uma vez que eu tinha feito boa parte da pesquisa para minha monografia, seria relativamente fácil de executar.

O que me fazia lembrar. Eu devia ligar para o departamento de arte da Faculdade de Teatro da Eli e solicitar sangue falso. Peguei o telefone. Nenhum sinal de discagem.

— Lydia! — gritei. Ela não respondeu e eu me levantei da cadeira e segui para a sala. — O que você fez com o telefone?

— Tirei da tomada — disse ela tranquilamente, virando uma página do livro.

— Por quê?

— Porque a campainha estava começando a me irritar. Você não é a única com uma monografia para escrever, sabia?

— Bem, e se eu precisar usar o telefone?

Ela levantou os olhos do trabalho e me lançou um olhar frio e penetrante (sua nova especialidade).

— Você tem ou não tem um objeto que nós do século XXI chamamos de telefone celular?

Revirei os olhos e liguei o telefone na tomada.

— Estou *tão* ansiosa para ter um lugar só meu ano que vem. E se alguém tentasse me ligar sobre a pós-graduação?

— Eles não ligam. Mandam cartas. Como aquela que a Eli me mandou. Você sabe qual. Uma que continha uma mensagem particular que você decidiu não respeitar.

O telefone começou a tocar na minha mão. Lydia soltou um suspiro de enfado.

— Precisamos conversar sobre isso? — perguntei. Ela me lançou outro olhar, com *O que você acha?* escrito no rosto. O telefone tocou novamente.

— Ah, atende logo essa porcaria. — Ela bufou de raiva.

— Mas Lydia, se precisamos conversar, o século XXI também nos trouxe uma pequena invenção chamada "caixa postal eletrônica".

— Ainda não estou disposta a conversar com você — replicou. Então atendi ao telefone.

— Alô? — Uma voz de mulher, um nítido sotaque britânico. — Poderia falar com Amy Haskel?

— É ela. — Franzi a testa.

— Meu nome é Maya Butler, e trabalho para o Rothermere American Institute...

— O quê?

Ela riu indulgentemente da ianque aqui.

— De Oxford.

— Ah. — *Ah.* Oxford. Falando ao telefone com nada menos que *Oxford* e já estava conseguindo me fazer soar como uma idiota.

— Estou organizando um seminário neste verão para a St. Catherine's College sobre Mulheres e os Clássicos. Seu orientador de monografia, Dr. Yousef Burak, nos enviou um resumo do seu trabalho sobre... hã... — Ela se atrapalhou com as palavras: — "Garotas Infernais".

O Professor tinha feito isso? Ele não havia me contado nada.

— Hum, realmente preciso de um novo título. — *Que ótimo, Amy. Continue a impressionar assim.* Eu estava tão bêbada na noite em que havia decidido que esse título era hilário.

— Bem, sim, precisamos trabalhar nisso — disse ela, o tom indulgente. — Gostaríamos de saber quando o trabalho estará pronto.

Ela estava me ligando da Grã-Bretanha para me perguntar isso?

— É para o dia cinco.

— Maravilha! Nesse caso, gostaríamos de convidá-la a apresentar seu trabalho na nossa conferência.

Vocês o quê? Me controlei para não gritar isso no telefone. Lydia estava ficando desesperada ao meu lado.

— Alô, Amy? Você ainda está aí?

— Sim, me desculpe. Eu estava só... apresentar meu trabalho? Na Inglaterra? — Olhei boquiaberta para Lydia! Bela teoria sobre mandarem uma carta.

Minha colega de quarto, para seu crédito, gritou e ficou de pé num salto.

— Isso — disse Maya Butler. — A conferência será no final de junho. Como palestrante, sua taxa de inscrição e hospedagem na St. Catherine's serão gratuitas, mas, infelizmente, não podemos fornecer passagens aéreas, então...

Ouvi enquanto ela dava os detalhes sobre o restante da oferta, mas minha mente já estava em disparada pensando bem para a frente. Inglaterra. Oxford. A uma hora de Londres. O Tâmisa. A Torre. O West End. E Inglaterra! Eu podia viajar por ali depois. Stonehenge. A casa de Jane Austen. Stratford-upon-Avon. Bath!

Amy. Foco. Uma conferência. Uma conferência de uma semana. E eu... me apresentando? Falando sobre os clássicos? Mas eu nem falava Latim!

Não, eu ia conseguir. Aquilo era incrível. Eu ia matar o professor por não falar nada a respeito comigo antes, mas ainda assim...

— ... posso mandar para você por e-mail todas as outras informações de que vai precisar.

— E posso enviar minha monografia para você por e-mail — repliquei. — Muito obrigada!

Quando desliguei, Lydia gritou de novo e me abraçou.

— Anda, me conta tudo. Só deu para ouvir você e... bem, sem ofensa, mas você precisa praticar mais como falar em público antes de ir para a Inglaterra. O que estão lhe ensinando nessa sua sociedade secreta?

Eu a abracei de volta.

— Ah, fica quieta, nunca participei da equipe de debate. — Depois perguntei, me afastando um pouco: — Então isso significa que você já não está mais brava comigo?

— Nada disso — disse Lydia sorrindo. — Mas essa é uma moratória. Temos que comemorar!

Jamie tinha aula até às 18 horas, então deixei uma mensagem para que nos encontrasse no bar favorito dos Coveiros e saí com Lydia, que tinha deixado uma mensagem parecida para Josh (sem a parte do "favorito dos Coveiros"). Como era noite de segunda-feira, o bar, de dois andares, grande e revestido de madeira, estava relativamente vazio. Clarissa e Odile já tinham confiscado nosso lugar habitual, um enorme estofado circular em couro escuro, e estavam curtindo um momento de descontração pós-entrevista dividindo um jarro da bebida que era a marca registrada da Rosa & Túmulo, o 312. Acenaram logo para nos chamar, e mal tínhamos nos sentado quando Jenny e Harun chegaram, juntos como sempre. Eu ainda não sabia o que estava rolando — eles juravam de pés juntos que não havia nada entre os dois, mas ninguém acreditava nisso. Tampouco alguém tinha presenciado nem mesmo um vestígio de comportamento não platônico, e devido ao meu histórico eu não podia começar a pressioná-los para definir que tipo de relacionamento mantinham.

Não que isso fizesse os outros desistirem.

— Vocês sabem o que me fazem lembrar — disse Odile para os dois enquanto se sentavam no estofado. — Aqueles artistas furtivos que trabalham juntos e estão tendo um caso no set, mas tomam sempre muito cuidado para não deixar que ninguém os fotografe juntos porque não querem que os *paparazzi* tenham nenhum material de onde tirar suposições.

— E quer saber o que você me lembra? — replicou Jenny serenamente. — Os *paparazzi.*

— *Touché* — disse Odile.

Clarissa fez um barulho de chiado entredentes e um sinal para o barman com um movimento sutil e fluido que eu poderia praticar no espelho uma centena de vezes e nunca conseguiria fazer direito, poderia tentar em uma centena de bares e nunca conseguiria atrair a atenção dos empregados com a mesma eficácia.

Por outro lado, as gorjetas de Clarissa eram lendárias. Isso também podia ter alguma influência.

Enquanto fazíamos nossos pedidos para o barman, Lydia se virou para Odile e disse:

— Na verdade, seja lá o que for que vocês estiverem bebendo, isso parece bom. Como se chama?

— Hum... — Odile demonstrou ser fraca na arte do improviso.

— Ah, vamos deixar que ela beba um também — falei. — Quem diabos se importa? Os ingredientes não têm nada de exclusivo.

— Como queira, *Demetria* — debochou Clarissa, bebendo um gole do 312.

A própria Demetria apareceu quando estávamos na metade da nossa primeira rodada, junto com Ben e Greg.

— Vocês de novo? — disse Ben, quando deslizamos no assento para abrir lugar para eles. — Cara, é como se eu não pudesse escapar.

— Não neste bar — concordou Harun.

Demetria deu uma olhada no copo dele.

— Isso é cerveja Guinness?

— Cerveja sem álcool. De barril.

— Sério? — Ela acenou para o barman e disse: — Quero o mesmo que ele. Mas com licor sulista.

— Eca — disse Odile. — Não é muito doce?

— Sim, eu sou. — Demetria deu um sorriso açucarado. — O mais longe que eu puder ficar desse troço. — Ela apontou para o jarro de 312.

— Por quê? — perguntou Lydia, toda inocente, embora estivesse com a boca manchada de romã.

— Eu... — Ela olhou para Lydia. — Não sabia que era um lance bárbaro. Se não, teria trazido a Shannon.

— Ooh — disse Odile. — Quem é Shannon?

Jenny lançou um olhar penetrante para ela.

— Você podia, pelo menos *uma vez*, deixar de se intrometer na vida particular das pessoas? — Ela bebeu um gole de refrigerante, e seu rosto se suavizou. — Tudo bem, você está certa. Eu também quero saber quem é Shannon.

— E como você conseguiu escondê-la de nós — acrescentou Clarissa.

— Isso não é permitido, é? — disse Lydia, e eu dei um chute nela por baixo da mesa.

— Ah, olha lá — disse Demetria apontando para longe. — O *namorado* da Amy está aqui. — Ela ainda evitava dizer o nome dele sempre que podia.

A distração teve o efeito esperado, e eu saí do banco para me encontrar com Jamie no patamar da escada. Ele estava com a bolsa cruzada no peito, repuxando a camiseta preta e a jaqueta de sarja contra seus ombros. Também estava usando uma calça cáqui com um pequeno rasgo na coxa direita. Era estranho como as roupas gastas de Jamie tinham se tornado, de alguma forma, um de seus atributos mais charmosos.

— Oi, tudo bem? — falei, sorrindo enquanto ele subia a escada de dois em dois degraus para me alcançar.

Ele envolveu minha cintura com os braços e me puxou para perto.

— Recebi sua mensagem. *Estou tão orgulhoso de você* — sussurrou no meu pescoço.

— Obrigada — respondi. — Então são menos duas semanas, e apenas mais setenta anos para os quais tenho que criar algum plano.

— Um passo de cada vez. — Ele olhou para mim e um cacho do cabelo escuro caiu em seu rosto. — E o próximo passo é notificar todos os lugares para onde você mandou requerimentos. Essa é uma novidade e tanto...

— Estraga-prazeres — falei. — Primeiro, o mais importante. Vamos beber.

— Você está certa. — Jamie tirou a bolsa do ombro. — Vim direto da aula, então vou dar um pulo no banheiro primeiro. Pede alguma coisa para mim?

— 312?

Ele olhou para a mesa por cima do meu ombro.

— Vocês estão bebendo isso na frente de bárbaros?

— Quer fazer alguma coisa a esse respeito? — perguntei, dando um risinho provocador.

Ele sorriu.

— O que mais esperar da C177? Quando tiverem acabado, acho que não haverá mais nenhum segredo nesta sociedade.

— E é uma coisa ruim?

Ele não respondeu.

— Pode chocá-la descobrir isso, mas jamais gostei de verdade de 312. Pode pedir um gimlet em vez disso?

— Uau, chamem a polícia das sociedades secretas! O que é um gimlet?

— Você só foi a festas com barris durante todo o seu tempo na Eli, não é?

— Isso não é verdade.

— Não se preocupe, o barman vai saber. — Jamie parou e olhou bem para mim. — Está tudo bem? Você não parece tão feliz quanto deveria.

Dei de ombros.

— Michelle não foi à entrevista, então estou decepcionada.

— Ah, sinto muito. Sei que você tinha grandes esperanças com ela.

— E você não, eu sei...

— O que eu acho não tem a menor influência nisso, Amy.

— Ah, por favor. — Olhei para longe, através do bar.

Então senti os dedos dele no meu rosto e voltei a olhar para ele.

— Não tem. Você sabe o que eu acho, o que achei desde o começo. Mas não espero que tomemos as mesmas decisões. Nunca esperei isso, na verdade. E sinceramente, se eu viesse fazendo previsões, deveria ter adivinhado que você faria alguma coisa tão... — Ele fez uma pausa. — Iconoclasta?

— Herege, você quer dizer?

— Isso. Herege. Minha pequena herege. — Ele me beijou. — Esqueça Michelle. Se não reconheceu uma oferta quando recebeu uma, ela não merece se tornar um dos eleitos. Você consegue aceitar essa doutrina da Rosa & Túmulo, não consegue?

— Mas e se o problema for que ela não sabia o que estávamos oferecendo? Nunca dizemos "Venha ser um Coveiro" quando chamamos para entrevistas.

— Se forem espertos, eles sabem.

— Eu não sabia — falei.

— Mas você... — *Ah, peguei.* — ... tinha entendido que estava sendo entrevistada para uma sociedade.

— Bela defesa. — Tirei o cabelo dele do rosto.

— Foi, não foi? — As mãos de Jamie voltaram para minha cintura. — Posso ser muito, muito bom sob pressão.

— Estou vendo.

Alguém limpou a garganta atrás de nós.

— Vocês estão bloqueando a escada. — Era Josh. Nos afastamos e ele passou. — Acho que a frase que estou procurando é "Arrumem um quarto".

— Com toda a demonstração pública de afeto que rola na minha suíte? — perguntei. — Belo telhado de vidro o seu.

Jamie se dirigiu para o banheiro masculino e Josh se sentou no meu lugar ao lado de Lydia, chegando um pouco para o lado para que houvesse espaço para mim e para Jamie. Odile e Clarissa tinham saído para algum lugar. O barman voltou e todos pedimos outra rodada, incluindo o gimlet de Jamie que vinha a ser uma bebida levemente esverdeada feita com vodca. Tomei um golinho discréto antes que ele voltasse. Limão. Interessante.

— Então, que novidade é essa de que a Lydia vem falando? — perguntou Josh e disparei o relatório completo.

— ... E o melhor disso tudo é que será neste verão. Não vai interferir em nada que eu possa querer fazer ano que vem — concluí.

— Que é? — perguntou Jenny.

— Ainda não tenho certeza — admiti. Jamie passou o braço em volta dos meus ombros.

— Você realmente precisa pensar nisso — disse Ben.

— Claro — respondi. — Farei isso durante o muito tempo livre que tenho.

— Está certo. — Ele ergueu as mãos. — Estou só querendo saber o que houve com aquela garota que tinha o estágio de verão definido com antecedência no ano passado?

— Tenho andado ocupada com outras coisas.

— Todos temos andado ocupados, Amy — disse Josh, claramente sentindo que não me devia nenhuma compaixão depois que causei um desentendimento entre ele e Lydia.

E também não foi justo. Aqueles de nós que sabiam o que fariam no ano seguinte tinham estado mais preparados para realmente alcançarem suas metas. Meus requerimentos para a pós-graduação tinham sido mais um esforço de última hora. Não é de admirar que não tivessem dado resultado. E se eu não tinha me empenhado tanto para fazer os acompanhamentos ou requerimentos adicionais desde que tinha voltado das férias de primavera, bem...

— Tenho andado *realmente* ocupada — falei, com um pouco mais de ênfase do que o necessário. — Além de todas essas coisas, tive aquela atividade extracurricular divertida. Vocês se lembram? Aquela em que fui perseguida, assediada, drogada e sequestrada?

Todos ficaram no mais absoluto silêncio. O braço de Jamie me apertou com mais força.

— Hã, Amy... — começou Jenny. — Você está bem?

Lydia se voltou para ela então com um olhar perspicaz.

— Espera aí, vocês não sabem?

— Lydia, hoje não — falei, mas não tinha como dissuadi-la. Afinal de contas, eu a havia entregado para o namorado.

— Darren Gehry ligou para ela semana passada. Ele está solto nas ruas.

Por meio desta, eu confesso:
Nós temos mais em comum
do que eu tinha achado.

9.

Amantes e outros desconhecidos

Olhei feio para minha colega de quarto, mas ela me ignorou e seguiu em frente.

— O que foi que ele disse quando ligou, Josh? Algo como "coisas da juventude"? Parece que a família toda está levando essa "reabilitação" muito a sério.

Jamie abaixou o braço e virou para mim.

· Quando isso aconteceu?

— Na última quinta — disse Lydia para ele. — Você devia ter acabado de sair da suíte quando ele ligou.

Eu ia matá-la.

— Amy! — disse Demetria, no momento certo. — Por que você não nos contou?

— Porque, como disse, tenho andado ocupada. — Continuei fuzilando Lydia com o olhar, mas ela ia ganhar medalha de ouro em me ignorar. — Todos nós, com... coisas. — Coisas da sociedade. Agora eu entendia porque cavaleiros não levavam bárbaros para os encontros.

— Podíamos ter arranjado um tempo para falar sobre isso — disse Jenny.

— Não foi isso que combinamos na Flórida. — Demetria estava explodindo. — Você precisa...

Eu a interrompi.

— Sei o que preciso fazer. Preciso me formar. Preciso cumprir meus compromissos com minhas... atividades no campus. Não preciso perder tempo com o que aconteceu na Flórida agora. Não preciso ir até lá e o quê... o quê? Começar a prestar depoimentos? Entrar numa briga demorada com a extensa equipe de advogados de Gehry? Esquece. Não tenho tempo nem energia para isso. Já acabou. Nunca mais vou ver aquele garoto. Só preciso seguir em frente e me concentrar nas coisas que são realmente importantes. — Dei uma olhada em volta da mesa nas pessoas que estavam subitamente muito sóbrias. — Vamos lá, gente. Essa devia ser minha noite de comemoração.

Jamie não tinha falado mais nada. Tentei colocar a mão sobre a dele, mas ele a tirou e virou de uma vez o restante da bebida.

— Sabe, tenho umas coisas para ler até amanhã — disse ele depois de engolir. — Lamento ter que ir embora logo, mas preciso correr. — Ele pegou a bolsa, me deu um beijinho rápido na bochecha, e deu o fora.

Se mais alguém da mesa falou alguma coisa, eu não ouvi. Estava muito ocupada correndo atrás do meu namorado.

— Ei.

No alto da escada.

— Ei!

Perto do bar de baixo.

— *Ei!* — gritei enquanto ele saía pela porta direto no crepúsculo de New Haven.

Ele andou alguns passos pela calçada, depois parou e se virou.

— O que você quer que eu faça, Amy? Tenho duas escolhas. Posso me sentar lá com seus amigos e explodir, e assim justificar a opinião negativa que eles têm de mim, ou posso ir embora.

— E qual você acha que é a opinião deles quando você vai embora no meio daquela conversa específica?

Ele sibilou entredentes.

— Está bem, você me pegou. Mas o que quer que eu faça? Darren ligou de novo para você, e *de novo* seus amigos ficam sabendo antes de mim.

— Eles estavam na sala comigo! — argumentei. — Josh praticamente arrancou o telefone da minha mão.

Ele me encarou por bastante tempo.

— Nada disso importa. Seus amigos e eu... essa não é a questão. A verdadeira questão é: o que você vai fazer com relação a isso?

— Que tal nada?

— Que tal o fato de isso não soar nem remotamente como você?

Que tal o fato de eu não ter tempo! Se eu ficasse obcecada em punir Darren, então todo o resto iria desmoronar. O que eu iria fazer a respeito dele? Que se dane! O que eu iria fazer a respeito de Jamie depois da graduação? O que eu iria fazer com o meu futuro? Que raios eu iria fazer a respeito da convocação agora que tinha perdido Michelle? Por que eu não podia ter apenas uma noite para descansar e relaxar e ficar feliz com o seminário?

— A Amy que eu conheço jamais o deixaria escapar assim. Você fez um acordo... um acordo estúpido, mas um acordo. Iria deixar que os Gehry cuidassem do filho sem que ninguém soubesse de nada, e então não daria queixa. Mas eles não estão cumprindo a parte deles no acordo. Você não deve nada aos Gehry. Mais uma vez, Kurt Gehry está traindo nossa confiança, exatamente como fez no ano passado.

— E devíamos esperar algo diferente? — perguntei. — Um escorpião é um escorpião. E mesmo se não fosse, você não acha que o filho viria antes de tudo que ele possa dever à sociedade secreta da antiga universidade?

— Não se trata da sociedade — disse Jamie. — Trata-se do filho dele ter machucado você. Machucado mesmo, além de qualquer comparação com um trote de sociedade ou qualquer que seja a justificativa idiota que tenha criado para o que Darren fez. Não acredito que somos culpados de forma alguma, não importa o que você acha que Darren aprendeu nos espionando. Mas agora eu me pergunto: é isso que a está impedindo de dar queixa? Você acha que perseguir o filho de um patriarca iria contra seus votos para com a sociedade?

— Não. Eu só... não posso lidar com mais nada agora. Com a convocação, a graduação e tudo o mais, meu prato está muito cheio. — Era verdade. E seria verdade mesmo que não tivesse me certificado de que não haveria tempo livre disponível para gastar contemplando o que aconteceu comigo.

Ele me envolveu em seus braços.

— Mas não sabe que há uma dúzia de pessoas naquele bar que irão ajudar você? Eu vou ajudar. É o que temos tentado fazer desde o início. *É aí* que os votos da sociedade entram.

Você tomou uma decisão, nós a aceitamos, não importa o quanto tenhamos achado a ideia ruim. Mas se decidir fazer alguma coisa, vamos achar que dar esse tipo de ajuda será muito mais fácil de aceitar.

— Só quero deixar isso tudo para trás — falei.

— Mas você não está deixando — replicou ele. — Está tendo pesadelos. Sabe quem deixou isso tudo para trás? Darren.

Darren, que foi para Disney World enquanto minha vida estava cheia de preocupação e responsabilidades. Enterrei a cabeça no peito de Jamie.

— Não sei — resmunguei contra a camiseta dele. — Eu preciso... pensar.

— Então prometa que vai pensar. Pensar bastante.

E então, sem dúvida, tomar a decisão que ele e o restante dos meus amigos defendiam. "Pense" não significava *pense*. Significava *perceba que o que estamos dizendo é o melhor a fazer.* Mas eu não era uma pessoa multitarefa como alguns deles. Eu iria pensar a respeito, tudo bem. Depois que minha vida estivesse em ordem.

Levantei o queixo e olhei nos olhos de Jamie.

— Eu prometo.

Ele respirou fundo e passou os dedos pelos meus cabelos para segurar meu rosto com as mãos.

— Eu amo você, Amy.

Cada célula do meu corpo se agitou no lugar. Um milhão de segundos pareceram passar antes que eu conseguisse encontrar minha voz.

Jamie apoiou a testa contra a minha, e estreitou os olhos.

— Isso foi o gimlet falando.

— Não, não foi.

— Não, não foi — concordou ele. — E agora preciso *mesmo* ir.

Fugir? Depois de me jogar essa bomba? De maneira alguma.

— Posso ir com você? — Minhas mãos passaram por dentro da jaqueta de Jamie e pousaram sobre os quadris.

O som que ele fez ficou entre a risada e o gemido.

— Não, porque tenho trabalho a fazer. E eu...

— Não acha que poderia trabalhar se eu fosse com você.

— Exatamente. — Ele me olhou nos olhos novamente. — Mas em breve. — E então me beijou até minhas células começarem a se agitar novamente.

Depois que Jamie foi embora, cambaleei de volta até o bar, pensando se meu rosto estava da cor de um 312. Ele me *amava*? *Ele me amava.*

— Ele é meio intenso, não é? — disse Odile. Ela e Clarissa estavam em pé perto da parede, fumando.

Ah, meu Deus. Agora minhas bochechas estavam queimando. Cheguei o mais perto que os pulmões e o senso de humildade permitiriam.

Odile deu uma batidinha na guimba do cigarro para jogar fora um pouco da cinza.

— Como isso, você sabe, *se traduz*? Na cama.

— Odile — disse Clarissa, revirando os olhos e dando uma tragada no cigarro.

— Ah, por favor — disse Odile. — Sabemos todas as coisas sujas uns dos outros. Amy não pode escapar de compartilhar essas informações só porque o E.N. dela foi logo no início. — Ela jogou o cigarro no chão e o apagou, pisando nele com a ponta de sua bota de grife. — E tenho que admitir, sempre fiquei um pouco curiosa. Ele gosta de coisas excêntricas?

— Odile! — falei, e olhei para Clarissa procurando apoio.

Mas Clarissa tinha ficado com uma expressão pensativa.

— É — disse ela. — Parando para pensar nisso, ele tem cara de quem tem fetiche por amarrar as pessoas, não tem?

— Exatamente — disse Odile.

— Meninas! — gritei. — Acabei de ter um momento incrivelmente romântico e vocês estão arruinando tudo. E, para sua informação, eu não saberia dizer de que tipo de fetiches Jamie gosta porque ainda não dormimos juntos.

Elas piscaram para mim.

— O que você está esperando? — perguntou Clarissa.

A boca de Odile tinha formado um pequeno O perfeito.

— Ele não é uma dessas pessoas que pratica abstinência, é?

— Ou gay — sugeriu Clarissa. — Ele poderia ser gay.

— Ele não é gay, e não é abstinente — eu disse, cansada. — Apenas ainda não aconteceu.

— Hum. — Clarissa levou o cigarro aos lábios. — Então o que foi esse momento romântico?

Ele disse que me amava. Ele disse que *me amava. Ele disse que me amava.*

— Isso é segredo — repliquei de maneira tímida.

Do lado de dentro, o grupo tinha sabiamente decidido falar de outros assuntos que não fossem Darren, e ainda mais sabiamente decidido pedir algo para comer. Os nachos e as batatas fritas com queijo tinham chegado, mas Demetria ainda estava esperando pela pizza de espinafre e queijo de cabra quando George se aproximou da mesa com a garota do segundo ano com quem estava ficando.

— Ah, pensei que fosse um lance bárbaro... — disse ele, olhando as pessoas em volta.

— E é — repliquei, apontando para Lydia com uma batata. — Só não há muitos deles.

— Ótimo. — George sorriu daquele jeito devastador e trouxe a garota mais para a frente. — Essa é Devon. Devon, essa é Amy, da Prescott.

— Ah, oi — disse a garota. — Sei que já vi você por aí.

Eu sabia que também a havia visto. E ela ainda estava com George? Interessante. E ele a havia levado para o nosso bar? Ainda mais interessante.

— É um prazer conhecer você, *finalmente*.

George pigarreou.

— Onde está Jamie?

— Trabalhando — falei em tom calmo, a expressão sincera. George podia desfilar com meia dúzia de conquistas perto dos Coveiros naquela noite. Jamie me *amava*.

— E essa é Lydia, colega de quarto de Amy, e o namorado de Lydia, Josh — George estava dizendo. — E esses são, hã, alguns outros amigos. Clarissa, Greg, Demetria, Ben, Jenny, Harun...

Devon se sentou ao meu lado.

— Me desculpem. Nunca vou me lembrar de todos os seus nomes.

— Ah, não tem problema — disse Jenny. — Nunca mais vamos ver você outra vez mesmo.

A cara de George foi ao chão e eu fuzilei Jenny com o olhar.

— Quero dizer, porque vamos nos formar dentro de um mês — consertou ela.

— É — murmurou Demetria. — É essa a razão. — Ela sorriu para Devon. — Quer uma bebida?

— Quero sim, obrigada! — respondeu Devon, embora eu tivesse quase certeza de que ela era menor de idade. — O que é essa coisa vermelha no jarro?

Eu quase deixei de almoçar com Michelle. Se ela não pôde fazer a cortesia de entrar para a minha sociedade secreta enquanto eu andava por aí fazendo concessões em todos os lugares para que ela pudesse se juntar a nós, por que eu deveria lutar pela amizade bárbara dela? Eu tinha trabalho a fazer, uma monografia para editar, um namorado — que me *amava* — que eu provavelmente deixaria em Eli junto com todo o resto no final do ano, colegas de faculdade com quem passar os últimos momentos antes da formatura, um perseguidor para manter longe de mim, e, ah, sim, uma classe inteira de cavaleiros para encontrar e convocar — uma tarefa que ela tinha acabado de deixar ainda mais difícil.

Mas, ainda assim, eu não conseguia controlar minha curiosidade mórbida. Precisava descobrir porque ela estava tão paranoica quanto ao número de telefone. Queria saber o que realmente tinha acontecido com ela no ano anterior. E — não conseguia evitar — estava louca para saber mais sobre Michelle e Jamie.

Além disso, almoçar com Michelle me mantinha fora da suíte, o que significava que Lydia e Josh não teriam o fardo da minha companhia desconfortável e eu não ficaria tentada a estrangular minha colega de quarto pela indiscrição. Todos saíam ganhando.

A aula de geologia foi a continuação da apresentação do professor sobre a Antártida da semana anterior, e assim que acabou Michelle veio direto em minha direção.

— Almoço?

— Indubitavelmente — respondi, fechando o caderno.

Como a torre de biologia estava fechada naquele dia (para reparos no elevador), caminhamos até o refeitório comum da Eli, falando tudo sobre a química atmosférica e nada sobre os outros assuntos que ocupavam minha mente. Seguindo-se uma conversa sobre a Antártida. Seguindo-se uma discussão sobre os núcleos de gelo e as condições de vida na Estação McCurdo. Seguindo-se mais uma refeição vegetariana.*

— Então, espero não ter provocado uma briga entre você e Jamie na outra noite — disse Michelle enquanto nos sentávamos numa mesa mais afastada da multidão no refeitório.

— O quê? — menti. Pelo menos, um assunto de verdade. — Não!

— Porque vocês dois pareciam um pouco aborrecidos quando saí — disse ela, brincando com a colher.

— Está tudo bem. — Estava tudo muito melhor do que, digamos, o fato de ela ter dispensado a entrevista da sociedade. E Jamie e eu estávamos muito mais do que bem. Tinha sido necessária toda minha força de vontade para não entregar os pontos e ir até o apartamento dele, toda a minha resistência para não ligar chamando-o para transar comigo

*Não é de estranhar que ela e Jamie tenham se dado tão bem. Os dois eram loucos por produtos de soja.

quando fiquei sozinha no meu quarto. Ele tinha dito para esperar, então eu esperaria. Um pouco. Tempo o bastante, pelo menos, para descobrir como reagir da próxima vez que ele despejasse que me amava.

— Hã, hum, ele contou, não contou?

— Contou. — Talvez aquele fosse o tipo de dia em que a sobremesa vinha primeiro. Comecei a sondar, pensando em como conduzir a conversa para falar sobre os segredos que eu sabia sobre ela.

— Ah. — Michelle dissecou o arroz que já estava bem abaixo da quantidade para uma garfada. — Espero que ele não tenha te falado que sou uma vadia.

— Por quê? Porque vocês saíram juntos por pouco tempo há dois anos e tiveram uma conversa perfeitamente amigável na festa? Vamos sobreviver. — Se ela queria ver complicação, tinha que conhecer George. Se queria saber por que eu não estava nada feliz com ela? Bem, essa parte era mais difícil, e envolvia quebrar alguns juramentos.

— Não, quero dizer, por causa da forma como o tratei.

Parei de jogar pudim goela abaixo.

— Hã?

A boca de Michelle se fechou de repente.

— Nada.

— Não, não me venha com nada. — Apontei a colher para ela como se fosse uma arma. — Desembucha.

— Realmente não me sinto à vontade...

Que Perséfone me ajude, se Jamie tinha mentido para mim sobre eles dois eu ia enforcá-lo com o cordão da túnica de sociedade dele.

— Olha, amiga, você vai me contar sobre o que está falando ou as coisas vão ficar bem feias aqui com o pudim.

Michelle abaixou o garfo e entrelaçou as mãos no colo. A cabeça dela tombou para a frente, escondendo o rosto com o cabelo castanho.

— Eu, hum, estava meio que saindo com dois caras naquele ano. E quando Jamie descobriu... parou de falar comigo.

Curioso. Será que Jamie tinha inventado aquela história sobre escolher a sociedade em vez de Michelle para que eu não soubesse que tinha sido rejeitado por causa de outro cara? Será que ele havia me dito isso porque sabia que, no ano anterior, eu tinha escolhido a sociedade em vez de Brandon e acabei levando um fora por causa disso?

Quantos segredos mais essa garota tinha para despejar?

Ela percebeu minha expressão confusa.

— Eu sei. Eu quase teria me sentido melhor se ele tivesse ficado furioso ou coisa assim. Mas nunca disse uma palavra. Eu nem sequer o vi até o ano seguinte e, quando nos vimos, ele agiu como se nada tivesse acontecido entre nós. Acho que eu devia ter ficado feliz por ele não ter guardado rancor nem nada. Ele é bom demais para isso.

Não, ele não era. Ela conhecia mesmo esse cara? Jamie era o Rei dos Rancores. Se alguém o sacaneasse, estava ferrado. Nossa campanha contra Micah Price no último semestre (depois que ele havia sacaneado os Coveiros, em geral, e Jenny, especificamente) ou mesmo a fúria de Felicity da Cabeça de Dragão não eram nada se comparadas com o que Poe teria feito na Rosa & Túmulo. Expirei aliviada. Não havia mentira. A versão de Jamie era o que ele tinha entendido. E não havia motivo para eu desmentir as coisas em que ele acreditava.

Michelle mordeu o lábio.

— E devo contar para você, escolhi muito errado naquela ocasião. Olhando para trás, não consigo acreditar no grande erro que cometi. Jamie é um cara legal. Você não deve deixá-lo escapar. — Ela suspirou. — Então, agora *você* acha que eu sou uma vadia, não é?

Parte de mim queria pensar isso. Fazendo meu Jamie de bobo. Mesmo se ela tivesse aparecido na entrevista, acho que esse podia ter sido o prego final no caixão de Michelle — ou o prego final que a deixaria *fora* do caixão, nesse caso. Seria contrário aos nossos juramentos convocar uma pessoa que eu tinha certeza que tinha feito algo de ruim para um dos meus irmãos. Mesmo meus irmãos cavaleiros iriam concordar; eles podiam não ser grandes fãs de Jamie, mas ele era um Coveiro e deveríamos obedecer a essas regras.

— Amy? — Michelle estava acenando com a mão em frente ao meu rosto. — Você acha que sou uma vadia, não acha?

— Estou só curiosa para saber como você estava saindo com dois caras ao mesmo tempo — falei, o que era verdade, ainda que não toda a verdade.

— Bem, Jamie e eu... não estávamos indo a lugar algum. Ele estava sempre longe fazendo uma coisa ou outra. Minhas colegas de quarto brincavam que ele na verdade era um espião. E eu meio que queria um compromisso. O outro cara... foi o que ele ofereceu. Vivendo e aprendendo, não é?

Mais do que ela pensava.

— Comigo aconteceu... hã... meio que o contrário. Eu não estava exatamente procurando por um relacionamento, mas Jamie... — Parei de falar quando notei que os olhos de Michelle se estreitaram um pouco. Talvez não fosse uma boa ideia ressaltar que Jamie tinha se empenhado para se comprometer comigo quando costumava desaparecer enquanto saía com ela. — Se ajudar, posso te dizer que ele não sabe sobre o outro cara. Ele acha que vocês dois só ficaram muito ocupados. Então ele não guardou nenhum ressentimento.

O rosto dela se suavizou.

— Isso é bom, eu acho.

— Então — falei, pensando que era hora de mudar de assunto. — O que estava acontecendo com seu telefone ontem?

Ela riu.

— Ah, é, desculpe ter ficado toda paranoica com você. Eu estava recebendo uns trotes estranhos, e não tinha ideia do que fazer a respeito. Mas acabou que não era nada.

Nada?

— Você descobriu quem estava ligando?

— Essa é a melhor parte! — disse Michelle, se inclinando para a frente. — Era uma dessas sociedades secretas. Queriam me entrevistar para que eu entrasse para o grupo. Dá para acreditar? Achei que eu já tinha passado da época desse tipo de coisa.

— Nossa. — Brinquei com a colher. — Como você descobriu?

— Bem, aparentemente é como eles fazem: ligam para chamar você para algum tipo estranho de reunião improvisada. Foi o que uma amiga me disse, pelo menos. Por falar em espiões! E estamos na época em que eles começam a selecionar os alunos do penúltimo ano, certo? Acho que, oficialmente, ainda estou no penúltimo ano. Só não pensei que eles estariam interessados em uma aluna como eu.

— Por que não?

Michelle deu de ombros.

— Não sou bem o tipo que faz parte de sociedades secretas, sabe?

Sim, eu sabia bem. Era exatamente por isso que eu queria que ela entrasse para o grupo. Pesei bem as próximas palavras. Ah, mas que diabos.

— Eu pareço o tipo que faz parte de uma sociedade secreta?

Ela piscou para mim.

— Hã. *Ah*. Amy, não quis dizer...

Olhei para ela com meu melhor olhar inocente.

— Não quis dizer o quê?

— Se você...

— Se eu o quê? — Continuei bancando a inocente. Daquele jeito, eu poderia posar de Virgem Maria.

Michelle olhou para mim por um momento, lábios contraídos, depois começou de novo:

— Você está em uma sociedade secreta?

— Não posso falar sobre isso — respondi, pegando uma colher cheia de pudim.

Mas Michelle não tinha conseguido uma bolsa da Westinghouse, entrado para Eli e praticamente publicado alguma coisa antes dos 20 por ser uma idiota.* — Você por acaso faz parte da sociedade secreta que estava ligando para mim ontem?

— Também não posso falar sobre isso.

Michelle estava boquiaberta, os olhos arregalados.

---

*Pelo que a confessora fica profundamente aliviada, porque... sério, essa coisa de segredo? Profundamente cansativa.

— É por isso que você está na minha turma? — sussurrou ela. — É por isso que você nunca aparecia? Para que eu tivesse de ir atrás de você?

Eu pisquei. Uau. Isso era me dar — dar a toda a Rosa & Túmulo, na verdade — muito crédito. Eu tinha me inscrito numa matéria e para as aulas dela com o objetivo expresso de agir de forma suficientemente irresponsável para testar seu comprometimento acadêmico e liderança?

— Hum...

— Era disso... ah, meu Deus... — Ela levou uma das mãos à boca — ... era disso que se tratava aquela festa no final de semana passado? Jamie também está nessa sociedade? Vocês estão mesmo... — Abaixou a voz de novo. — Vocês estão mesmo namorando?

— Sim, estamos namorando — falei, aliviada por Michelle ter feito finalmente uma pergunta que eu pudesse responder. — Estamos envolvidos de maneira intensa e apaixonada.

— Está certo, informação demais. — Michelle ergueu a mão. — Mas... aquela outra coisa... é verdade?

— Já disse, não posso confirmar nem negar...

— Qual sociedade? — perguntou Michelle.

— Você está me ouvindo?

— Como posso, se você não me diz nada? — Ela quicou um pouco na cadeira. — OK, você não é da área de ciências, então não é a Sociedade Prometeu.

— Não vamos jogar esse jogo. — Puxei a bainha da camisa, para me certificar de que o broche da Rosa & Túmulo preso ao passador do cinto estivesse suficientemente coberto.

— E minhas notas com certeza não são boas o bastante para a Livro & Chave.

— Michelle! — falei, interrompendo-a. — Foco. — Ela olhou para mim. — O que você ainda não percebeu é que mesmo que houvesse uma sociedade secreta a cortejando, estaria acabado. Você não foi à entrevista. Você os dispensou.

— Ah — disse Michelle, franzindo as sobrancelhas. — Então eles não lhe dizem quem são, e depois o punem por não sair correndo quando chamam? É um sistema muito idiota, você não acha?

Achava. Mas o que eu disse, como uma boa Coveira, foi:

— É a tradição...

— É estúpido. Sem ofensas. — Ela deu de ombros. — Não importa. Não gosto dessa coisa toda de sociedade. Guardar segredos, mexer os pauzinhos? Não, obrigada.

— Imagino que seja mais fácil gostar quando estão mexendo os pauzinhos a seu favor — falei.

— Você *imagina*?

Mantive o queixo erguido, embora, na verdade, o que isso importava?

— Sim.

— Hã. — Ela inclinou a cabeça e me examinou bem. — Você já mexeu os pauzinhos a favor de alguém?

Além da própria Michelle? Sim. Uma vez, com Darren. E ainda estava atravessado na minha garganta.

— Eu... preciso pegar mais pudim.

Enquanto saía depressa dali, minha mente não parava de trabalhar. O que dizia sobre a Rosa & Túmulo o fato de que meu único potencial convocado que realmente queria se juntar a nós era Topher Cox? Éramos mesmo a excelente equipe de futuros detentores do poder que acreditávamos ser? Ou éramos apenas os alunos da Eli que não se sentiam ofendidos por séculos de elitismo?

Será que em vez de túnicas pretas e capuzes deveríamos usar casacos de pele de castor e chapéus de palha? Será que éramos uma relíquia, não mais relevantes para a vida atual no campus do que os cachimbos de barro que eles tradicionalmente distribuíam na cerimônia de graduação para uma turma com noventa por cento de não fumantes?

— Maldição! — Bati a mão contra a máquina de refrigerante.

— Poxa, Amy — disse uma voz atrás de mim. — O que foi que o Sprite fez com você?

Eu me virei. Brandon Weare estava parado na minha frente, segurando uma bandeja e fazendo um barulhinho de "tsc tsc" por causa da minha explosão.

— Está tudo bem? — perguntou ele.

— Ótimo.

Na última vez que tinha falado cara a cara com Brandon ele tinha me contado que largaria Felicity para ser meu namorado. Então Felicity me contara que ela e sua sociedade secreta estavam fazendo tudo o que podiam para me prejudicar, e que seu feito final seria convencer Brandon de que ela o escolheria em vez da sociedade (o que eu não tinha feito quando tivera uma chance parecida) e de que ela me deixaria em paz se ele parasse de me ver.

Depois disso, recebi uma carta de rompimento. Ele não teve nem a coragem de falar comigo pessoalmente.

— E você? — acrescentei brevemente.

— Tentando descobrir o que a deixou tão irritada.

— Bem, isso não é mais da sua conta agora, é? — E me virei para sair.

— Amy. — Ele me chamou. — Felicity e eu terminamos.

Meus pés vacilaram por uma fração de segundo.

1) Um gelado “Bom para você”.
2) O mesmo, mas sem o gelo.
3) “Que ironia. Eu agora tenho um namorado.”

Mas continuei andando, talvez um pouco mais rapidamente, até me juntar novamente a Michelle na mesa. Ela olhou para cima, alarmada, quando me sentei.

— Oi.

— Oi — disse ela. — Então, ainda somos amigas?

Amigas? Sim. Potenciais irmãs de sociedade? Acho que não.

— Claro.

Ela pareceu aliviada.

— Ótimo, porque queria lhe pedir um enorme favor. — Ela se inclinou sobre a mesa e abaixou a voz. — Está vendo aquele cara bem à sua direita? Aquele com a camisa azul?

Embora camisas azuis fossem tão comuns em Eli quanto solitários de diamante na Junior League, assenti. Não dava para não notar o homem de quem ela estava falando. Para começar, ele tinha no mínimo 1,95 metro de altura. Além disso, havia o fato de que a tonalidade específica de azul da camisa polo combinava perfeitamente com o tom frio dos olhos dele, que se sobressaíam como raios laser num rosto atraente e bronzeado.

E, além disso, ele estava olhando para nós.

— Humm. — Comi um pouco de arroz espanhol.

— É meu ex-namorado.

— Não, você também? — murmurei. — Acabei de esbarrar com o meu.

— Bem, se eu esbarrar com o meu, estaremos em apuros. Então vamos sair daqui?

Olhei para meu almoço ainda no prato.

— Agora?

— Neste exato momento. — Ela de repente se recurvou no assento. — Tarde demais.

— Shelly. — A voz retumbou sobre nossas cabeças. Olhei para cima para ver o ex-namorado gigantesco de Michelle parado em frente à mesa. Michelle olhava para o próprio prato. — O que você está fazendo aqui neste refeitório, querida?

Michelle estava calada.

— É estranho ver você aqui deste lado do campus. — A voz dele era perfeitamente amigável, mas se Michelle pudesse deslizar para baixo da mesa, era isso que teria feito. — Principalmente nos dias em que você não tem aula de história da arte. — Ele olhou para mim. — Quem é sua amiga? — Ele estendeu a mão. — Acho que ainda não tive o prazer de conhecê-la.

— Amy Haskel — falei, olhando de Michelle para ele. Havia alguma coisa de errado com os olhos daquele cara. Um calafrio percorreu meu corpo. Eu não queria apertar a mão dele.

— Amy. — Ele sorriu para Michelle. — É bom fazer novos amigos, não é, Shelly?

Ele tinha se posicionado bem atrás dela. Michelle não podia empurrar a cadeira para sair com ele parado ali. Ela pressionava as mãos contra a beirada da mesa como se estivesse pronta para escapar.

— Por favor, vá embora, Blake — disse Michelle em um tom baixo, mas firme.

— Claro, aposto que você tem que voltar para o apartamento de qualquer jeito. É tão longe de tudo. Tem certeza de que não quer que eu lhe dê uma carona até lá? Eu adoraria.

— Por favor, vá embora, Blake — repetiu Michelle.

— Ah, vamos lá, Shelly, só estou querendo ajudar. Por que você tem sempre que ser tão difícil?

— Acho que ela disse para você ir embora — falei.

Os olhos dele me fuzilaram e congelei como um esquilo no caminho de uma bicicleta desgovernada.

— Não ligo para o que você acha — disse ele, o tom calmo de sempre. — Caramba, Michelle, parece que seu gosto para amigos não melhorou em nada. Você ainda gosta de sair com pessoas que acham que sabem o que é melhor para você.

— Você pode chegar para trás, por favor? — perguntei. — Michelle está tentando afastar a cadeira dela.

Blake não se mexeu.

— Acho que a senhorita pediu para você se retirar — disse Brandon. Ele estava parado no espaço entre as fileiras de mesa, segurando a bandeja com as duas mãos, sorrindo serenamente para o animal gigantesco à nossa frente. — E como você está bloqueando o corredor, eu diria que é hora de sair daí.

Blake olhou furioso para Brandon, cuja expressão não mudou nem um pouco. Blake tinha duas escolhas: fazer uma cena ou se afastar.

Ele escolheu a última. Michelle saiu da cadeira e seguiu em direção às portas no final do cavernoso refeitório. Lancei um olhar culpado para nossas bandejas não devolvidas e comecei a segui-la.

— Amy — disse Brandon. Eu me virei e ele abriu a boca para falar, depois fez um gesto com a mão para eu seguir caminho. — Depois.

— De acordo. — Essa era a nova moda entre mim e os rapazes: deixar para mais tarde.

Fui atrás de Michelle quando ela irrompeu dentro do salão memorial de mármore e granito em frente ao refeitório e disparou em direção à saída. Como sempre, a cúpula esculpida e as centenas de nomes entalhados em caixa alta cobrindo as paredes ressoavam com os ecos atroadores dos alunos que passavam por ele no caminho de ida ou volta da parte do campus destinada às ciências. A lenda dizia que os nomes dos membros da Rosa & Túmulo exibiam entalhes especiais para dar uma pista do status de Coveiros, mas nunca me importei em confirmar.

— Espera! — aumentei a velocidade e estava quase correndo. Quando meu grito soou pela cúpula, vários alunos olharam e Michelle diminuiu o passo e parou perto de uma coluna e de um suporte de metal cheio de exemplares do dia anterior do *Eli Daily News*.

— Então — disse ela, indo para o espaço atrás da coluna. — Acho que agora você entende por que eu devia ter escolhido Jamie.

Por meio desta, eu confesso:
A verdade, toda a verdade, e
nada além da verdade.

10.

Noiva da Noite de Convocação

— Obrigada por me deixar vir aqui — disse Michelle, e Clarissa estendeu uma xícara de chá para ela.

— Não se incomode com isso — disse minha amiga cavaleira, dando um tapinha no ombro de Michelle e voltando para seu lugar do outro lado da sala. Ela se sentou sobre os pés no sofá de dois lugares de couro creme e tirou um pedacinho invisível de felpa da calça branca de seda. — Como disse da última vez: qualquer amigo de Amy é meu amigo também.

Michelle assentiu, compreendendo.

— É assim que funciona, não é?

Clarissa sorriu numa imitação muito melhor da Virgem Maria do que jamais consegui fazer.

— Se você quiser.

— Fiquei só preocupada de que se eu fosse direto para casa... — Michelle estremeceu. — Ele pudesse me seguir.

— Ele já fez isso antes? — perguntei.

Ela assentiu.

— Já tive de mudar de apartamento uma vez este semestre. Esse agora tem porteiro, mas... — Ela deu de ombros. — As pessoas nem sempre são rigorosas em fazer com que os convidados registrem a chegada, entende?

— Verdade — disse Clarissa, e imaginei o tipo de ralé que ela havia precisado manter afastada de seu apartamento na Park Avenue.

— Na última vez... — começou Michelle, então hesitou. — Sempre que tento explicar isso, acabo soando como uma idiota. Parece tão razoável no momento, e então depois, acho que devo ter algum dano cerebral ou algo assim. — Ela se levantou e caminhou em direção à janela.

— O que você quer dizer? — perguntei, indo em direção a ela, e Clarissa começou a arrumar as prateleiras de livros, como se fingir não prestar atenção fosse ajudar a pobre garota a relaxar mais um pouco. Estava claro que ela não confiava em nenhuma de nós o suficiente para contar aquela história. Se ao menos ficasse sentada quieta. Nem o chá pareceu ajudar. Será que ela ainda estava ali conosco?

Michelle brincou com a franja da beirada da cortina creme brocada.

— Ele não é assim sempre, sabe. Às vezes ele chora, e fala coisas muito, muito doces, e me diz que é apenas o modo como eu desapareci, que foi tão injusto com ele, que ele precisa de um encerramento para nosso namoro, que se ao menos tivesse esse encerramento... que ele iria embora se tivesse esse encerramento.

As mãos de Clarissa se detiveram sobre uma moldura de fotos digitais exibindo retratos de nossa equipe das férias de primavera do Habitat para a Humanidade. Na foto atual,

George estava sorrindo enquanto ele e Harun empunhavam os pincéis como se fossem sabres de luz.

Michelle riu melancolicamente.

— Você sabe quantas vezes ele já teve esse *encerramento*?

Agarrei-me à própria xícara de chá como se buscasse equilíbrio. Era muito, muito bom que Jamie não estivesse ali. Não conseguia imaginá-lo ouvindo aquilo com algo que se aproximasse de compostura.

— Não entendo — disse Clarissa, embora entendêssemos bem mais do que Michelle sabia. — Por que você não vai até o reitor da Strathmore? Os reitores das universidades devem nos defender.

— A reitora foi quem me colocou nesta confusão — disse Michelle, e voltou para o lugar. Por sorte, Clarissa ainda estava perto das prateleiras de livros. — Procurei por ela no ano passado. Contei tudo o que estava acontecendo. Contei da vez em que ele não me deixou sair do quarto por um dia e meio. Contei por que eu tinha realmente ido mal no laboratório de química orgânica... que ele tinha pegado meu caderno como castigo porque eu me recusei a abandonar o curso. Ele estava convencido de que eu estava tendo um caso com o professor. Até contei para ela que meu monitor de físico-química tinha encontrado o próprio carro amassado no estacionamento. E que isso tinha sido *depois* de eu ter deixado de ter aulas com ele para estudar com uma monitora.

— Não que eu esteja aprovando o comportamento dele nem um pouco, mas por que ele sempre suspeita que você o esteja traindo? — perguntou Clarissa.

Michelle e eu trocamos olhares.

— Porque ela estava — respondi, olhando resolutamente para dentro do meu chá. — Com Jamie.

— Ah. — O tom de Clarissa estava ainda mais contido e adequado do que o usual. O telefone rosa dela começou a tocar na mesa. — Com licença — disse ela. — Deve ser minha amiga Demetria.

Revirei os olhos. Esqueça Jamie. Era Demetria quem não era capaz de ouvir isso sem ficar uma fera.

Clarissa leu a mensagem de texto e comprimiu os lábios.

— Ela gostaria de, hã, vir até aqui. Você se importa, Michelle? Pode ser bom. Demetria tem muita experiência no Centro Feminino de Eli e...

— Eu prefiro não ter que falar na frente de uma plateia, se não se importa — disse Michelle, no que devia ser a maior ironia desde que eu a havia levado para a festa. — Já é bastante difícil na frente de vocês duas. Sei que posso confiar em você, Clarissa, porque você é uma *amiga especial* da Amy, mas... — Ela parou de falar de repente, sem dúvida se lembrando de que Demetria também tinha estado na festa e então provavelmente também era uma *amiga especial*. — Eu só... podemos manter isso entre nós?

— Claro — falei, e ergui as sobrancelhas para Clarissa. *Ah, bem. Muito tarde para isso.* Ela deu de ombros e desligou o telefone. — Somos ótimas com segredos. — *Desde que possamos dividi-los com o clube todo.*

— E não foi exatamente traição — disse Michelle. — Quero deixar isso claro. O fim do... seja lá o que fosse que eu tinha com Jamie meio que acabou acontecendo ao mesmo tempo que meu relacionamento com Blake começou. Durante pouco tempo. Não que Blake tenha ficado sabendo. Jamie era um aluno do penúltimo ano muito na dele; Blake era um calouro já responsável por metade das atividades da faculdade... Não acho que eles sequer se conhecessem.

Que bom. Se não, ele provavelmente teria ido atrás de Jamie também.

— Em outras palavras, ele era apenas naturalmente um psicopata lunático ciumento?

Michelle sorriu um pouco.

— É. Ele suspeitava de todos os caras no departamento de Química, achando que queriam ficar comigo. Sei que pareço uma idiota por namorar alguém desse jeito por um ano. Quero dizer, sou inteligente, moderna, independente e todas essas coisas. Não devia ficar com um cara que tenta me dominar. Devia saber reconhecer todos os sinais de alerta e evitar homens assim.

Então foi meu telefone que tocou. Mensagem de texto de Jenny. É claro.

É MUITO MAIS DIFÍCIL QDO ELES NÃO BATEM EM VC.

— Então o que aconteceu com a reitora? — perguntei, tentando voltar ao ponto em que havíamos parado, antes que o restante dos Coveiros estragasse tudo com as estúpidas mensagens de texto.

— Ela disse que iria ajudar. Planejou uma audiência disciplinar. Disse todas essas coisas sobre como Blake iria ter que deixar de morar na Universidade Strathmore, talvez fosse até afastado temporariamente, que ele teria que manter uma certa distância de mim, que não poderia fazer nenhuma das aulas em que eu estava... Me senti um pouco culpada. — Ela pegou a caneca de novo, embora o chá provavelmente já estivesse frio. — Quero dizer, era a universidade dele também.

Pensei nas amigas da minha mãe que tinham perdido os círculos sociais com os divórcios, nas minhas colegas de ensino médio cuja popularidade e lugar na mesa de almoço eram determinados completamente com base no status dos namorados. Por que as mulheres se permitem fazer coisas assim? Dar, dar e dar. Como estamos negando amor, pelo menos deixamos que eles tenham território? Era uma estratégia racional?

— Mas ao mesmo tempo estava aliviada. Não tinha vindo para Eli para ser atormentada. Para que alguém me dissesse que aulas eu podia fazer, que professores eu podia ter. De quem eu podia ser amiga... — Ela bebeu um gole de chá e fez uma careta. É, gelado. — Toda vez que penso nisso, não acredito que me deixei ficar naquela situação. Do tipo, eu devia ser outra pessoa. Não podia ser eu organizando minha grade de disciplinas em torno dos professores mais feios que eu podia encontrar. Ou deixar de entrar num grupo de estudos porque havia um garoto nele.

— Ou abandonando um projeto de pesquisa? — Clarissa deixou escapar. Disparei um olhar para ela.

Mas Michelle parecia perdida em pensamentos.

— Não podia ter sido eu deixando que um cara me prendesse no meu quarto. Ele... — Ela fez uma pausa, apertou os olhos bem fechados por um momento, depois prosseguiu. — Ele ameaçou se matar se eu saísse. O que eu podia fazer? Eu nem tinha feito ainda psicologia 110. Eu havia matado todas aquelas palestras que eles nos fazem assistir no primeiro ano sobre sexo seguro, alcoolismo, depressão e colegas de quarto e namorados instáveis, e saído com minha colega de quarto para conseguir identidades falsas em vez disso. Parece tão louco, mas, quando eu estava lá, fazia todo o sentido ouvir o que ele dizia, fazer o que quer que ele quisesse para nos manter seguros. Assim como faz todo sentido quando ele me diz que se eu transar com ele só mais uma vez...

Ela respirou fundo e estremeceu.

— Havia um telefone, uma janela... Eu podia ter pedido ajuda. Eu *devia* ter pedido ajuda assim que consegui sair de lá. Mas já estava tão exausta àquela altura. Tinha perdido uma prova de meio de semestre, tinha passado horas no chão chorando com ele... não estava pensando direito. Não *era* eu. Era uma outra pessoa. Ele me transformou em outra pessoa. Lenta, mas inexoravelmente. Através de mudanças tão pequenas que eu quase nem notava do que estava abrindo mão.

As palavras caíram sobre o carpete exuberante e a rica mobília, e absorvi o sentido delas em silêncio. Pensei em Jenny, que apesar da mente lógica e brilhante, tinha deixado o garoto que achou que amava convencê-la a trair colegas que ela sabia que não tinham feito nada de errado. Pensei em Demetria, que não conseguia parar de expressar o desapontamento com a própria incapacidade de mudar a estrutura da Rosa & Túmulo, e que estava mais do que um pouco preocupada de que a sociedade tivesse nos mudado em vez disso. Ela era a prova de que não eram somente garotos que podiam nos seduzir daquele jeito. Pouco a pouco tínhamos nos vendido para o arcaico sistema de valores da sociedade, colocado sua necessidade de segredo, pedigree e lealdade cega acima das coisas que sabíamos estar certas.

Como denunciar Darren à polícia. Talvez nós como sociedade tivéssemos agido mal, mas isso tinha contribuído mesmo para as ações dele?

Por que eu estava cedendo para a concessão de Topher Cox? Para manter um patriarca feliz entre centenas que achavam que éramos a ruína de tudo o que estimavam? Será que Topher seria consolo suficiente para eles, ou continuariam a reclamar e ficar desapontados até que fôssemos exatamente o que queriam que fôssemos? E será que nós e os clubes que viriam depois cederiam, devagar, pouco a pouco, até que o mundo mudasse tanto em torno da Rosa & Túmulo que a sociedade não possuísse mais nenhuma relevância?

Será que já havia acontecido enquanto brincávamos de nos vestir com nossas túnicas, nossos broches e nossas músicas secretas?

— Não entendo — disse Clarissa, incitando Michelle. — *Você* é quem está morando fora do campus agora.

— É — disse Michelle. — É uma coisa engraçada. A reitora confundiu o *horário* da audiência disciplinar. Dá para acreditar? Que coisa mais *tonta*! Nós *perdemos* a audiência. Então é claro que as acusações foram retiradas. E quando fui até ela para reagendar, tudo mudou. — A expressão de Michelle ficou amarga, como se estivesse contendo as lágrimas. — "Sério, você não acha que está sendo um pouco dramática? Às vezes alguns relacionamentos simplesmente dão errado, e não é culpa de ninguém. Bem, eu entendo se você não quiser mais morar na nossa universidade. Mas é muito tarde para pedir transferência. Você devia pensar em se mudar para fora do campus." — Ela desviou o olhar. — Não sei se algum dia houve uma audiência disciplinar agendada.

Foi... humilhante. Confiei nela e foi como se, de repente, eu fosse a culpada de tudo. Ela estava tão fechada. Como se alguém tivesse ido falar com ela.

Talvez alguém tivesse mesmo ido. Deveríamos pesquisar mais a respeito de Blake... e sua família. Ele tinha escapado da devida punição apesar das tentativas de Michelle de processá-lo. O que me fazia pensar: se eu prestasse mesmo queixa contra Darren, será que alguma coisa realmente aconteceria com ele?

— Os reitores das universidades deviam ser nossos advogados, está certo. Mas a questão é, nós dois estamos na Universidade Strathmore. Ela devia advogar a favor de nós dois, e acho que não queria nenhum escândalo. — Michelle mordeu o lábio. — Eu estava me sentindo tão derrotada. Cancelei as aulas daquele semestre e fui para casa. Um tempo para mim. Enlouqueci em um mês e encontrei um estágio num laboratório de pesquisa perto da casa dos meus pais. Quando consegui me recuperar, entrei em contato com o professor com quem tinha trabalhado no primeiro ano. Ele me ajudou a conseguir um bico de assistente de uma equipe de geoquímica no Círculo de Fogo do Pacífico. Adorei.

— E então você trocou para o departamento de geologia? — perguntei.

— Não imediatamente, voltei ao campus sorrateiramente no semestre passado e fiz mais algumas pesquisas independentes. Só queria ver se conseguiria ficar aqui na encolha antes de me matricular novamente. Não era perfeito, mas eu queria muito, muito mesmo deixar todas aquelas coisas para trás. Então decidi voltar para a faculdade. Dei mais uma chance à Strathmore, mas minha antiga reitora tinha ido embora, e acabei descobrindo que ela não havia deixado nenhum registro das nossas conversas. Vai entender, não é? O novo reitor não tinha nada contra Blake; ele era um aluno exemplar. Até meus antigos amigos em Strathmore estavam do lado dele. Eu tinha notas ruins e fui embora, ele ficou e estava bem com o reitor. Quem é o desequilibrado quando se olha por esse ângulo? Era a humilhação do ano anterior acontecendo toda de novo.

Teoricamente, Blake seria um candidato mais provável para um convocado da Rosa & Túmulo do que Michelle. Eu me perguntei se havia outra sociedade no campus atrás dele.

Michelle prosseguiu:

— Então fiz o que eles disseram. Me mudei para fora do campus. Fiquei longe dele. Ou tentei. Até me transferi para o departamento de geologia para não precisar vê-lo nos laboratórios de química. Ele vai se formar em medicina, sabe. — Ela suspirou. — Mas... eu gosto de geologia. E o cara com quem estudei no último outono me ajudou muito, me apresentando a um professor que precisava de uma nova monitora, coisas assim. Então deu certo.

— Deu certo? — disparei. — Um pária em sua própria faculdade? Ficar se esgueirando pelo prédio de ciências porque está preocupada de esbarrar com ele? Aquela cena no refeitório...

— E quanto a dormir com ele para que saia do seu apartamento — acrescentou Clarissa. — Tenho certeza de que isso é coerção, o que significa que é estupro.

Eu tinha certeza de que Demetria estava espumando pela boca àquela altura. Clarissa obviamente não tinha faltado às sessões de orientação do primeiro ano. Não acredito que um reitor de uma universidade em Eli pudesse colocar a reputação acima da segurança de um aluno. Com que frequência uma coisa desse tipo acontecia naquele campus e ninguém nunca ficava sabendo?

— O que eu posso fazer? — disse Michelle. — É a palavra dele contra a minha, e porque a reitora antiga me ferrou, vai parecer que estou inventando coisas que aconteceram um ano atrás para arranjar uma desculpa para minhas notas ruins. Quem iria acreditar em mim?

— Nós acreditamos — disse Clarissa.

— Vocês não têm como manter Blake longe de mim — disse Michelle.

— Não tenha tanta certeza disso — falei, ficando de pé. — Já conseguimos fazer todo tipo de coisas. — É claro, geralmente eram coisas para tirar camaradas do caminho da confusão, mas ainda assim...

— Não. — Michelle balançou a cabeça. — Não quero começar isso tudo de novo. Ele quase conseguiu arruinar a minha vida da última vez. Minhas notas, eu poder ficar junto com os meus colegas de turma, tudo isso. Não posso me arriscar novamente. Só quero manter a cabeça baixa, terminar a faculdade e cair fora daqui. Para bem longe, onde ele não possa mais me amolar.

— Antártida? — perguntei.

— Se for necessário. — Michelle se abraçou e olhou pela janela de novo. — Vou trancar alguns semestres até que ele se forme se for preciso. Ele não me perturbou quando fui embora. O que os olhos não veem, o coração não sente. É só quando ele me vê que fica todo... exasperado. Como se não pudesse suportar ser lembrado de que eu escapei. De que não estou sob o controle dele. Fica aparecendo, me ligando, me importunando. Fazendo todo o possível para me lembrar de que escapou impune. De que sempre pode se dar bem se quiser.

Meu sangue gelou e não consegui pensar numa resposta. Mal conseguia me mexer, fiquei só ali sentada no sofá, muda como uma pedra. Como Darren, esfregando a Disney World na minha cara. Era nisso que dava ignorar caras como Darren na esperança de que fossem embora. Eles cresciam e se transformavam em Blakes.

Clarissa não deixou de notar isso também.

— Acho que ele deve ser levado à justiça. — Ela não especificou de qual *ele* estava falando. — E eu quero ajudar.

Mas Coveiros não eram bons com isso. Não, nós nos especializamos em obscurecer a justiça. Éramos experts em fazer exatamente o que Blake tinha conseguido fazer. Encobrir a verdade. Conseguir que nossos crimes fossem varridos para baixo do tapete, pelo bem da sociedade. *Apenas esqueça isso. Imprudência da juventude. Ele vai deixar de lado suas tendências sociopatas. Você vai ver.* Michelle tinha razão em não querer nada com a Rosa & Túmulo.

— Estou bem — disse Michelle. — Sério. Vou só... pegar o ônibus de volta para meu apartamento e fazer o dever de casa.

— Tem certeza? — perguntei. — Você pode ficar comigo se quiser. Não gosto da ideia de você ficar sozinha. — Caras como Blake atormentam você quando está sozinha. Foi assim que Darren me pegou.

— Não — disse ela. — Está tudo bem.

— Ou eu podia ligar para o Jamie, pedir para ele encontrar você em seu apartamento, para ter certeza de que está tudo tranquilo.

— Não — disse Michelle, com mais firmeza dessa vez. — Acho que Blake ficaria furioso se me visse com Jamie. Ele se lembraria dele de Strathmore e talvez até somasse dois e dois e então Jamie... Eu não posso permitir isso. Não tenho nem certeza do que aconteceria se ele visse *você* com Jamie depois do que houve. Lembre-se, esse era o cara que não gostava que eu tivesse monitores homens. — Ela se levantou. — Hum, posso usar seu banheiro?

— Claro — disse Clarissa, e mostrou o caminho. Assim que Michelle fechou a porta, olhamos uma para a outra e corremos para o quarto principal.

Lá dentro, os outros 12 membros do clube C177 da Rosa & Túmulo estavam sentados na cama e no chão, reunidos em volta de uma tela de TV que mostrava a sala de estar de Clarissa através de uma câmera escondida na moldura de fotos digitais da prateleira de livros. Podia não ser o formato ideal para uma entrevista, mas tinha funcionado.

— Bem? — perguntei a eles. Todos assentiram.

Josh ficou de pé.

— OK. Ela está dentro.

O dia da Noite da Convocação amanheceu com uma chuvinha decepcionante, totalmente inapropriada para uma ocasião tão especial. O tempo bom teria tornado mais fácil nossa vida de andar por aí entregando os envelopes de bordas pretas; um temporal com trovões teria dado um ar gótico de mistério ao evento. Mas não havia nada de romântico ou conveniente num chuvisco. Era um clima totalmente anticlímax para escolher os novos cavaleiros.

Não que qualquer um de nós tivesse muito tempo para pensar sobre o clima ou sobre o significado metafórico do mesmo. Cada cavaleiro no mausoléu tinha uma tarefa a fazer para ter certeza de que a Noite da Convocação correria da melhor forma possível: preparar os convites, limpar as túnicas cerimoniais, verificar com as outras sociedades do campus se não tínhamos nenhum candidato em comum, e se tivéssemos, garantir que todos nós chegássemos a um acordo mutuamente satisfatório.* Felizmente, fui poupada dessa última parte, e só tive que ouvir no correr do dia meus colegas cavaleiros relatarem suas descobertas no quartel-general (a Grande Biblioteca do mausoléu).

— Não há ninguém na lista da Livro & Chave — anunciou Juno por volta do meio-dia. — Será que isso significa que estamos convocando uma classe de idiotas? — Dizia-se que a Livro & Chave tinha mais membros que também pertenciam à Phi Beta Kappa do que qualquer outra sociedade do campus.

— Significa que estamos convocando pessoas que têm mais a acrescentar do que inteligência acadêmica — disse Little Demon, pingando cera quente no envelope de outra Carta de Convocação pronta.

— Ninguém da nossa lista na Serpente também — disse Bond um pouco depois. — Mas vocês nunca vão adivinhar quem está na lista deles!

— Quem?

*Historicamente, isso significava a Rosa & Túmulo dizer à outra sociedade para cair fora. Dada à visível fraqueza dos Coveiros este ano, os cavaleiros temiam que as coisas pudessem ser um pouco mais complicadas que isso.

— Aquele cara que Big Demon tinha na lista de candidatos... Andrew Cortland.

— Bom para eles — disse Big Demon. — Sabia que alguém iria agarrá-lo. Ele é um ótimo cara.

— Ele é um idiota, se você der ouvidos a Meredith — disse Angel, referindo-se à própria convocada. — Ela nos contou que ele a traiu com a melhor amiga dela.

— Se trair um namorado ou namorada de faculdade fosse uma ofensa que nos impedisse de convocar alguém, metade do nosso clube estaria fora — disse Lucky. Ela estava destacando em mapas nossa rota pelo campus. — Eu ouvi os E.N.s.

— E não teve nada a ver com isso. Não podíamos ficar com eles dois, então eu abri mão — disse Big Demon.

— E por isso eu ainda lhe devo uma — disse Angel.

— Que eu ainda vou cobrar. — Big Demon ficou de pé, se esticou e caminhou até a mesa dela. — Você pode começar dobrando esses estúpidos envelopes. Nunca fui bom com origami.

Angel franziu as sobrancelhas olhando para a pilha de papel que ele havia jogado à frente dela.

— É tarde demais para tirar esse tal de Andrew da Serpente e trazê-lo de volta?

— Ninguém mais que a gente conheça? — perguntei a Bond.

— Nada de Blake Varnham, se é o que você quer saber — disse Bond. Ótimo. A última coisa que eu queria era que o bandido do ex-namorado da Michelle conseguisse uma vaga em qualquer sociedade.

A manhã passou com poucas surpresas. Houve uma pequena confusão quando descobrimos que o convocado da lista de Jenny estava na lista da Sociedade Prometeu, mas aparentemente as negociações com os integrantes dessa sociedade tinham sido rápidas e fáceis.

— Eles sabem sobre a minha empresa — foi tudo o que Lucky explicou. — O mundo tecnológico não é tão grande assim.

Ao meio-dia, Soze entrou pisando duro, com a expressão muito mais tempestuosa do que o tempo insosso do lado de fora.

— Vocês não vão acreditar na última proeza da Cabeça de Dragão!

— Pensei que você não tinha conseguido entrar em contato com a secretária deles — disse Angel.

— O que foi? — perguntei a ele, embora minha mente já estivesse pensando nas possibilidades. — Eles roubaram a nossa lista? Sabia que eles fariam algo desse tipo. O Templo Interior estava grampeado o tempo todo, não estava?

— *Eles já convocaram a classe deles!* — Soze andava furioso pela sala, punhos e maxilar cerrados. — Nitidamente evitando qualquer tipo de negociação! E não querem liberar a lista. Todas as sociedades do campus estão passadas.

— Você está brincando. — Juno abaixou o livro. — Isso...

— Nunca aconteceu antes? — disse Soze. — É injusto? Intolerável?

— Todas as opções — falei. — Eles podem fazer isso?

— Não existem normas para nossos procedimentos aqui — disse Soze. — Esta não é a sociedade helênica que pode impor castigos e fazer todo mundo aderir a um padrão. Tudo o que temos é um acordo de cavalheiros. Combinamos quando realizar a Noite da Convocação. Concordamos em competir pelos nossos convocados em igualdade de condições.

— E *nós somos* a classe de sociedade que está quebrando todas as regras? — debochou Big Demon. — Os patriarcas têm sorte de não precisarem lidar com a Cabeça de Dragão.

— Mas eles não estão irritando os patriarcas *deles* ao agirem na surdina e roubarem todos os bons convocados — argumentou Angel. — Seus ex-alunos provavelmente estão felizes com isso.

— Se eles marcarem pontos contra nós mais uma vez... — disse Juno.

— Como podemos conseguir a lista deles? — perguntou Frodo. — Devemos poder consegui-la de alguma forma!

Todos olharam para Lucky, que deu de ombros.

— Vocês acham que eu pareço alguma milagreira?

— Se tentarmos convocar membros que já tenham entrado para a Cabeça de Dragão, o que acontece? — perguntou Tristram. — Em um nível prático, quero dizer. Estamos convocando pessoas esta noite, elas aceitam ou rejeitam, e então as deixamos em paz até a iniciação. O que impede outra sociedade de vir depois e tentar convocar a mesma pessoa? Só significa que ela vai rejeitar.

— Não devemos ir *atrás* de ninguém — disse Soze, ainda andando de um lado para o outro. — É por isso que checamos nossos convocados com os outros grupos no campus. Potenciais convocados não devem *escolher* entre nós e alguma outra sociedade inferior. Isso seria ruim em termos de RP. Se chamamos alguém para a Noite da Convocação, devemos ser os únicos a chamar. Em termos de sociedade secreta, somos equivalentes às Admissões Precoces no sistema de ensino superior.

— Não este ano — falei, rindo. — Desta vez é a Cabeça de Dragão. Eles nos pegaram. Não há como negar. — E qual era o grande problema de qualquer forma? Aquele não era o evento sem precedentes que Josh estava fazendo parecer que era. Afinal de contas, as Kalanis do mundo já tinham escolhido outra sociedade um ano e meio antes de nós até mesmo considerarmos convocá-los. Arielle tinha escolhido a Pena & Tinta. Até Michelle precisou ser convencida.

— E se seguirmos em frente hoje e descobrirmos que eles roubaram mesmo nossa lista? — Soze me perguntou. — O que acontece? Como sobreviveremos à humilhação? Como conseguiremos uma nova classe, sabendo que metade dos nossos candidatos reserva estão para entrar para outras sociedades esta noite, e que negociamos com nossos outros oponentes para permitir isso? E se esse tiver sido o plano da Cabeça de Dragão desde o início?

Ele desabou na cadeira mais próxima e enterrou a cabeça nas mãos.

— Estaremos arruinados. Não conseguiremos elaborar uma classe decente de convocados do nada. Não uma da qual os patriarcas terão orgulho. Não uma que irá manter nossa tradição. E um clube ruim... é só o que basta. Levaria anos para nos reerguermos depois dessa queda. Eles vêm argumentando durante o ano todo que *nós* somos esse clube ruim. Convocar um grande clube para nos substituir era nosso único meio de provar que estão errados.

A sala estava em silêncio e contida enquanto todos contemplavam as palavras dele. Mas elas ainda não faziam sentido para mim.

— Quando entrei para a Rosa & Túmulo, eu não fazia ideia de quem fazia parte do clube que havia me convocado — falei. — Não conheci Lancelot até depois de aceitar a convocação, não conheci os outros até a Noite da Convocação. Então essa parte é falsa. A maioria das pessoas não entra para uma sociedade secreta por causa das pessoas do ano anterior ao delas. Elas entram para uma sociedade por causa das pessoas de dez ou vinte anos antes delas. Por causa das coisas que realizaram, que criaram. E isso não vai deixar de ser assim por causa de um clube ruim.

— Mas e se não conseguirmos ninguém mesmo? — perguntou Angel. — Você mesma disse. E se a Cabeça de Dragão roubou nossos convocados?

Eu pensei sobre isso.

— Sinceramente? Não acho que isso aconteceu. Eles teriam que ter corrido para descobrir não só quem a gente escolheria das nossas listas de candidatos, mas também entrevistá-los, convocá-los e conseguir que aceitassem.

— Chamem a imprensa — disse Thorndike, o tom incrédulo. — Bugaboo não acredita nessa teoria da conspiração.

— Mas foi você que viu aquela cavaleira da Cabeça de Dragão ir atrás de Kalani — disse Lucky.

— Isso foi pessoal. Felicity me odeia e iria adorar arruinar meus planos de convocação. Além disso, ela também não sabia que Kalani estava no Saguão São Lino. Ela foi embora correndo assim que descobriu, o que significa que não tinha pesquisado por conta própria. Não acho que fosse uma estratégia bem elaborada da parte dela. Ela não queria roubar o convocado de um Coveiro. Só queria me ferrar. E pensem nisso. Pensem em nossos convocados. A convocada de Thorndike, Tamar, já sabe exatamente quem está indo atrás dela esta noite. Já sabe há algum tempo. Com essa nova franqueza, vocês não acham que ela daria a Thorndike um alerta se de repente estivesse planejando escolher uma outra sociedade?

— Verdade — disse Thorndike.

— E então pensem no meu convocado. Topher foi muito claro sobre as conexões da família dele e sobre sua ansiedade em aceitar. Eu sei que ele quer ser um Coveiro.

— Mas nem todos eles sabem — argumentou Soze. — E se pensaram esse tempo todo que estavam sendo cortejados pela Cabeça de Dragão?

Esfreguei os olhos, momentaneamente cansada com todo aquele esforço.

— Então conseguimos dois convocados: Topher e Tamar.

— Três — disse Kismet. — O cara que escolhi também sabe que vamos convocá-lo. — Ele arqueou os ombros. — Deixei escapar.

— Quatro — disse Lucky. — Quis me certificar de que não haveria nenhuma... interpretação errada. — Interpretação errada como a que ela havia feito, pensando que éramos um bando de estúpidos adoradores do demônio.

— *Nenhum* de vocês conhece o conceito de discrição? — disse Juno, bufando.

— E isso teria nos ajudado nesta situação? — perguntei a ela. — Esse lance de segredo pode ser muito bom quando todos jogam pelas regras, mas aqui, dizer a verdade pode ser o que vai nos salvar.

— Bugaboo está certa — disse Puck. — E tem mais, ficar sentado esperando não vai nos ajudar. Temos que descobrir qual é a posição dos nossos convocados sem a ajuda da Cabeça de Dragão. Podemos visitá-los, talvez...

— Mas eles foram instruídos a guardar segredo sobre a convocação — disse Angel.

— Sim, mas os estamos cortejando o mês todo — disse Puck. — Eles foram à nossa festa. Se acham que nós somos aqueles que os convocaram na noite passada, por que guardariam segredo de *nós*?

Outro bom argumento. Puck piscou para mim e não pude evitar sorrir. Sim, garoto, nós todos sabemos que existe um cérebro por trás desse rostinho bonito.

— OK — disse Soze. — Vamos nos mexer. Chamem seus convocados para tomar um café, para pedir um conselho amoroso, para falar sobre seu horóscopo. O que quer que funcione. Aqueles de vocês que estiverem razoavelmente certos de que os seus candidatos estão no papo podem cuidar dos preparativos. Temos três horas, gente.

Topher estava no papo. Michelle não estava sendo cortejada por mais ninguém, disso eu tinha certeza. Olhei para as pilhas de envelopes de convite.

— Devo fazer mais alguns desses, só para o caso de precisarmos de opções de candidatos?

Josh me olhou de cara feia e disse:

— Se precisarmos de opções de candidatos estaremos em sérios apuros.

No fim das contas, somente dois de nossos convocados tinham sido afetados pelo ataque antecipado da Cabeça de Dragão: Samantha March, a convocada escolhida de Greg Dorian (por sorte seu candidato reserva não estava na lista de convocados da Pena & Tinta, embora eu tenha ficado feliz de ver que Arielle estava), e Brianna Patterson, que era a candidata de Mara Taserati. Mas Mara deu sorte — quando ela encontrou Brianna no café, a conversa foi mais ou menos assim:

Brianna: (parecendo culpada) Fiquei meio surpresa que você quisesse me encontrar hoje.
Mara: Sério? Mas adoro sair com você. (Ela é profissional.)
Brianna: Bem, depois da noite passada, quero dizer.
Mara: Noite passada? O que você quer dizer?
Brianna: Ah, entendo. Certo, vamos continuar fazendo esse jogo. Só espero que não tenha ficado nenhum ressentimento.
Mara: Minha querida, não tenho a menor ideia do que você está falando.
Brianna: Quero dizer, você foi ótima. E seus... amigos. Eles são muito legais também. É só que... eu queria mesmo era entrar para a Rosa & Túmulo, agora que permitem garotas.
Mara: (se engasga com o café) Hã?
Brianna: Sei que é uma aposta alta, mas... bem, foi por isso que eu rejeitei.
Mara: Brianna, minha querida, preciso ir embora. Tchauzinho!*

Quando o anoitecer chuvoso desceu sobre o campus, voltamos a nos encontrar no mausoléu para nos vestir e distribuir os suprimentos. Com o acréscimo de Poe, nos dividimos em três equipes de cinco para podermos convocar da maneira

*É inteiramente possível que o discurso de Mara tenha sido menos Mary Poppins do que foi relatado aqui.

mais eficiente possível, e quando reunimos fósforos, velas pretas e túnicas, a expectativa pairava mais pesadamente do que a neblina quente de primavera do lado de fora. Então era isso. Nossa Noite da Convocação. O auge do ano da C177 como Cavaleiros da Rosa & Túmulo.

Nos reunimos na Grande Biblioteca, conferindo mapas e rotas e fazendo ajustes de último minuto aos procedimentos e vestimentas. A túnica de Lucky precisava de conserto na bainha. Os dreadlocks magenta de Thorndike ficavam saindo do capuz, então tivemos que providenciar uma bandana preta para amarrá-los para trás. Little Demon precisava ser informada de que botas pretas de couro envernizado e salto fino não eram calçados apropriados para correr pelas ruas escorregadias de New Haven.

Poe chegou perto e puxou minha capa.

— Você fica bonita de capuz.

— Não é uma fala que dá certo com muitas mulheres, é?

— Não tento usá-la com muitas mulheres. — O capuz dele já estava no lugar, escondendo os olhos e deixando pouco mais do que as maçãs do rosto e a linha do maxilar de Poe expostas.

Fiquei na ponta dos pés e beijei o tal maxilar.

— Não é como se você já não tivesse me visto assim dezenas de vezes.

— E você fica bonita todas as vezes. — Ah, agora, bem de perto, eu podia ver os olhos dele, acinzentados e cheios da mesma empolgação que todos os outros cavaleiros. O olhar dele provocou um formigamento por toda a minha coxa. Ele estava pensando no que tinha dito fora do bar naquela outra noite. E eu também.

Caí de volta sobre os saltos e brinquei:

— Ótimo. Uma Ceifadora bonita.

— Para atraí-los mais facilmente em direção à morte — replicou Poe no melhor estilo Vincent Price. Sim, era isso que passava por flerte no mundo dele. É isso o que acontece quando seu namorado nasceu no Halloween e tem carta branca para viver a vida com que sempre sonhou em uma mansão caindo aos pedaços parecendo um mausoléu cheio de esqueletos humanos e fantasias assustadoras. Talvez Little Demon tivesse razão sobre a excentricidade.

Dei um tapa nele e voltei para embalar fósforos extras. Minha expectativa estava voltada agora para algo completamente diferente. Excêntrico ou não, eu ia descobrir o que se passava debaixo da túnica daquele cara.

O relógio de pêndulo na Grande Biblioteca bateu 20 horas quando nós cavaleiros ficamos de pé em círculo, recitando nossos juramentos. Cada retinir do relógio zunia pelo meu corpo como uma máquina sendo colocada em movimento. Eu podia sentir aquilo por toda volta, cada cavaleiro fazendo força contra uma corda invisível, pronto para sair em disparada assim que pudéssemos. Quando o eco do último carrilhão reverberou pela sala e por seus ocupantes, estávamos todos prendendo a respiração.

— Está certo, cavaleiros — disse Soze, o Tio Tony da noite. — Vão buscá-los.

E lá fomos nós.

Nosso primeiro alvo era o convocado de Omar: o engenheiro israelense Tal Yitzchach. Para dizer a verdade, eu estava um pouco nervosa sobre o que iria acontecer. A tradição da sociedade dizia para irrompermos no quarto dele, completamente paramentados, levarmos o convocado para um local escuro, não divulgado (neste caso, o armário de vassouras no fim do corredor do apartamento dele), e lhe perguntar se ele queria entrar para o grupo. Tudo muito bom, até você pensar que Tal era um ex-militar que dominava a arte do *krav maga*. Se o pegássemos de surpresa, ele podia quebrar nossos pescoços.

Talvez tivesse sido uma boa coisa Omar ter deixado escapar o segredo.

Ainda assim, eu queria segurar a parte do corpo menos letal quando chegasse a hora de carregar Tal para fora do apartamento.

Entramos sorrateiramente no prédio e subimos até o andar dele. Jenny, a menor cavaleira em nosso grupo, e portanto relegada à patrulha da vela, tirou vassouras e esfregões do caminho no armário e montou o altar enquanto o restante de nós se reunia do lado de fora da porta do apartamento.

Omar bateu e todos ficamos imóveis e em silêncio. Ouvimos o barulho de alguém soltando uma corrente, e eu só conseguia imaginar que visão engraçada devia ser ver através de um olho mágico quatro figuras de túnicas pretas e encapuzadas reunidas em um corredor estreito sob uma luz fluorescente. E então a porta se abriu.

Nós o agarramos, e ele deitou passivamente em nossos braços enquanto o colocávamos dentro do armário e nos reuníamos em círculo. À luz da vela, pude ver um grande sorriso no rosto dele. Omar curvado em direção ao altar, a vela tremeluzindo de forma estranha nas superfícies do rosto encapuzado dele.

— Rosa & Túmulo — entoou Omar com voz estrondosa.

— Aceita ou Rejeita?

Tal abriu um sorriso ainda mais largo.

— Aceito.

Omar apagou a vela e fomos embora.

— Ei! — Ouvi Tal gritar quando saímos em disparada. Dei uma rápida olhada sobre meu ombro. Ele tinha começado a vir atrás de nós, depois parou quando viu o envelope de borda preta que deixamos para trás. Ali havia instruções para a iniciação e lhe dizia, com muita firmeza, que Omar devia ficar na dele por enquanto.*

Menos um, agora faltavam quatro.

Então convocamos o aluno de ciências cognitivas escolhido pela Jenny, Paul Raymond, que, assim como Tal, morava fora do campus. Fácil, fácil. Mais fácil ainda foi o convocado tenor de Kevin, que tinha alguma experiência com o processo depois de passar por algo assim com seu grupo musical três anos antes.

Topher Cox era o próximo da nossa lista. Senti o coração bater forte quando nos aproximamos da entrada. Nossas túnicas estavam úmidas àquela altura e grudavam em nossos tornozelos enquanto andávamos, fazendo com que nossos passos ficassem deselegantes e não ameaçadores. Alunos enfrentando o tempo ruim no pátio nos encararam quando passamos por eles, vestindo túnicas pretas e em silêncio. Alguns até nos seguiram. Entramos e Omar bloqueou a porta, mantendo os olhares curiosos do lado de fora. Jamie assumiu uma postura

*A confessora tinha insistido em acrescentar essa parte depois da própria confusão na primavera anterior.

parecida no patamar da escada e Jenny se certificou de que o banheiro estava vazio e a luz, apagada, enquanto eu rapidamente acendia minha vela.

— Quem vocês estão convocando? — gritou um dos alunos do segundo ano na entrada do prédio.

— Isso, quem é? — perguntou outro. Omar olhava resolutamente para frente.

— Ei, Topher! — gritou um terceiro, e bateu na janela perto da porta de entrada. — Eles vieram buscar você.

— Ele está enfurnado no quarto a noite toda — ouvi uma garota dizer. — Esperando. Não é estranho?

— Não sei — disse outra garota. — Queria fazer parte no meu último ano. Eles são estranhos, mas divertidos, sabe?

Topher abriu a porta e deu uma espiada.

— Vão! — gritou Jamie, saltando da escada, a capa ondulando como um super-herói de história em quadrinhos. Ele imobilizou os braços de Topher e o levantou do chão enquanto Omar batia a porta de entrada e vinha correndo ajudar. Kevin segurou a outra perna de Topher e eles o levaram para dentro do banheiro. Eu tirei a vela do caminho e Jenny tropeçou na bainha recém-costurada.

— Desajeitado — disse Topher. Jenny estava segurando a capa molhada com uma das mãos, enquanto, com a outra tentava esconder o rosto embaixo do capuz. A vela, miraculosamente, continuou acesa.

— Cale a boca, bárbaro — rosnou Jamie, e senti aquilo em meus dedos dos pés. Ele se virou rapidamente em minha direção. — Vai.

Vai? Ele tinha acabado de nos insultar! Fiquei parada segurando a vela preta e olhei fixamente para Topher Cox, que me olhou de volta, se sentindo poderoso e inabalável, cercado por um semicírculo de cavaleiros que eu conhecia e amava.

Convoque-o logo. Apenas diga as palavras. Esse foi o acordo que você fez. Você concordou com isso. Então faça.

Faça.

Meus dentes pareciam engolir os lábios, e eu não conseguia falar.

— Vai. — Senti a mão de Jamie na minha, os olhos acinzentados dele como gelo embaixo do capuz da túnica. Mesmo no silêncio do banheiro, o que ele sussurrou mal chegou até mim. — Vai ficar tudo bem, eu prometo.

Olhei através da vela. A expressão convencida de Topher tinha se esvanecido, substituída por um lampejo de... o quê? Dúvida?

— Rosa & Túmulo — disparei. — Aceita ou Rejeita?

— Aceito! — Ele se apressou em dizer, como se estivesse com medo de que eu voltasse atrás.

Eu quase ri. Mas, em vez disso, segui o script: apaguei a vela, joguei um envelope nos pés dele e saí correndo.

No pátio, Jamie me alcançou.

— Você está bem?

— Estou — disse, arfando, e mantive o ritmo dos passos. O apartamento de Michelle era do outro lado da cidade, então estávamos correndo para o estacionamento de Jenny para pegar o carro dela.

— Fiquei com medo de que você fosse ter um ataque por lá.

— Estou bem.

Dentro do estacionamento, corremos sob as luzes de sódio, escuros e encapuzados como um bando de dementadores em um filme do Harry Potter. O funcionário do estacionamento dos estudantes, dentro da caixa de vidro na entrada, estava prestando atenção no dever de álgebra linear, como sempre. Omar pulou para o banco do carona e Kevin se arrastou para trás, deixando a porta aberta para nós.

— Amy. — Jamie me parou antes que eu entrasse. — Você não se vendeu.

Eu era tão transparente assim, mesmo encapuzada?

— Então por que me sinto como se tivesse?

— Isso é fazer uma concessão. É uma decisão madura.

— É uma droga.

— *Muito* madura — disse ele, sorrindo. — Agora vamos atrás da Michelle.

Eu me virei, agarrei-o e o beijei.

— Obrigada — falei. — Por me dar tudo isso. Eu não gostaria que fosse de nenhuma outra forma.

— Venham, pombinhos! — gritou Kevin, nos chamando para o carro. — Temos convocações a fazer.

Nós nos amontoamos, segurando as capas molhadas e emboladas para evitar que ficassem presas na porta. Minhas pernas ficaram para cima do colo de Jamie no minúsculo banco traseiro, e me segurei no pescoço dele para evitar espremer Kevin. A janela ficou embaçada com a umidade enquanto seguíamos de carro, ofegantes de cansaço e excitação, para o prédio de Ciências.

No apartamento de Michelle, me aproximei do porteiro enquanto os outros hesitaram. Tirei mechas molhadas de cabelo do rosto e sorri para ele.

— Oi, estou aqui para ver Michelle Whitmore.

Ele me olhou de cima a baixo, depois indicou meus companheiros com o queixo.

— Todos vocês? Porque temos que registrar a entrada de visitantes.

— Não podemos fazer isso — disse Jenny. — Você pode apenas nos deixar entrar?

— Acho que não — disse o porteiro. — A Srta. Whitmore foi bem específica...

— Você pode ligar para ela? — perguntei. — Ela está nos esperando, eu juro.

A expressão do porteiro era cética, mas ele pegou o telefone.

— Srta. Whitmore? Têm algumas pessoas aqui querendo falar com você, mas elas não querem se identificar. Estão fantasiadas. Hum, umas cinco. Sério? Está certo, mas isso vai contra nossa política... OK, então. — Ele virou para nós. — Vocês podem subir, e vou registrá-los como se fosse uma entrega, mas se não estiverem de volta em cinco minutos...

— Nós estaremos! — E corremos para o elevador.

Michelle atendeu no mesmo instante em que bati na porta. Imediatamente, meia dúzia de mãos tentaram pegá-la, e ela cambaleou para trás, os olhos se arregalando.

— Não tenha medo — sibilei enquanto a carregávamos para o vão da escada, que tínhamos escurecido para aquele propósito. Jamie estava de pé em nosso altar improvisado, enquanto a vela preta ardia.

— Rosa & Túmulo — declarou ele com uma voz que ecoou para cima e para baixo no prédio. — Aceita ou Rejeita?

Michelle estava imóvel, as mãos cerradas ao longo do corpo. Os lábios se abriram em choque.

— Rosa e... Túmulo?

Ela se inclinou levemente para a frente, como se tentasse enxergar Jamie melhor.

Ele desviou o rosto mais para dentro da sombra que havia contra a chama.

— Aceita ou Rejeita? — repetiu Jamie.

Ela se virou lentamente, dando uma olhada nos cavaleiros que a cercavam por todos os lados, os rostos obscurecidos e desconhecidos. Então ela parou e olhou diretamente para mim. Levantei o queixo em direção ao círculo de luz e pisquei.

Michelle olhou de volta para Jamie.

— Aceito.

Por meio desta, eu confesso:

Que melhor forma de comemorar?

11.

Nunca mais

— Terminamos? — perguntei a Jamie assim que saímos do prédio de Michelle.

— Precisamos nos reunir com os outros grupos para ter certeza de que conseguiram convocar seus candidatos...

Pressionei o corpo contra o dele.

— *Terminamos?*

Ele olhou para mim.

— Eu bem queria. — Jamie inclinou a cabeça na direção do apartamento de Michelle. — Rolou um pouquinho de trapaça lá dentro, não é?

Mesmo no meio de uma convocação, ele não estava prestando atenção em Michelle. Só em mim.

— Sim. E eu não ligo. Se ela não tivesse visto o meu rosto, não teria acreditado. Assim como eu não acreditei no ano passado.

Jamie balançou a cabeça.

— Não entendo. Vocês duas receberam cartas com nosso selo.

— Podia ser um trote. Sei que foi isso que Michelle ficou pensando a tarde toda. Ela precisava me ver para acreditar. Pensei a mesma coisa ano passado. *A Rosa & Túmulo me convocando?*

— Eu não sei o que seria da Rosa & Túmulo sem você este ano.

— Provavelmente continuaria pelo caminho misógino e feliz.

— E eu?

— Também. — Sorri.

Jenny veio correndo até nós, com o celular na mão.

— Era Harun. Os grupos no campus principal terminaram... Conseguimos todos eles!

— Isso! — Agitei o punho no ar. — Então terminamos? — Ergui as sobrancelhas sugestivamente para Jamie.

— Não, dificilmente — disse Jenny. — A iniciação é neste fim de semana. Temos tanta coisa para fazer!

— Jenny.

— E Harun disse que um bando de gente está se reunindo para comer pizza...

— Jenny.

— ...lá no mausoléu, para comemorar. Você não quer festejar?

— *Jenny.*

Ela olhou de mim para Jamie e de volta para mim.

— Ah, eu... entendo. — As mãos de Jenny se entrelaçaram na frente do corpo. — Hum, é pizza do Sally's. A melhor pizza de New Haven.

— Podemos deixar para outro dia? — perguntei.

Ela fez uma careta.

— Está bem. Querem uma carona até... algum lugar?

— Vamos caminhar — disse Jamie, assentindo decidido.

— Com esse tempo?

— É — respondi, passando a mão pela cintura dele.

Kevin e Omar já estavam no carro. Jenny simplesmente acenou de volta para nós e pulou para trás do volante. Jamie esperou até as luzes de freio dobrarem a esquina, então me puxou para os braços.

A caminhada de volta até o apartamento de Jamie demorou mais do que o esperado; parávamos a cada poucos passos para nos beijar. A garoa tinha se intensificado durante a Noite da Convocação, encharcando nossas roupas, cabelos e túnicas cerimoniais. Caminhamos de mãos dadas até a varanda da frente dele, e estremeci enquanto Jamie procurava as chaves nos bolsos molhados da calça jeans, me aproximando até ficar dentro do abrigo quente e úmido que era a capa dele.

Jamie passou um braço em volta de mim e abriu a porta com o outro, meio me empurrando, meio me carregando para dentro. Assim que cruzamos a soleira, ele me virou e me pressionou contra a porta. Nossas túnicas molhadas pendiam pesadamente dos ombros, as abas grudando em nossos braços enquanto procurávamos um pelo outro na escuridão. Embaixo da túnica, a camiseta tinha aderido à pele dele e o pescoço de Jamie estava escorregadio de chuva e suor.

— Sabe — falei enquanto ele começava a desabotoar a minha blusa —, eu podia mesmo comer um pouco de pizza agora.

— Azar o seu.

Procurei o cinto dele e os nós dos meus dedos roçaram o umbigo e alguns escassos pelos ásperos de Jamie.

— Queijo derretido, molho picante de tomate, crosta com a base escura característica do Sally's...

— Mais tarde... — gemeu ele, puxando as mangas da minha blusa para baixo até que ela caísse aos meus pés. Minha túnica imediatamente grudou na pele das costas e dos braços. — Prometo que compro uma dúzia de pizzas para você.

— Uma dúzia? — Contive uma risada no fundo da garganta e puxei o cinto dele pelos passadores. — Esse estipêndio da faculdade de direito é *bem* generoso.

As mãos dele subiram pelo meu corpo e Jamie se aproximou de mim até as pontas de nossas túnicas se embolarem. Os dedos dele estavam frios da chuva, mas o corpo era todo de um calor úmido.

— Essa é a sua versão de conversa sexy? Ajuda financeira?

— Não — falei, abrindo o fecho do jeans dele. — Mas pizza é. — Coloquei a mão por dentro da calça de Jamie e ele enterrou o rosto em meu ombro, arfando. — Foi nosso primeiro encontro, lembra?

— Não me lembro de ter sido um encontro. — Ele conseguiu dizer, entre tentativas de abrir meu sutiã molhado. — Se eu me lembro bem, você estava sofrendo um pouco por causa de outro cara.

— Foi nosso *único* encontro. — E lá se foi meu sutiã. Estava quase certa de que o que havia sobrado não era uma vestimenta aprovada pelos Coveiros.

— Não é verdade. — Ele deslizou as mãos para a frente a fim de desabotoar minha calça. — Na Flórida, eu fiz um piquenique e a levei para fazer uma caminhada. E isso está entre os dez melhores encontros clássicos.

— Você me seduziu num banco de areia, sim — cedi, e empurrei o jeans dele para baixo.

Jamie me puxou para si pelo cós da calça.

— *Você me* seduziu.

Passei os braços em volta do pescoço dele.

— Não discuta detalhes frívolos.

— Não mude a história.

Passei os dedos em volta da nuca dele e puxei a cabeça de Jamie em direção à minha.

— Pare de falar.

Durante um bom tempo, apenas nos beijamos, seminus, as túnicas emboladas e grudadas em nossas coxas, peitos e ombros. E então eu me afastei e agarrei a bainha da camiseta dele, levantando-a e passando-a cuidadosamente por baixo do nó que prendia a capa ao pescoço de Jamie.

— Então vamos seguir com isso? — perguntou Jamie com uma risada enquanto eu terminava de passar a camiseta dele pela túnica e a tirava por cima da cabeça. Mechas escuras do cabelo molhado de Jamie caíam sobre o rosto, e a chuva tinha deixado marcas finas e brilhantes em suas têmporas. — Vamos ficar com nossas túnicas?

Joguei a camiseta dele no chão, depois tirei minhas calças, balançando as pernas.

— Acho que sim.

Ele sorriu e me apertou com força.

— Caramba, eu te amo.

— Eu também te amo.

Os braços dele se retesaram um pouco, e depois Jamie ficou calado e imóvel.

— Jamie? — falei, tocando-o no ombro.

— Não esperava que você dissesse isso. — Ele ainda estava me segurando com força; eu não conseguia me afastar e olhá-lo nos olhos. Eu *esperava* dizer isso; vinha sentindo aquilo inflando meu peito o dia inteiro, pronto para explodir à menor provocação. Estava com medo de que o clube inteiro pudesse ler aquilo no meu rosto; e meio esperando que ele já soubesse antes que eu dissesse as palavras.

Eu quis contar para ele no mausoléu, enquanto corríamos de dormitório em dormitório, depois que ele me apoiou na convocação de Topher, enquanto estávamos parados na chuva do lado de fora do apartamento de Michelle. Queria dizer uma vez para cada pizza que ele iria comprar para mim. Queria ter lhe confessado isso espontaneamente, sem rodeios, não como uma resposta à declaração dele. Mas Jamie tinha falado primeiro.

— Então por que você disse? — perguntei. — Não é do seu feitio abrir mão de um trunfo como esse. — Nem era do meu, percebi mortificada.

Vai entender, Amy. Você é mais indisponível emocionalmente do que James Orcutt.

— Eu já disse — falou ele. — Não consigo guardar segredos de você.

E então estávamos nos beijando e nos acariciando novamente. O ar ficou pesado à nossa volta, e meu corpo ardia com calor, as terminações nervosas chiando toda vez que o tecido rústico de nossas túnicas roçava minha pele. Todo lugar em que elas tocavam ficava irritado até os dedos frios e gentis de Jamie surgirem e suas carícias aliviarem minha pele. Quando ele se ajoelhou diante de mim, passei os dedos pelos cabelos úmidos dele, ainda um pouco frios, me segurando para me equilibrar.

— Isso parece familiar.

— Ao contrário de algumas pessoas que eu posso mencionar, não vou parar pela metade — murmurou ele, e a leve respiração de Jamie fazia cócegas nas minhas pernas.

Quando eu já não podia mais aguentar aquelas sensações, enfiei as mãos nas dobras do capuz dele e tentei ao máximo me manter de pé.

Ele apoiou as palmas das mãos contra a parte da frente das minhas coxas.

— Você está bem?

— Estou — respondi, arfando. — E você? O piso de madeira está lhe tratando bem?

Pude ouvir o sorriso de Jamie pela escuridão, embora só conseguisse ver um pouco da pele pálida na moldura da túnica.

— Desça até aqui.

Ele procurou o jeans posto de lado, pegou a carteira e puxou uma camisinha, depois se sentou no chão, as costas contra o braço do sofá.

Depois que Jamie estava pronto, eu me abaixei até o chão, envolvendo-o com as pernas, me ajeitando até nossas túnicas estarem ambas irremediavelmente deformadas, as pernas entrelaçadas, enquanto nos movimentávamos um em direção ao outro, as solas dos meus pés firmes contra as pernas de Jamie enquanto eu me movia em cima dele, o cordão da minha túnica apertando meu pescoço a cada investida, as mãos dele apoiando a parte inferior das minhas costas e entre as escápulas, enquanto eu me arqueava em seus braços.

Quando ele já estava todo dentro de mim, parei um pouco e me reclinei para olhar o rosto dele, que mal era visível na claridade das luzes distantes da rua através da janela. Os olhos de Jamie estavam fechados, a cabeça virada para trás, os lábios levemente abertos. Todo o orgulho e a insolência que normalmente caracterizavam suas feições tinham sumido. As maçãs do rosto salientes e o maxilar anguloso, os cachos longos e escuros na testa dele, os quais caíam pelas sobrancelhas, de repente formaram padrões diferentes e mais suaves. Seria aquele o verdadeiro rosto de Poe? O homem que ele teria sido se não tivesse perdido a mãe, não tivesse lutado a vida toda para convencer a si mesmo e aos outros de que era merecedor das coisas que era capaz de conquistar, não estivesse lutando mesmo agora para saber como conciliar o passado com o mundo de elite da Eli e da Rosa & Túmulo? Era aquele o homem que eu amava?

Eu me inclinei para a frente e rocei o nariz no dele. Os olhos de Jamie se abriram e olharam para dentro dos meus, como se ele tivesse lido cada um dos meus pensamentos.

— Ei — falei. — Eu te amo.

Jamie mal conseguiu me beijar enquanto sorria.

Depois do chão teve o banho, ladrilho frio e vapor espesso tomando o lugar das túnicas e da chuva, e depois então fomos para a cama dele, ainda escorrendo água e luxúria, nos envolvemos um no outro e no áspero cobertor de Jamie, e dormimos. Acordei algum tempo depois sentindo beijos de veneração na parte de baixo das minhas costas — não, sobre a tatuagem da Rosa & Túmulo que havia ali — e sorri sonolenta.

— Odile estava certa — murmurei.

— Sobre o quê?

— Você tem mesmo uma excentricidade. Um fetiche por Coveiras.

— Humm... — Ele contornou o hexágono com a língua. — Sorte sua.

Adormeci novamente e, quando acordei outra vez, estava sozinha. A luz do banheiro estava apagada, então peguei uma das camisas de Poe jogadas de lado, puxei-a para baixo para cobrir o bumbum, e saí do quarto na ponta dos pés.

A sala de estar também estava escura. Poe estava sentado à escrivaninha, iluminado pela luz azul da tela do computador. Me aproximei devagar. Verificando e-mail no meio de noite?

— Merda. — Eu o ouvi sussurrar.

Engoli em seco, repentinamente me sentindo uma intrusa, e comecei a me afastar. Então o vi se endireitar e começar a virar a cabeça, e me escondi atrás da porta do quarto. Será que ele tinha me visto? Eu deveria mostrar que estava ali?

Alguns momentos se passaram, e Poe não chegou, então voltei para a cama, mas adormeci antes que ele retornasse.

Acordei com a luz da manhã e o cheiro de waffles. Saí de novo sem fazer barulho até a sala de estar. Poe estava de calça de moletom e sem camisa, se movimentando pela cozinha.

— Oi — falei.

— Você roubou minha camisa. — Ele pegou a calda. — Estava pensando em levar isso para você na cama, mas, hã, não tenho uma bandeja.

— Está ótimo. Waffles são bons em qualquer lugar. — Me apoiei contra a bancada e bocejei. Aposto que meu cabelo estava um desastre, por ter secado todo embolado. O cabelo de Jamie também estava bagunçado, e havia olheiras embaixo dos olhos dele. — Há quanto tempo você está acordado?

— Bastante tempo — admitiu, e me estendeu um prato. — Você tem aula?

— Tenho, às 11h30. Que horas são?

— São 8h30.

Bocejei e soltei o garfo.

— Vou voltar para cama.

Ele me agarrou pela cintura.

— Não, você não vai. Bem-vinda ao mundo dos recém-formados, Srta. Último Semestre como Veterana. Tenho um grupo de estudo em meia hora.

Que raios de grupo de estudo se encontrava assim tão cedo?

— Você está me expulsando?

— Amy, se quiser passar o dia nua na minha cama será uma grande fantasia para me fazer suportar a aula de direito constitucional. Mas de qualquer jeito eu tenho que ir.

— Mate a aula — pedi, fazendo beicinho.

— Não posso — disse ele, com a expressão séria. — O que você vai fazer hoje à noite? Quero levá-la para jantar. Algo bem legal, já que você diz que quase não tivemos encontros de verdade.

— Jamie, você não precisa fazer isso.

— Eu quero. Quero você de vestido, à luz de velas, com toalhas de mesa e aperitivos.

Inclinei a cabeça.

— Você me quer como aperitivo?

— E sobremesa.

— Sobremesa seria *ótimo*. — Eu o beijei.

Ele gemeu.

— E uma mesa entre nós para que eu consiga me concentrar por cinco minutos e conversar com você.

— Conversar sobre o quê? — perguntei, estreitando os olhos. Desde quando "nós precisávamos conversar"?

— Apenas conversar. — Ele deu uma olhada no relógio. — Preciso correr. Detesto ter que sair correndo, mas preciso. Olha — falou Jamie e me deu um beijo —, a noite passada foi maravilhosa. Me mande um e-mail quando souber onde quer jantar. Fique quanto tempo quiser, pegue roupas minhas se as suas ainda estiverem molhadas, a porta tranca automaticamente. — Ele começou a sair, então voltou e me abraçou novamente. — Eu amo você.

— Também amo você — sussurrei. Ele saiu depressa da cozinha, parou perto da gaiola da Ricochete para despejar alguma comida no prato e fez carinho na cabeça dela, depois saiu correndo.

Conversar sobre o quê?

O resto da manhã passou numa nuvem de euforia de "eu transei". Não, isso também não estava certo. Afinal de contas, eu passei grande parte do semestre anterior naquele estado, e isso era bem diferente. Mais do tipo... eu fiz amor.

E nesse estado assumida e horrivelmente brega, eu flutuei. Flutuei, sem sentir vergonha, para a aula sobre Nabokov usando as roupas de Poe. Flutuei, feliz, para uma reunião rápida com meu orientador de monografia para conversarmos sobre a preparação das minhas versões finais e da minha ida para a Inglaterra. (Decidi não repreendê-lo por não me avisar com antecedência sobre o seminário, e o Professor Burak, Deus o abençoe, decidiu ignorar meus trajes de quem passou a noite fora.) Flutuei, convencida, de volta à minha suíte e tive de rir da mensagem de Lydia em nosso quadro de avisos.

A: Sua mãe ligou. Eu disse que você estava fora sendo pervertida. — L

O telefone tocou enquanto eu flutuava para fora do chuveiro a caminho do quarto. Provavelmente minha mãe num paroxismo de angústia parental.

— Alô? — falei sonhadoramente, me esforçando por um efeito maior.

— Amy — disse Michelle. — Estou confusa.

Droga.

— Você recebeu o envelope, certo? — falei.

— Hã, sim, mas...

— Siga as instruções.

Sério, não ia segurar a mão dela a cada passo da iniciação. Eu já tinha movido céus e terras por aquela garota. Será que eu tinha sido chorona assim quando fui convocada? Preciso me lembrar de perguntar isso ao Malcolm da próxima vez que o vir.*

— OK, está bem, mas, e quanto às flores?

---

*A confessora informa que teve sua memória refrescada. Ela foi, na verdade, muito, muito chorona.

Ajeitei a toalha.

— Que flores?

— As rosas mortas. Na entrada do meu apartamento hoje de manhã?

— Hã...

— Havia um bilhete, com o seu... hum, o, hã, símbolo nele.

Hã? Não tínhamos sido nós.

— Então gostaria de saber qual das instruções devo seguir.

— O que dizia o bilhete? — perguntei, confusa.

Michelle hesitou por um instante.

— *Indo pegar você.*

— Mas o que não faz nenhum sentido é que ele tinha que saber, de alguma forma, que iríamos convocá-la — falei. — Quero dizer, rosas mortas e um bilhete com *o selo*? Deixados de alguma forma no meio da noite depois que a convocamos?

— Humm — disse Jamie, e bebeu um gole de vinho. Ele estava usando novamente a camisa preta listrada da noite da festa. Eu tinha pegado emprestado com Lydia um dos vestidos soltos floridos que ela havia comprado para ir à Espanha. O restaurante tinha tudo que Jamie queria: velas, toalhas de mesa, romance.

— Então como Blake sabia? — prossegui. — E como ele conseguiu entrar no prédio dela? Você viu aquele porteiro. Ele até parecia um segurança.

— Mas nós entramos.

— Depois que ligamos para ela — salientei. — Você não acha que se alguém ligasse e depois não fosse mesmo para o apartamento de Michelle, ela não se lembraria?

— Talvez ele tenha vestido uma túnica e fingido ser um de nós, dizendo que esqueceu alguma coisa no apartamento dela, e o cara não fazia ideia, por causa das nossas fantasias — disse Jamie.

Era uma possibilidade.

— Então você está dizendo que ele estava nos observando o tempo todo, e por acaso tinha uma cópia do nosso selo, uma túnica preta extra e um monte de rosas mortas para ela? — Parecia um pouco absurdo.

Meu namorado* deu de ombros.

— Supondo que tenha sido mesmo Blake quem deixou as flores.

— Quem mais vem aterrorizando Michelle?

— Não *ela*, Amy. — Jamie levantou a taça de vinho e olhou para mim por cima da borda.

E de repente tive um estalo.

— A Cabeça de Dragão?

— Ou outra sociedade. Ontem vocês estavam preocupados que a Cabeça de Dragão pudesse ter roubado sua lista de convocados. E se eles planejavam apenas confundir os candidatos, garantir que a iniciação fosse um desastre entregando instruções conflitantes para todos os seus convocados?

— E como eles já haviam convocado a classe deles na noite anterior, não estavam ocupados na noite passada — acrescentei. É claro! Bem, isso seria um alívio para Michelle. Não Blake, mas um problema totalmente novo. *Bem-vinda ao mundo das sociedades secretas, criança!* — Ao contrário

*Querido? Amorzinho? *Amante?* OK, OK, a confessora vai parar. Algum dia.

das outras sociedades do campus, eles podiam ter facilmente nos seguido por aí e pregado essa peça. Você acha que é isso?

— Acho que é uma possibilidade. — Poe consultou o menu. — E uma que está muito mais de acordo com os trotes padrão de sociedade do que ex-namorados perseguidores.

— Você está certo. Isso faz muito mais sentido. É ótimo ter você por perto para explicar esses costumes arcanos das sociedades secretas. — Sorri timidamente e, por baixo da mesa, passei a ponta do escarpim pela parte interna do pé dele.

— Você já quer pedir? — perguntou Jamie abruptamente.

Vi o garçom se aproximar da mesa. Escolhi o risoto; Jamie, o ravióli. Quando o garçom estava fora do alcance das nossas vozes, Jamie falou novamente.

— Então, tenho algumas... novidades.

— Novidades boas? — perguntei, e tomei um grande gole da minha taça de vinho. Hum, Prosecco. Queria que toda noite pudesse ser um encontro elegante com o homem que eu amava.

— Sim e não.

Coloquei a taça de volta sobre a toalha.

— Me ofereceram um emprego.

Balancei a cabeça.

— Você já tem um emprego. Você vai trabalhar para aquela firma este verão em Manhattan, aquela com o nome ridículo.

— Não um emprego de verão — disse Poe. — Um emprego de verdade. Um emprego em período integral.

— Você pode fazer isso enquanto ainda é um aluno em tempo integral? — perguntei.

— Não. — Jamie estava me observando muito atentamente.

— Mas... — Minha testa provavelmente tinha mais rugas do que um pug. — Você quer dizer, largar a Eli?

— Adiar meus estudos aqui, sim.

— Por quê? Que tipo de emprego é esse? — perguntei, perplexa.

Poe pigarreou.

— Essa é a parte sobre a qual não posso falar.

Pisquei para ele.

— Não pode falar?

— É.

— Com a *sua namorada?* — falei, e minha voz subiu algumas oitavas. — *Com a sua amiga cavaleira?*

— Com ninguém — replicou ele. — É um lance de autorização de segurança.

Ah. *Ah.*

Só que não.

— Não entendo. Você ia trabalhar para uma grande firma, recuperar o dinheiro investido na educação. Foi o que me disse no último outono. Agora de repente há algum tipo de emprego no governo sobre o qual eu não sabia nada? Um pelo qual você vai largar a faculdade?

Jamie estendeu a mão para mim.

— É complicado... uma longa história. Eu queria esse emprego ano passado, mas não sabia se iria conseguir. A Faculdade de Direito de Eli era meu plano B.

— Seu... — grasnei. — Seu plano B? — Lydia e Josh iriam se separar por causa da faculdade dos sonhos dela, e, para Jamie, Eli era pouco mais que um *plano B*? E então eu me lembrei o que ele tinha me dito logo depois das férias de primavera. *Faça tudo direitinho e ninguém jamais saberá que não era sua primeira opção.*

Só mais um de seus muitos segredos.

Ele notou meu rosto.

— Eu me expressei mal.

— Pode apostar que sim.

Jamie suspirou frustrado.

— Você precisa entender, sempre imaginei que Eli fosse a realidade. Essa era uma aposta alta, com poucas chances de dar certo. Eu não podia depender dela. Quero dizer, Kurt Gehry deveria me ajudar, mas...

— Mas você o sacaneou — completei. — Você perdeu o emprego de verão na Casa Branca e... o que quer que isso fosse. — Uma imagem começava a entrar em foco no meu cérebro. Aquele não era um emprego comum no governo, como meus amigos que faziam estágio no FBI ou na Agência de Segurança Nacional.

— Exatamente. — Jamie se recostou na cadeira. — Mas agora, com Gehry desacreditado, as coisas começaram a caminhar de novo.

— Entendo. — Bebi outro gole de vinho e joguei-o de um lado para o outro na boca, mas o gosto amargo que subia pela minha garganta não foi embora. — Você vai se tornar um espião?

— Amy...

— O quê? Ontem à noite mesmo você estava me dizendo que tinha dificuldade em guardar segredos de mim. E eu sou uma tonta. Não sou uma pessoa de grande influência. Não tenho influência nenhuma.

— Isso não é engraçado.

— Não era para ser mesmo.

Nossos pratos chegaram, deixando-nos aliviados. Pelos próximos cinco minutos, fiquei com a boca cheia de risoto e vinho, e refleti sobre o fato de que um restaurante elegante era uma droga de lugar para se dar notícias como aquela para a garota com quem tinha passado metade da noite transando de maneira incrivelmente carinhosa.

— Então, o que isso significa para nós? — perguntei lentamente.

Ele engoliu um pedaço de ravióli e falou:

— É sobre isso que eu queria conversar. Temos sido muito bons, até agora, em não conversar sobre o futuro.

— Porque não sabemos como será — falei. Enchi novamente a taça de vinho até a borda. Eu iria precisar. — Não sei onde eu estarei. E agora, bem, não sei onde você vai estar. O que há de diferente?

— A cronologia — disse Jamie. — Lá atrás não precisávamos tomar nenhuma decisão por um mês ou dois. Mas tenho provas na próxima semana, e então, se eu... conseguir, irei embora.

Eu me engasguei com vinho.

— Na próxima semana?

— E quando digo que vou embora não quero dizer que vou para a Inglaterra por algumas semanas e poderei ligar para você todas as noites. Não significa que vou me mudar para Boston ou Washington ou Palo Alto. Amy, eu vou sumir. — Jamie olhou dentro dos meus olhos. — Você entende o que estou dizendo?

É claro que eu entendia. Esses rumores eram tão correntes no campus da Eli quanto as lendas sobre a Rosa & Túmulo.

Alunos que desapareciam no meio das provas finais e nem davam as caras para a cerimônia de formatura. Não apareciam mais em nenhum lugar, até quarenta anos depois, quando voltavam para Eli para contar às antigas sociedades secretas ou grupos musicais sobre as décadas que passaram em Moscou, na Nicarágua ou no Irã. Não que eles pudessem contar muita coisa aos alunos que ouviam as histórias — assunto confidencial. Segredos de Estado. Você sabe como funciona.

Quantos figurões da CIA tinham sido da Rosa & Túmulo? Quantos alunos cujos nomes apareciam nos Livros Negros tinham sumido do planeta de repente? Tendo passado pela prova de fogo como Cavaleiros de Perséfone, quantos se prepararam para segredos ainda maiores?

— Então não vá — sussurrei. — Parece horrível. Deixar para trás todos que você ama... — *Ah, nossa. Esse é um novo recorde para você, Amy Haskel, tanto em velocidade quanto em grau de abandono. Uma noite com você e Jamie já está pronto para sumir.* — Quando você soube disso?

— Na noite passada — disse ele. — Depois que nós... eu recebi um e-mail em algum momento durante os preparativos para a Noite da Convocação. E então tive de me encontrar com eles hoje de manhã.

— Você não tinha um grupo de estudo — falei em voz alta, entendendo.

— Não.

Fiquei me perguntando se estávamos sendo observados ali mesmo, e por uma fração de segundo minha mente arquitetou vários planos desesperados para fazer com que retirassem a oferta feita a Poe, seja lá qual fosse.

1) A Abordagem Bombástica: Levantar e gritar "Este homem é um agente secreto do governo trabalhando para a NCS."
2) A Estratégia Entorpecente: "Mas, querido, você acha que isso é prudente, tendo em vista a sua dependência permanente e debilitante de heroína/crack/cocaína/metanfetamina?" (Observação: Encontrar rapidamente uma forma de colocar drogas no vinho.)
3) O Estratagema Madonna: "Mas e quanto ao nosso *bebê*?"

Infelizmente, nenhum desses iria alcançar o resultado desejado que era continuar meu relacionamento com Jamie. Nem sei se eu teria o poder de sacaneá-lo desse jeito. Somente alguém como Kurt Gehry poderia naufragar as chances de Jamie. Mas Gehry também não estava em posição de fazer mais nada, e já não estava havia vários meses.

Outro pensamento me ocorreu.

— Naquela noite, em janeiro, quando peguei você no mausoléu com todos aqueles arquivos antigos? O que você estava fazendo?

Ele hesitou antes de responder, sem me olhar no rosto nenhuma vez.

— O que eu tinha que fazer.

— E o que era isso? Contatar outros Coveiros que poderiam te ajudar?

— Mais ou menos.

Porque o que outros Coveiros — mesmo aqueles na CIA — poderiam fazer se Kurt Gehry tivesse embarreirado o requerimento de Jamie? Se ele fosse contratado, Gehry saberia, e ele *não* deixaria de fazer os culpados pagarem, da mesma forma como tinha feito Jamie pagar por ajudar a C177 na primavera anterior. Não, Gehry tinha que ser derrotado antes que houvesse qualquer movimento em relação ao meu namorado.

— Você foi o responsável — falei numa voz que era pouco mais que um sussurro. — O escândalo envolvendo Gehry, a renúncia dele.

Então Jamie ergueu os olhos para que encontrassem os meus.

— Sim.

— Você... — Minha garganta tinha ficado seca. — Como você...?

— Eu falo com empregados, Amy — disse ele. — Cozinheiras, arrumadeiras, mordomos, *jardineiros*. Eles são quem eu sou, e sempre foram os que sabem das sujeiras. Quando visitei Gehry para minha entrevista com a Casa Branca ano passado, falei com os empregados dele. E valeu a pena. Entrei em contato com alguns Coveiros que tinham os próprios ressentimentos contra Gehry, e eles assumiram a partir dali.

Olhei para ele sem conseguir acreditar.

— Você acha que eles me ofereceram esse emprego por causa da minha percepção para moda? — O brilho sardônico estava de volta aos olhos de Jamie. — Agora, dê o próximo passo. — O tom era frio, manipulador. Naquele momento ele era o Poe que tinha me colocado dentro do caixão. Aquele que tinha feito o papel de Ceifador. — Você sabe que é isso que quer.

O risoto começou a revirar em meu estômago e respirei fundo.

— Darren estava certo. Gehry *tinha* o direito de culpar a Rosa & Túmulo pela humilhação que sofreu. Mas não a C177. Não a mim.

— Não — disse Jamie. — O culpado era eu.

Caí contra o encosto da cadeira, sem fôlego e sem conseguir falar nada.

— Você está bem? — perguntou, e empurrou meu copo na minha direção. — Beba um pouco de água.

— Acho que já bebi *água* o suficiente — disparei. — Você sabe que toda aquela história de não conseguir guardar segredos de mim é besteira, não é?

— Bem, você sabe de todos agora. E eu tinha medo de lhe falar sobre isso. Muito mais medo do que tinha de dizer que amo você. Sabia que se contasse, que se você pensasse que era minha culpa o que aconteceu com você, iria me deixar.

— E não está com medo de que eu deixe você agora? — falei, muito mais duramente do que pretendia.

Jamie ficou quieto.

Na noite anterior, eu tinha dito a ele que também o amava. Não importava que série de eventos tivesse levado ao meu sequestro, Jamie não poderia saber. Não era culpa dele o fato de Darren ser um arrogante psicótico. Isso foi uma consequência acidental, e uma pela qual alguém que o amava como eu amava não poderia guardar ressentimentos. Durante todo esse tempo, achei que a culpa que Jamie sentia em relação ao Darren era a mesma que todos os meus amigos sentiam: ele não estava lá quando Darren me encontrou. Mas ia além disso.

— Não tenho medo — disse ele com tristeza. — Sei que isso vai acontecer. Não por causa de Gehry. Mas porque vou aceitar o emprego.

— Não!

— Amy, o que você imagina para nós? — disse ele. — Finja que não sou eu. Finja que é Lydia. Ela está com Josh há meses e meses, e você ainda a está encorajando a não tomar decisões importantes baseada no namorado. Eu não iria querer que você tomasse decisões pensando em mim, e não posso tomar decisões pensando em você também.

Mordi o lábio e meus olhos começaram a arder. Era verdade. Cada palavra.

Ele suspirou.

— Odeio dizer isso.

E eu odiava admitir que ele estava certo.

— Mas isso não é como Lydia e Josh — falei, sem conseguir evitar soluçar. — Eles ainda vão tentar fazer dar certo, a distância.

— Eles também estão juntos há nove meses. Nós estamos há apenas um.

Olhei para o risoto, agora nadando em um mar de toalha de mesa e luz de vela. Meus olhos estavam cheios d'água e me senti aliviada por não estarmos num dos lugares que costumávamos frequentar em Eli — um restaurante tailandês ou pizzaria logo na esquina, onde todos que eu conhecia poderiam me ver chorar sobre a comida. Jamie pelo menos tinha me concedido isso.

— Amy? — Ele estendeu a mão por cima da mesa para cobrir a minha. — Se eu soubesse... se sinceramente soubesse que tinha alguma chance de conseguir esse emprego, não teria deixado que as coisas entre nós...

— Mas você também não achava que tinha chance comigo — falei, e respirei fundo, estremecendo.

Eu sabia que aquilo iria acontecer, e mais cedo do que pensávamos. Jamie e eu não tínhamos mesmo um futuro possível. Não quando eu estava prestes a deixar New Haven. Mas havia uma grande diferença entre a expectativa de eu ir embora em um mês e ele ir embora... quando? Em uma semana? Alguns dias? E desaparecer como um fantasma?

Eu estava certa na noite anterior. A maturidade era uma droga. Mas era a única escolha racional. Se eu o amava como dizia, quem era eu para impedir o sonho dele? Quem era eu, mesmo se estivéssemos juntos há meses? Dar forma à ambição, segurá-la na palma da mão... não era isso que eu desejava? E ali estava a de Jamie, linda e brilhante, e o único sacrifício exigido era aquele que nós já estávamos planejando, de qualquer forma.

Então era isso. Mais simples até do que convocar Topher, quando se parava para pensar direito. E não iria nem magoar. Não de verdade. Não como magoaria se deixássemos que se arrastasse até a formatura e depois, deixar que tudo ficasse feio e triste, como os relacionamentos a distância — não importava em que eu tinha feito Lydia acreditar — se tornam inevitavelmente. Se nos separássemos agora, de maneira respeitosa, madura, como adultos que perceberam que o mundo era muito mais do que nosso quarto, poderia ser fácil.

Mais fácil, pelo menos. Poderíamos continuar amigos. Irmãos de sociedade. Poderíamos nos lembrar um do outro com carinho, de qualquer maneira.

Então por que essa dor terrível e profunda no meu peito?

— Não importa qual de nós dois acabasse indo embora primeiro, esse relacionamento sempre teve os dias contados. Então por que a gente se deu o trabalho? — falei com amargura.

Os olhos dele pareciam prateados e brilhantes, mas, até onde eu sabia, era apenas uma ilusão causada pela luz das velas.

— Sei por que eu me dei o trabalho.

Eu também sabia. Mas também conhecia minha capacidade de cometer erros.

Por meio desta, eu confesso:
O segredo para sobreviver a um coração partido é encontrar dramas mais prementes.

12.

Perdidos

Adoraria dizer que Jamie e eu aproveitamos ao máximo o tempo que ainda tínhamos juntos, mas não é o caso. Nós nem passamos a noite juntos depois do jantar. Afinal, eu tinha uma monografia para terminar, dever de casa para fazer, uma iniciação para planejar. Jamie tinha que se preparar para as provas finais. Não sei nem por que ele planejava gastar tempo com aquilo, uma vez que o afastamento da Eli seria por tempo indefinido — mas Jamie era o tipo de cara que gostava de terminar o que começava. Normalmente.

Então imagine minha surpresa quando fui ao apartamento dele no dia seguinte, em resposta a uma mensagem que ele havia deixado no meu telefone sobre um intervalo nos estudos, e encontrei... nada.

Está bem, não foi nada. A porta estava encostada, mas aberta, o sofá ainda estava lá, e a gaiola da Ricochete, pousada no canto com o seguinte bilhete preso ao vidro:

Amy,

Achei que você iria querer ficar com Ricochete. Dei Voldemort para um amigo meu da Escola Florestal, Ray Velasquez, que gostaria muito de ficar com a Ricochete se você não quiser. Ele prometeu que não vai dá-la de comida para o Voldie.

Eu amo você.

Pijama.

P.S. A máquina de waffles é sua também.

Quando Jenny chegou com o carro, me encontrou toda encolhida na varanda, com a gaiola e a máquina de waffle aos pés, segurando o bilhete na mão e chorando copiosamente.

— Fico feliz que você tenha ligado — disse ela, parando ao meu lado com as mãos nos quadris. — Você precisa de mais do que uma carona. — Ela se sentou ao meu lado e pegou um pacote de balas. — Balas Life Savers?

Isso só me fez chorar ainda mais.

— Ah, vamos lá, Amy — disse ela. — Não pode deixar isso atingi-la. Lembra como você me ajudou com relação ao Micah no último outono?

— Jamie não é Micah Price — sibilei em meio às lágrimas.

— Ah, não? — perguntou Jenny. — Bem, eu amava Micah, e ele era um imbecil, e todos os outros já sabiam disso.

— Não é a mesma coisa.

— Explique por que não.

Ah, meu Deus, por onde começar? Micah tinha sido o cara que cuspiu no meu rosto, e Jamie era o cara que o tinha socado por causa disso?

— Porque Micah não amava você. Porque Jamie não é um imbecil. Porque Micah fez você mudar, e a verdade é que Jamie mudou *por* mim. Sei que às vezes ele pode parecer duro ou cruel ou...

— Manipulador? — sugeriu Jenny. — Enganador?

— Só quando é por uma boa causa! — Todos têm seus defeitos. Além disso, para os Coveiros, características como aquelas eram vistas como virtudes. — Olha, sei que você não gosta dele. Mas, por favor, pare de dizer que nosso relacionamento era ruim.

— Está bem — disse Jenny. — E acho que posso admitir que ele era legal. Quero dizer, ele gostava de animais pequenos. E ensinou você a nadar.

— E leu a Bíblia.

— Ele é episcopal — zombou Jenny.

— O quê? Eles são como os católicos; só que sem papa.

Jenny só revirou os olhos.

Eu suspirei.

— Bem, eu o amo, e ele se foi. E embora eu tenha tomado a decisão mais madura, racional e adulta que podia, ainda dói pra caramba.

— Disso eu entendo — disse Jenny, e entrelaçou as mãos sobre o colo.

Eu funguei.

— Como assim?

Ela respirou fundo.

— Harun.

— Ah — falei, com cuidado para evitar qualquer tom de *Eu sabia.*

— Não estamos juntos, Amy, não importa o que vocês todos pensem. Não poderemos nunca ficar juntos. Existem muitas questões. Religião, por exemplo. Quero dizer, pelo que sei, de acordo com o Alcorão uma mulher cristã está OK ou coisa parecida, mas isso não quer dizer que o oposto se aplica a mim. E a mãe dele, ao que parece, iria surtar se me visse, o que não é nada comparado ao que o meu pai faria se eu levasse Harun em casa.

Ela com certeza já havia pensado muito a respeito.

— E também tem a Rosa & Túmulo. Temos essa ligação que existe além de qualquer outra coisa, e que não acaba quando nos formarmos. Estamos nesta sociedade para sempre. Então não vale a pena a não ser que a gente planeje ir até o fim. E talvez nem assim, quando se considera todos os outros obstáculos.

— Jenny, por que você não falou com a gente sobre isso?

Ela deu de ombros.

— E aguentar ainda mais provocações? Mais conversinhas sobre "incesto de sociedade"? Não, obrigada. Não sei como você lidou com isso esse tempo todo.

— Geralmente eu nem notava — falei.

— Sério? Desde que você começou a namorar o Jamie, tem sido terrível.

Ergui as sobrancelhas. *Terrível?* Então eu não tinha notado *mesmo*.

— Harun e eu conversamos sobre a situação. Chegamos a uma decisão. Era só do que precisávamos.

— E qual foi sua decisão?

— Que o amor existe sob as mais variadas formas, e que é limitador e sem imaginação e... imaturo supor que a única maneira através da qual um homem e uma mulher podem se amar é no sentido romântico.

Lá estava aquela palavra de novo. *Maturidade.* Será que maturidade era isso? Desistir das coisas que queríamos porque sabíamos que nunca as conseguiríamos?

— Quero o melhor para ele em sua vida, e se puder ajudá-lo, vou ajudar. Eu o amo, mas sem expectativas, sem sentimento de posse.

As lágrimas começaram a se acumular em meus olhos de novo.

— É isso — falei. — É exatamente isso.

Jenny me abraçou.

— Existe até uma expressão para isso: "ágape". É um amor sagrado, terno, e está separado do desejo.

— Mas e se você quiser todos os tipos de amor? — perguntei, soluçando.

— É mais fácil falar do que fazer — prosseguiu Jenny. — Quero estar com ele o tempo todo. Quando acontece alguma coisa ruim, é para ele que quero correr. Quando acontece alguma coisa boa, é para ele que quero contar primeiro. Por exemplo, depois que eu convencê-la a vir trabalhar para mim, vou ligar para ele para contar sobre a habilidade arrasadora que tenho de contratar as pessoas.

Dei um sorrisinho e me afastei um pouco.

— Não é que eu não esteja grata pela oferta, Jenny...

— Ah, então sou boa o bastante para ser seu serviço de táxi, mas não para ser sua chefe?

— Isso, e é exatamente dessa forma que eu ia colocar as coisas — respondi, sorrindo. Dobrei o bilhete de Jamie e guardei-o na bolsa. — Vamos sair daqui?

— Claro. Tenho que entregar algumas dessas cartas de alteração no caminho para casa. — Como resultado da experiência das flores mortas de Michelle, estávamos enviando instruções modificadas para neutralizar qualquer possível sabotagem da Cabeça de Dragão.

Peguei a gaiola de Ricochete.

— Você pode levar a máquina de waffles?

— Vai mesmo levar essa coisa? — perguntou Jenny.

— Vou. O que mais tenho para me lembrar dele?

Lydia, devo dizer, não gostou muito da nossa nova colega de suíte roedora.

— Você sabe que as pessoas pagam para retirarem essas coisas de suas residências, certo, Amy? — perguntou ela, olhando com medo para a ratinha branca, que agora tinha um lugar de honra na nossa estante. (Ainda não sabia direito onde iríamos colocar o micro-ondas, mas como nos mudaríamos da suíte dentro de um mês, imagino que isso não tenha muita importância.)

— Também as dão de comida para as cobras — repliquei.

— Que ótima ideia! Onde eu consigo outra criatura para colocar em meu dormitório? — Ela bateu as mãos. — O que vem depois nesse zoológico? Um furão? Um bode?

Girei a roda de hamster e encaixei a tampa na gaiola. Ricochete parecia ter sobrevivido à mudança, embora estivesse toda encolhida num ninho de lascas de cedro, tremendo. Sabia como o pobre bichinho estava se sentindo.

— Mais nenhum — prometi a Lydia —, mas se prepare. Preciso que tome conta dela por um ou dois dias.

— O quê?

— Sabe aquilo que tem mantido Josh muito ocupado recentemente?

— A dissertação dele?

— Claro — falei, bufando. — A mesma dissertação que eu tenho que fazer — continuei, tentando me fazer entender.

Lydia balançou a cabeça.

— Por que vocês ainda se preocupam em inventar essas mentiras?

Sinceramente? Não fazia ideia.

— Está bem — disse ela, resignada. — Vou dar comida para seu rato estúpido.

— Camundongo.

— Criatura do esgoto, portador de praga, tanto faz. — Ela deu um tapinha na gaiola. — Bem, provavelmente é melhor que eu passe algum tempo sozinha para pensar este fim de semana.

Inclinei a cabeça na direção dela.

— Faculdade de Direito, Ames. Preciso escolher.

— Pensei que você já tivesse decidido.

— É, bem... — Lydia arqueou os ombros. — Ainda não. Agora que Josh sabe, fica me enchendo o saco falando sobre abnegação. Fui conversar com alguns professores da Faculdade de Direito outro dia e estou toda confusa.

— Você quer falar sobre isso? — perguntei.

— Não — disse ela. — Tenho falado muito sobre isso. Conversei com você, com Josh, com os professores, meus orientadores, meus pais. Minha carta para aquela coluna de aconselhamento do jornal deve ser publicada qualquer dia desses.

— Espero que esteja brincando.

Ela virou para mim.

— Só estou dizendo que já recebi todos os conselhos possíveis. Estou precisando agora é falar um pouco comigo mesma. Talvez seja bom vocês dois estarem incomunicáveis este fim de semana. Vou tirar as outras vozes da minha cabeça e só... eu não sei. Encontrar uma solução.

Peguei as mãos dela.

— Sabe qual é o verdadeiro problema?

— Me ilumine.

— Não importa o que decidir, você não vai estar *comigo* no ano que vem.

A risada dela pareceu mais um grito.

— Eu sei. Não tenho ideia de como vamos sobreviver. Quem vai fazer a Noite da Jujuba comigo?

— Quem vai sujar nossa suíte de penas e hambúrguer cru? — perguntei.

— Quem vai bater na parede quando meu namorado e eu estivermos fazendo muito barulho?

— Quem vai se preocupar que um dia eu arrume um namorado?

Lydia mordeu o lábio em contrição.

— Isso me faz lembrar de uma coisa. Ligaram para você quando estava fora.

— Jamie? — perguntei, cheia de esperança.

— Não — disse Lydia. — Brandon.

Brandon e eu nos encontramos em nosso café preferido. Ele estava esperando por mim com meu pedido de sempre, moca gelado com chantilly e cobertura de raspas de chocolate.

— Você lembrou — falei quando ele me estendeu a bebida.

— É claro. — Brandon sorriu, e seus olhos de chocolate derretido viram através de mim, como sempre. — Quer se sentar ou caminhar?

— Caminhar, eu acho. Não consigo me cansar de olhar para o campus esses dias.

— Nem eu. — Saímos para o sol de final de abril e começamos a andar pela rua, tomando as bebidas e apreciando a interação das novas folhas molhadas com a arquitetura gótica antiga. — Você se lembra da primeira vez que viu este lugar?

Eu me lembrava. Tinha feito uma visita pela faculdade com meus pais e estava absolutamente perplexa com os prédios, com os grupos de alunos citando Shakespeare e jogando *frisbee*. Era uma figura de cartão-postal da vida universitária americana e eu queria fazer parte de tudo aquilo.

— É difícil acreditar que estamos indo embora — disse ele. Passamos pelo Old Campus e começamos a descer por um dos caminhos que seguiam pelo gramado. — Sempre achei que ficaria mais tempo aqui.

— Mas é fácil de visitar — falei. — Se ficar em Nova York.

— É — resmungou ele. — Não é a mesma coisa.

— Não — concordei.

Achamos um banco relativamente seco e nos sentamos, olhando para o campus.

— Fiquei feliz por você ter ligado — disse a ele. — Não queria que as coisas terminassem do jeito que terminaram entre nós.

— Também não. E sinto que lhe devo uma explicação sobre Felicity.

Entretive-me com o moca. No salão da igreja ali perto, o coro russo estava fazendo exercícios de aquecimento, as vozes em harmonia flutuavam pela brisa primaveril. Chutei as folhas sob meus pés. Talvez Brandon estivesse esperando uma resposta, mas eu não iria dar uma. Os Coveiros tinham me ensinado o poder do silêncio.

Brandon cedeu primeiro. *Cuidado, Jamie, eu serei a próxima a me tornar espiã.*

— Quando descobri que ela estava na Cabeça de Dragão, pensei que toda a minha hesitação, toda distância que eu mantinha dela tinha sido justificada. Afinal, eu já tinha sofrido por culpa sua e da Rosa & Túmulo na primavera passada. Você devia ser minha namorada, mas quando alguma coisa ruim aconteceu, para quem contou? Para algumas pessoas que só conhecia havia poucos dias, pessoas que usavam fantasias idiotas. Não para mim. Achei que tivesse aprendido a lição depois disso. Não se envolva com garotas de sociedade, sabe? Elas vão sempre colocar a irmandade em primeiro lugar.

Continuei quieta. Não havia o que negar. Eu não só tinha escolhido a sociedade em vez de Brandon, mas também tinha preferido ficar com George, meu irmão Coveiro, do que com ele.

— Mas então... ela me surpreendeu. Admitiu que estava por trás daqueles ataques a você, confessou como se eu fosse um padre ou algo assim. É isso que eles ensinam a vocês?

— Não posso te dizer — recitei.

— Não importa. De qualquer forma, ela me disse que pararia com aquela coisa toda se eu quisesse. Ela me disse que faria o que fosse preciso, que eu era a coisa mais importante para ela...

— Pare — sussurrei, atingida pelo peso do sacrifício que veio com o triunfo de Felicity.

Se a Cabeça de Dragão tivesse alguma coisa a ver com a Rosa & Túmulo, ela teria perdido grande poder dentro da própria sociedade ao priorizar assuntos bárbaros a eles. E, mais do que isso, ela havia feito isso por algo tão inconsistente quanto o amor. Não tinha me deixado ver isso em fevereiro, mas foi a única a fazer a escolha que nenhum de nós foi capaz de fazer. Nem Jamie nem eu; nem Lydia nem Josh; nem Harun nem Jenny. Para Felicity, o amor por si só conquistava tudo.

Ainda assim Felicity, como o restante de nós, tinha ficado sozinha.

Não é de espantar que ela tivesse me chamado de vaca na loja do Signo do Unicórnio. Eu era a cínica, a que queria medir o amor através de um cartão de pontuação. Será que ela havia interpretado o fato de eu perguntar por Brandon como esfregar sal na ferida? Eu tinha pretendido magoá-la, lembrando que ela havia conseguido segurar Brandon com suborno e chantagem. Mas, e se tudo o que eu tinha feito era lembrá-la de que seus esforços tinham sido em vão?

— Sim — disse ele. — Passamos juntos as férias de primavera e foi lindo. Fomos até Golden Isles, ficamos em uma pensão assombrada em Savannah, conhecemos o Sul. Foi como o último verão em Hong Kong. Mas assim que voltamos para o campus, percebemos que era de faz de conta. O que tinha se quebrado entre nós em fevereiro... não foi o que Felicity tinha feito. Foi o que eu fiz.

— Ela largou você.

— É. — Ele estava olhando para o café.

— Sinto muito, Brandon.

— Talvez estivesse fadado desde o início — disse ele. — É por isso que trabalhamos nas férias, mas não no mundo real. — Ele me olhou de soslaio. — Soube que ficou com alguém durante as férias de primavera.

— Fiquei. — Um gole de moca e a resolução firme de não irromper em lágrimas.

— Está dando certo?

— Não. — Resolução firme. Resolução firme.

— Achei que não.

Nossa. Embora eu ache que merecia isso. Afinal, a garota que Brandon conheceu tinha pavor da ideia de se comprometer.

— Estou começando a achar que todo o sistema é falho — prosseguiu. — Namorados e namoradas. Você estava certa o tempo todo.

O quê? Eu me virei para ele, certa de que estava brincando, mas a expressão de Brandon era séria, o rosto refletia apenas amargura.

— É a desigualdade implícita. Alguém é sempre aquele que ama mais, e isso eventualmente afasta o outro, o menos amado. Só a pressão disso tudo.

— Estou vendo que tem lido Auden.

— Hã? — disse ele, franzindo a sobrancelha. — Ah, claro. "Se afeição recíproca não pode haver, o mais apaixonado eu hei de ser." — Ele tomou outro gole de café, depois fez uma careta. — Não sei se W.H. estava certo sobre isso. Já fui os dois. E prefiro culpa à humilhação.

Engoli com alguma dificuldade. Quem era aquele cara? Não era o Brandon que eu conheci no terceiro ano. Era eu;

eu é que tinha feito isso com ele. Felicity estava certa em me culpar. Brandon tinha me amado sem reservas, sem medo, e eu tinha partido o coração dele. Partido de um jeito que não permitiu que ele deixasse Felicity entrar, não importa quanto ela tenha tentado. Brandon, por sua vez, tinha partido o coração dela. Será que isso era algum tipo de corrente interminável?

— Não — eu disse suavemente. — Não tem que ser desse jeito.

— Não acredito nisso — falou Brandon. — Não mais.

Eu me curvei sobre a bebida. Brandon podia dizer que preferia a culpa, mas ele não teve nenhum remorso em jogá-la para cima de mim.

— Que papel você interpretou com aquele cara das férias de primavera? — perguntou ele abruptamente.

Eu me endireitei.

— Não tenho ideia. Não foi o que aconteceu. — Às vezes você encontra alguém que quebra o padrão, que se insinua pelas frestas do seu coração, veda tudo, se sela do lado de dentro e fica por lá. Às vezes fazem isso insistindo que você esteja com eles a cada passo, como Jamie tinha feito comigo. Às vezes fazem isso sem sequer saber, como eu tinha feito com Jamie muito tempo antes.

Mas como eu poderia explicar isso para Brandon? Ele tinha pedido de mim as mesmas coisas que Jamie. Ele tinha sido igualmente sincero com relação aos próprios sentimentos — até mais. E, ainda assim, eu não o havia amado. Eu amava Jamie. Não tinha sido culpa do método de Brandon. Vá atrás de uma garota que possa amá-lo daquele jeito, e deve dar certo. Será que eu havia arruinado essa possibilidade?

Será que o havia destruído para futuras garotas, da mesma forma que para Felicity?

Não, eu percebi. Aquela hipotética garota apaixonada viria, e Brandon iria esquecer a amargura. Esqueceria o que eu tinha feito, e só pensaria nela, como naquele momento eu só conseguia pensar em Jamie.

— Sério? — perguntou Brandon. — Você vai me perdoar se eu achar difícil de acreditar?

É claro que ele achava. Afinal de contas, era eu. E explicar o que acontecera, dizer a ele que Jamie e eu nos amávamos, mas que tínhamos escolhido uma aspiração certa em vez de futuros incertos... Bem, isso não soaria como dificuldade de assumir um compromisso disfarçada? Era mais do que o enigma de Josh e Lydia. Escolher a vida que escolhera significava que Jamie teria que abrir mão de mim. Abrir mão de tudo.

— Eu perdoo você. — Olhei para ele. — Se você me perdoar.

Brandon não disse nada.

Dei um risinho para ele.

— Ainda não, né?

— Ainda não. — Ele não me olhou nos olhos. — Não quando você pode se sentar aí e agir como se estivesse apaixonada.

— Por todo o bem que isso está me fazendo.

Ele deu um risinho de escárnio e olhou em direção à quadra. O que quer que Brandon estivesse esperando daquela conversa, não tinha acontecido. Para falar a verdade, eu provavelmente tinha piorado as coisas.

Sinto muito por ter partido seu coração, Brandon. Sinto muito que você não tenha sido o amor da minha vida, e que a gente tenha se magoado dessa maneira. Mas você vai ficar bem. Melhor até. Você vai conhecer alguém na Universidade de Nova York. Ela vai ser bonita, inteligente, divertida, e vai amá-lo além de toda a razão, e mais, você vai amá-la também. Eu prometo.

Mas eu não consegui dizer isso para ele, então só fiquei observando com Brandon os alunos na grama.

E foi quando eu o vi. Mesmo do outro lado da quadra, seus olhos queimavam como raios laser. E aqueles raios estavam direcionados para mim. Blake Varnham.

Há quanto tempo ele estava ali, olhando?

— Brandon, está vendo aquele cara?

Ele levou menos de um segundo para achá-lo.

— Aquele do refeitório?

— É.

— Que cara esquisito. — Ele sorriu e, por um segundo, eu vi um lampejo do velho Brandon. — Vamos acenar para ele.

Nós acenamos. Blake colocou as mãos nos bolsos, mas não deixou de olhar.

— OK — disse Brandon. — Agora ele está me irritando.

— Está me irritando também. — Do outro lado do gramado, alguém chamou o nome de Blake, e ele finalmente desviou a atenção de nós dois quando o recém-chegado o encontrou na calçada. Ele estava de costas para nós. Eles conversaram, e então Blake apontou em nossa direção. O recém-chegado se virou para seguir o dedo de Blake, e seu rosto foi ao chão quando nossos olhos se encontraram.

Topher Cox.

— Leia! — sibilei para o neófito por baixo da máscara de rosas. O clamor se ergueu à minha volta, cavaleiros e patriarcas gritando e batendo panelas de cobre enquanto giravam em um círculo ao nosso redor.

— Leia! — ecoaram eles com as melhores vozes assustadoras. — Leia!

O neófito abaixou a cabeça e olhou o pergaminho.

— *Eu, Christopher Lionel Cox, Bárbaro-Assim-Chamado, juro solenemente e declaro meu amor e afeição, lealdade eterna e fidelidade sem fim. Pela Chama da Vida e pela Sombra da Morte, juro ser absolutamente fiel aos princípios dessa antiga ordem, favorecer seus amigos e me comprometer com seus inimigos, e colocar acima de todas as outras as causas da Ordem da Rosa & Túmulo.*

Todos demos vivas. Quatro cavaleiros o agarraram, levantaram-no sobre as cabeças e desfilaram em volta da sala, gritando como demônios.

A Noite da Iniciação estava a todo vapor. Eu tinha pensado que o evento fosse um redemoinho de vento quando era uma neófita, mas não era nada se comparado ao turbilhão de fazer o show acontecer. Estávamos todos trabalhando sem parar desde o amanhecer, para ter certeza de que tudo estava pronto, organizando um chá de ex-alunos para receber os patriarcas, informá-los sobre os convocados que entrariam para a congregação, e assegurar que tivessem entendido seus papéis. Até Lionel Drake compareceu, como um avô orgulhoso, embora tivesse nos informado que, lamentavelmente, seu problema na perna o impediria de participar da convocação naquela noite.

O velho George Prescott também compareceu, assim como Malcolm, e mais de uma dúzia de outros patriarcas, então tínhamos um elenco de bom tamanho, embora tanto Odile quanto Demetria tenham reclamado de que não havia mulheres suficientes para os papéis distribuídos.

Topher foi carregado em volta da sala mais duas vezes, depois colocado em frente ao pai de George, que estava vestido como Dom Quixote, numa armadura enferrujada, com longos bigodes de cor cinza. Ele segurava uma grande espada apontada para o coração de Topher, depois bateu forte com ela bem no ombro dele.

— Deste momento em diante, você não é mais o Bárbaro-Assim-Chamado Christopher Lionel Cox. Por ordem da nossa Ordem, eu o nomeio Achiles, Cavaleiro de Perséfone, Ordem da Rosa & Túmulo.*

Bem, então era isso. Agora ele era um Coveiro. Talvez conseguíssemos convencê-lo a deixar de andar com amigos nojentos como Blake Varnham. Depois que eu os havia visto juntos na quadra no dia anterior, fiz uma pequena investigação por conta própria. Topher e Blake tinham estudado juntos no ensino médio. Não era de espantar que Topher tivesse reconhecido Michelle na festa e não era de espantar também que Michelle não tivesse demonstrado nenhum interesse em falar com ele! Eu esperava que, agora que estavam para se tornar irmãos de sociedade, pudessem deixar tudo para trás, assim como fiz quando Clarissa e eu entramos para a Rosa & Túmulo.

---

*A confessora tinha escolhido "Bateman", mas foi voto vencido. Aparentemente, Lionel ficaria imensamente feliz se o neto seguisse seus passos. Ah, bem. Era apropriado. Garoto mimado podre de rico que se achava o máximo e precisava constantemente que mais membros nobres da família lhe fizessem concessões? Claro.

Topher foi levado para fora, e eu tirei a máscara e a entreguei a Little Demon.

— Está indo tudo bem? — perguntei, levantando o capuz da minha túnica.

— Como um relógio demoníaco — replicou ela, colocando a máscara sobre as famosas feições. — Tivemos um probleminha com o sexto andar do inferno há cerca de 15 minutos. Uma das tumbas flamejantes pegou fogo de verdade. Danificou a parede, mas ninguém se feriu.

— Quem era o herege do lado de dentro? — perguntei. De acordo com Dante, o sexto andar do inferno abrigava hereges em caixões de fogo.

Little Demon deu de ombros.

— Não consigo saber quem são todos os patriarcas, principalmente quando estão fantasiados.

— Verdade. — Coloquei o cabelo para dentro da túnica. — Vou interpretar Beatriz.

Beatriz era o passo final no caminho do iniciado antes de ele alcançar o Templo Interior — nosso "paraíso". Na *Divina Comédia*, ela faz Dante beber do rio do esquecimento. Para todos os propósitos, os iniciados eram instruídos a beber "sangue" de um crânio humano adaptado para uma taça cerimonial — um evento que eu queria poder esquecer.

O próximo neófito ainda ia chegar, então decidi dar uma volta rápida pelo mausoléu para me deleitar com a iniciação em todo o seu caos e brilho. Com dois convocados para supervisionar, eu mal tinha tido a chance de observar os procedimentos como um todo.

O que me fazia lembrar, onde estava Michelle? Se tudo saísse de acordo com o planejado, ela deveria estar entrando no nono andar do inferno, que era protegido por nossos participantes mais altos, vestidos de anjos caídos. Naquele momento, eram Big Demon e um dos patriarcas mais velhos. No andar térreo, Angel e Lucky esvoaçavam em volumosos trajes de organza que pareciam acesos por dentro, graças a vários bastõezinhos luminosos cuidadosamente arrumados. Fios de fumaça flutuavam saindo da Sala do Vaga-Lume, e a escada da cozinha (assim como a entrada secreta para a abóbada cilíndrica) tinha sido transformada numa rampa deslizante para dar a ideia da descida de Dante dos Penhascos de Malebolge nas costas do monstro alado Gerião. Outros patriarcas, usando túnicas, guiavam neófitos de olhos vendados para cima e para baixo das escadas entre essas duas áreas. No patamar, Puck e Lancelot, vestidos de demônios menores, estavam conduzindo a convocada de Juno, Brianna, até uma queda para testar sua confiança, do patamar até o chão, onde outros patriarcas esperavam para pegá-la com um cobertor.

Estremeci, me lembrando de meu próprio pavor durante a iniciação. Poe não tinha se contido nem um pouco em seus esforços para assustar os convocados: no correr da noite, eu tinha sido ameaçada de sufocação, envenenamento, afogamento e — não vamos esquecer — estupro. Ele tinha inventado uma história maluca sobre uma prostituta à disposição no mausoléu chamada de “a Puta dos Coveiros” antes de me empurrarem do alto até cair na pilha de cobertores. Quando os outros caras me pegaram, eu tinha certeza de que estava sendo atacada.

Quase ri alto. Para quem estava do outro lado, nada daquilo tinha o mesmo senso de ameaça que eu havia imaginado como neófita. Pude entender o desejo de Poe de tornar as coisas mais emocionantes, de levar tudo a um nível além de uma casa de horrores padrão. *Poe*. Respirei fundo. O que eu estava fazendo? Claro, procurando Michelle.

Eu a vi então, seguindo vendada para uma sala no terceiro andar, sendo levada pela mão por um patriarca usando uma túnica púrpura brilhante. Com várias de nossas túnicas estragadas pela chuva da Noite da Convocação (e, hum, outras atividades) e o grande número de patriarcas presentes na iniciação, raspamos o fundo do baú para arrumar fantasias para todos.

— Ei, Bugaboo — Puck me chamou e apontou para Brianna. — É a sua vez.

— É Beatriz para você — falei piscando os olhos e corri para encontrar a neófita na base da escada.

— Eis que a vejo diante de mim, Neófita? — parafraseei para Brianna. — Não sou outra senão Beatriz. Passando por muitas provações chegaste a esta montanha, onde todos os homens — e mulheres — encontram a felicidade.

— Ótimo! — disse Brianna, com um suspiro de alívio. — Achei que isso nunca fosse acabar.

— Impaciência, Neófita, não irá adiantar de nada esta noite — prossegui. — Ainda há alguns testes, antes que possas conhecer nossos mais sagrados segredos.

Conduzi Brianna para o próximo passo da iniciação, levando-a de volta para o alto da escada, depois observei enquanto ela bebia do crânio e a guiei até o Templo Interior para o final da cerimônia.

Dever cumprido, desci novamente a escada para dar uma olhada na sequência das comemorações que se formava na

Grande Biblioteca. Mais da metade de nossos convocados já tinha concluído a iniciação, e eles estavam conhecendo uns aos outros entre taças de ponche e sob os olhares de alguns dos patriarcas mais velhos (leia-se: que já não queriam mais usar fantasias). Enquanto observava, Topher — perdão, Achiles, C 178 — foi cumprimentar o avô.

Bom. Ainda tínhamos mais cinco convocados para iniciar, e então os cavaleiros da C177 se reuniriam uma última vez no Templo Interior para homenagear Perséfone e irmos embora. Então nos reuniríamos com os novos iniciados na Grande Biblioteca, e a festa iria começar de verdade.

Depois disso, fiz o papel de Beatriz para Paul Raymond, o convocado de Jenny. Pobre rapaz, ele também tinha herdado o nome de sociedade Lucky. Embora soasse fofinho para ela, quando se tratava de um rapaz, me fazia pensar em um trabalhador agrícola do musical *Oklahoma!* Voltei lá para baixo para esperar pelo próximo neófito.

Alcancei o último degrau quando um grito rasgou o ar. Um grito *fora do script*. Todos pararam no meio da confusão e viraram os rostos para cima, em direção ao terceiro andar, onde uma porta se abriu com um estrondo e o patriarca com túnica púrpura saiu com alguém preso se debatendo em seus braços. Michelle.

— Me solta, seu psicopata! — gritou ela, e ele apertou o braço em volta do pescoço dela. Michelle bateu com os dois braços e arrancou o capuz do rosto dele.

Não era nenhum patriarca. Era Blake Varnham.

Por um momento, todos ficaram congelados. Os neófitos pareciam não saber se aquilo fazia parte ou não da encenação, e alguns dos patriarcas também pareciam confusos.

Meus colegas cavaleiros estavam em choque. Como aquele bárbaro tinha invadido nosso mausoléu? Há quanto tempo ele estava ali?

— Pare, Shelly — disse Blake com a voz mais calma possível. — Não me faça... não me faça... — Eu vi o brilho de uma faca na mão dele. Michelle arregalou os olhos e o corpo dela ficou mole nos braços de Blake. Ele apontou a faca para o rosto dela e a puxou para mais perto, mas, antes mesmo que eu ficasse sem ar, vi que a faca não estava apontada para Michelle, e sim para o próprio peito dele.

Os olhos de Michelle estavam mais do que arregalados naquele momento, a atenção dela toda voltada para a faca a centímetros do rosto.

— Meu Deus, olha o que você me obriga a fazer — prosseguiu ele. — Só estou tentando salvá-la dessas pessoas. Você não sabe como eles são?

— Blake, por favor, por favor... — gritou Michelle. Vi alguns patriarcas se aproximarem deles.

Blake se virou e disse:

— Cheguem um pouco mais perto e eu enfio essa faca no meu peito. — Ele olhou para Michelle. — Olha só, eles estão me ameaçando, querida. Você está vendo, não é?

— Blake, por favor...

— Shelly, você acha que eu quero isso? Mas o que posso fazer? Não posso deixar que façam de você a puta deles. Não poderia sobreviver a isso. Prefiro vê-la morta. Prefiro morrer. — Ele lançou mais um olhar de advertência para os patriarcas a postos no andar de cima.

Puck pulou em cima dele.

A faca caiu pela escada fazendo barulho, quicou no patamar, depois mergulhou em direção às pedras aos meus pés. Vi Michelle caindo dos braços de Blake, e uma luta rápida, uma onda de tecido púrpura brilhante, então Puck e Blake se lançaram em direção à escada.

Pareceu uma queda interminável até, finalmente, chegarem ao fim.

— George! — gritei.

Ele estava por cima, num ângulo impossível, o rosto contorcido de dor, mexendo-se fracamente. O mausoléu parecia ter voltado à vida, mas quando os gritos começaram, não foram direcionados ao meu ex-amante, meu amigo, meu irmão de sociedade.

Michelle se inclinou sobre o patamar da escada, o rosto pálido, a boca aberta em um grito sem fim.

Blake tinha caído sobre a própria faca.

Por meio desta, eu confesso:

Tudo aconteceu rápido demais

13.

Traidor

— Liguem para a emergência! — Demetria se materializou ao meu lado. — Este homem precisa de um hospital!

George estava tentando se afastar do corpo de Blake, mas havia alguma coisa errada com seu braço. Enquanto os outros cuidavam de Blake, eu tirei George.

Blake não estava se mexendo. Seus olhos estavam abertos, e as mãos pousadas, fracamente, sobre o torso. A túnica estava torcida em volta do corpo, o sangue se acumulando nas dobras da vestimenta.

— Blake! — gritou Michelle. — Meu Deus, alguém chame a emergência!

— Pare! — berrou um patriarca. — Não podemos ter a polícia aqui dentro.

— Vá para o inferno — disse Demetria. Em volta dela, vários celulares começaram a se acender. Malcolm virou Blake delicadamente, levantando a túnica para pressioná-la contra a ferida. Eu não conseguia ver bem o suficiente para saber quão grave era a situação. Pelo sangue, no entanto, dava para ter uma ideia.

— Você está bem? — perguntei a George.

Ele estava segurando o braço esquerdo com o direito.

— Não consigo mexer o braço, mas... sim. Foi mais o susto.

Balancei a cabeça para ele.

— Você sabe que tem complexo de herói, não sabe?

George se encolheu.

— Você não acha isso atraente?

As portas da Grande Biblioteca se abriram e pude ver iniciados e patriarcas esticando a cabeça para tentar enxergar alguma coisa. Um deles abriu caminho e passou da entrada.

— Blake! — gritou Topher, então se juntou a nós no corredor. — Ah, cara. Que merda. Blake, cara, o que você está fazendo?

Blake abriu a boca e tossiu sangue. Mordi meu lábio.

Quando Michelle se juntou a Topher ao lado de Blake, Topher disse:

— Shelly, o que você fez?

— Nada! — gritou ela. — Ele me ameaçou. Como *sempre*.

Ouviu-se uma batida na porta. Uma batida. Na porta do mausoléu da Rosa & Túmulo.

— Polícia — disse a voz que vinha do outro lado. Por um momento, todos congelaram.

Demetria foi até as portas do mausoléu e escancarou-as.

Quatro horas depois, eu estava com um George meio tonto no quarto do hospital. Ele tinha quebrado a clavícula e o braço em dois lugares, e estava com uma contusão da forma e do tamanho de um labrador do lado direito do corpo. Eu também estava planejando matar quem tinha achado apropriado lhe dar tantos analgésicos.

— O médico disse que eu não vou poder andar amanhã — disse ele, um sorriso sonhador passando pelo rosto. — Você sabe o que isso significa, não sabe, Amy?

Eu suspirei.

— Banhos de esponja?

— Banhos de esponja! — Ele balançou o braço não machucado no ar. — Oba!

A piada tinha sido mais engraçada nas duas primeiras vezes.

— Não sinto inveja da Devon.

— Devon. — George franziu as sobrancelhas. — Eu provavelmente devia ligar e contar a ela o que aconteceu, não é?

— Por quê? — Peguei o copo dele com lascas de gelo meio derretidas e bebi um gole.

— Ela é minha namorada.

Deixei o copo cair.

— Sua *o quê*?

A boca de George se fechou rapidamente.

— Ah, merda.

— George, você acabou de usar a palavra que começa com N? *E* a que começa com M?

Ele continuou mudo.

— George...

— Não, Amy. Por favor, não posso aguentar isso vindo de você.

— Aguentar o quê? — perguntei. — O quanto vou sacaneá-lo quando você sair do barato dessas drogas que eles lhe deram? — Sorri. — Deve ter sido coisa muito boa, George Harrison Prescott. Namorada. Há!

Ele não respondeu.

Pisquei sem conseguir acreditar.

— Você está falando sério? Estão juntos mesmo?

Ele assentiu.

— Por quê? — falei sem pensar.

Ele pensou por um minuto.

— Por que você está com Jamie?

Pretérito, quase falei.

— Mas você não acredita em relacionamentos.

— Por favor, Amy. Não comece com essas coisas de "por que não fui eu". — George deitou a cabeça no travesseiro. — Não posso aguentar isso esta noite.

— "Por que não fui eu"? — repeti, desconcertada. — Você esqueceu a parte em que eu dei o fora em você no último outono?

Ele pareceu pensar a respeito por um minuto. Aquelas drogas deviam estar fazendo com que ficasse confuso.

— Além disso, ainda é cedo — disse ele, por fim. — Não tenho ideia de para onde isso está indo.

— Bem-vindo ao mundo dos relacionamentos sérios — falei.

— E quando eu me formar... — Ele tentou dar de ombros, mas fez uma careta de dor. — Eu te contei?

— Que você vai se formar? Imaginei.

— Não, eu lhe contei o que vou fazer? — perguntou, começando a falar de forma enrolada.

Balancei a cabeça e ajeitei a ponta do cobertor dele.

— Não.

— Teach for America.

Pisquei. Ele estava muito doidão. Primeiro, uma namorada, depois abrir mão de Wall Street para se tornar um professor? É, a gente iria rir muito disso no dia seguinte.

— Minha mãe vai ficar... orgulhosa — murmurou ele.

Humm. Talvez ele estivesse falando sério.

— Amy? — chamou George. Os olhos começando a se fechar.

— Sim?

— Não conte a ninguém. — A boca dele ficou meio mole.

Sorri, ainda sem entender direito.

— Não se preocupe, George — falei, tirando o cabelo que caía em seu rosto. — Sua reputação está segura comigo.

Quando George adormeceu, eu contive um bocejo, então prestei atenção na minha manga que estava respingada de sangue e franzi a sobrancelha. Que confusão. Ainda lá no mausoléu, as autoridades se apressaram em levar Blake, que sangrava muito, para uma ambulância, e deixaram o restante de nós que estávamos ali em pé sobre poças de sangue respondendo perguntas por quase uma hora enquanto a dor no braço de George ficava cada vez pior. Finalmente, a polícia deixou que Jenny o levasse para o hospital.

Michelle tinha passado o tempo todo encolhida num canto, as mãos entrelaçadas à frente do corpo, olhos tão arregalados como se o corpo de Blake ainda estivesse no chão do corredor.

Eu sabia exatamente como ela se sentia. Então me ajoelhei na frente dela.

— O que aconteceu?

Ela apertou os olhos bem fechados.

— Eu pensei... Você me disse que a iniciação seria assustadora. Então quando apareceu um cara que falava como Blake... que me colocou numa sala e falava como Blake... achei que era parte do jogo. Vocês sabem de tantas outras coisas a meu respeito. Por que não saberiam disso também?

Prendi a respiração.

— Que espécie de canalhas doentios você acha que somos? Meu Deus, Michelle...

— Ele é o que me assusta — disse ela. — Ficar trancada com ele numa sala é minha ideia de inferno, não túmulos flamejantes ou monstros alados. Blake.

— Como você percebeu o que estava acontecendo? — perguntei delicadamente.

Michelle tinha afundado ainda mais a cabeça contra o próprio peito.

— Ele, humm, queria que eu fizesse uma coisa. — Alguma coisa relacionada a sexo, pelo tom dela. — E, a princípio, eu não sabia direito... pensei que aquilo fosse só para me assustar ainda mais.

Claro, por que não? Jamie tinha tentando me assustar de um jeito parecido.

— Então percebi que esse cara... esse cara da sociedade, eu achava... estava falando muito sério. Você conhece as histórias que a gente ouve sobre a Rosa & Túmulo... elas fazem você pensar que todo tipo de coisas horríveis acontecem do lado de dentro. — Ela olhou para cima. — Mas então pensei em você e Jamie... Só a conheço há pouco tempo, mas confio em você. Não consigo imaginar você fazendo parte de algo doentio assim. Comecei então a ter um pressentimento muito ruim. Não era um susto divertido ou um susto susto. Só...

— Eu sei. — Existe um tipo de pavor diferente para as pessoas que se encontram sozinhas em poder de alguém que só quer machucá-las. Eu tinha sentido isso na ilha. Michelle vinha sentindo isso a intervalos regulares desde que seus amigos e a reitora deram as costas para ela.

— Então eu tirei o capuz dele. Eu tinha que ter certeza. E quando vi que era Blake, eu tentei correr. Eu pensei... Amy, pensei que ele estava lá *de propósito*. — Ela começou a chorar novamente. Tentei abraçá-la, mas meu conforto não parece ter surtido efeito em Michelle.

Demetria e Jenny esperavam por mim no corredor do lado de fora do quarto de George no hospital.

— Blake já saiu da cirurgia — Demetria me relatou. — A forma como ele caiu sobre a faca... ela não entrou fundo nele, só cortou bem as costas. Ele levou 65 pontos.

Pressionei meu punho contra a boca.

— Eu não entendo. Ele estava tossindo sangue. Achei que, com certeza...

Demetria bufou.

— Ao que parece, ele acabou mordendo o lábio com muita força quando caiu. Aquele sangue era da boca.

— O maior problema foi a perda de sangue — disse Jenny. — Mas fizeram uma transfusão, então ele está melhor agora.

— Estive na delegacia de polícia com Michelle para que ela pudesse abrir um processo por agressão — continuou Demetria. — Hale foi conosco. Um dos patriarcas advogados disse que deveríamos tentar acusar Blake de invasão também.

Quando George sair amanhã, vai precisar falar com o reitor da Prescott e com a polícia. Devemos esperar que Blake também abra um processo contra ele.

— Mas George estava tentando salvar Michelle — falei.

Demetria deu de ombros.

— E Blake acabou esfaqueado nas costas. Não estou dizendo que isso vai dar em alguma coisa, mas George deve ficar preparado.

Na verdade, todos nós devíamos ter ficado preparados.

O golpe veio logo na manhã seguinte. O telefone tocou às 10 horas — apenas cinco curtas horas depois que eu tinha desmaiado na cama — me chamando para ir ao escritório do reitor da Universidade Prescott. Quando cheguei, a secretária séria do reitor me deu uma olhada rápida.

— Onde está George Prescott? — perguntou ela.

— No... no hospital — gaguejei. — Ele sofreu um acidente ontem à noite.

A secretária fez um "ã-hã", depois pegou o telefone para avisar ao reitor que eu havia chegado.

O reitor Oliver De La Roche me chamou com um aceno de mão da porta do escritório.

— Amy, entre.

Eu entrei, já formulando teorias sobre o que estava acontecendo:

1) Tendo sido informado sobre o desastre da noite anterior, o reitor queria fazer um interrogatório padrão.

2) Ele queria saber exatamente o que tinha acontecido com o braço de George.
3) Eu tinha ganhado algum tipo de prêmio.

— Serei breve — disse o reitor De La Roche.

Ele era um homem novo, professor júnior do departamento de Música. Morava com o companheiro, um violinista em ascensão, no apartamento do reitor em Prescott e era conhecido principalmente pelo fato de gostar de servir sushi durante as festas de comemoração das finais. Os reitores de universidade geralmente eram julgados pelo corpo estudantil com base na dificuldade de conseguir extrair deles as "justificativas de reitor", ou seja, prorrogações e faltas justificadas. De La Roche estava na média quando se tratava de justificativas de reitor.

— Há uma audiência disciplinar de emergência marcada para o meio-dia no escritório da Reitora para Assuntos Estudantis, e como vou atuar como seu advogado, preciso saber o seu lado da história antes de ir.

— O quê? — falei, confusa. — Você quis dizer George, não é?

— Sim, vou advogar pelos dois. Vocês são os únicos alunos da Prescott envolvidos.

Levantei a mão, com a palma para fora.

— Espera aí, por que eu preciso de um advogado? Fui apenas testemunha do que aconteceu.

O reitor De La Roche consultou as anotações.

— Você aparece aqui na lista dos membros da Rosa & Túmulo.

— Eu... — Por reflexo, estendi a mão para cobrir o broche em meu cinto.

— Está tudo bem, Amy. Eu tenho uma lista oficial bem aqui. — Ele a mostrou para mim. Uma xerox, mas nossa lista oficial da sociedade. — Aqui diz que você é membro desde a primavera do ano passado e que seu nome código de sociedade é Bugaboo. Está correto?

Não posso te falar isso.

— Sim.

— E você participou da cerimônia de iniciação no mausoléu da Rosa & Túmulo na High Street, ontem à noite? Vocês estavam nomeando novos membros?

Preciso deixar a sala. Não estou autorizada a falar sobre isso.

— Sim.

— E você está ciente, espero, de que passar trotes é expressamente proibido pelo Regulamento Estudantil de Disciplina e Conduta Geral de Eli?

— *Trote?* — balbuciei. — Não passamos trote em ninguém! Todos os que participavam da iniciação sabiam exatamente o que estavam fazendo...

— De acordo com as leis de Connecticut sobre trotes, o consentimento implícito ou mesmo explícito não é defesa contra acusações de trote, Amy.

Eu não fazia a menor ideia de quais eram as leis de Connecticut sobre trotes. Não fazia ideia de como responder. Não fazia ideia de que parte da iniciação poderia ser considerada trote. Será que tinha sido a parte em que nós os carregamos pelo mausoléu? A parte em que os fizemos beber 312 do crânio? A parte em que os prendemos em caixões? Ah, Deus. Tudo isso. Aposto que era tudo isso.

Mas *todos* fizeram isso — todos têm feito por anos. O campus todo sabia como eram as iniciações de sociedade. Se a universidade tinha feito vista grossa por tanto tempo, o que os estava fazendo nos perseguir agora? Será que não podiam ignorar a Noite da Iniciação quando essas palavras apareciam num relatório de polícia?

— Eu não entendo — falei. — Achei que tivesse me chamado aqui para falar sobre o que aconteceu com George e Blake Varnham.

— Precisamente — disse o reitor. — Amy, você não sabe? Além das acusações de agressão, Blake Varnham está processando toda a sua sociedade por passar-lhe um trote durante a iniciação dele na Rosa & Túmulo.

— Espera — repeti. — Iniciação *dele*.

— A audiência irá determinar se o Comitê Executivo de Eli deve se reunir para expulsar todos vocês.

De: Bugaboo_C177@phimalarlico.org
Para: Poe_C176@phimalarlico.org
Assunto: Preciso de você

Não sei se você está vendo seus e-mails, e, se está, tenho certeza de que já viu a bomba na lista Phimalarlico, e já sabe o que está acontecendo. Não sei o que fazer. Estou tão assustada, Poe. Eles podem mesmo expulsar 14 dos veteranos mais bem-sucedidos a um mês da formatura?

Por favor, me dê um conselho.
Amo você.

Enquanto a Reitora para Assuntos Estudantis fazia uma reunião disciplinar de emergência com os reitores das universidades e o advogado da família Varnham, os Coveiros da C177 se reuniram no apartamento de Clarissa.

— Como ele pode ter preparado uma declaração? — perguntou Josh, fuçando o saco de *bagels*. — Ele não ficou anestesiado nessas últimas horas?

— Por que você não está mais preocupado com isso? — perguntei a Josh. — Meu reitor disse que Blake está tentando conseguir que sejamos expulsos.

Josh revirou os olhos.

— Você já leu os estatutos de Connecticut sobre trote? Eu já, e deixe-me dizer, ele vai ter um trabalho difícil tentando provar que fizemos qualquer coisa remotamente parecida com o que dizem. Ninguém do mausoléu nem sabia que ele estava lá até Blake atacar Michelle abertamente em frente a uma dezena de testemunhas. Isso não vai dar em nada.

— Mas meu reitor também disse isso — falou Jenny, erguendo a voz.

— A única coisa que ele vai conseguir é uma acusação de agressão contra George. — Todos nos viramos para George, que dormia profundamente no sofá, o braço engessado esticado como uma bandeirinha numa caixa de correio. — E isso vai se enquadrar impecavelmente em "defesa de terceiros".

— E quanto a Michelle? — perguntei.

— Ela estava no escritório do reitor de Strathmore esta manhã — disse Greg, outro morador de Strathmore. — Não cheguei a falar com ela. Estava muito preocupado com a possibilidade de minha bolsa Fullbright ser revogada.

— Eu devia ligar para ela — falei. — Na verdade, devíamos todos ligar para nossos convocados. Quais são nossos planos para terminar a iniciação?

Odile colocou o café na mesa

— Só temos mais três que precisam dos passos finais da iniciação. Blake realmente tem um *timing* terrível.

— Bem, ele dificilmente teria conseguido pegar Michelle *depois* que ela tivesse feito os juramentos — disse Nikolos.

— E como ele conseguiu pegá-la, de qualquer jeito? — perguntou Kevin. — Como ele entrou no mausoléu?

— Quem sabe? — disse Clarissa. — Com todas aquelas pessoas entrando e saindo freneticamente ontem, talvez ele tenha apenas se esgueirado em algum momento.

— Apenas se esgueirado? — repetiu Jenny. — Mas é o mausoléu da Rosa & Túmulo. Quem pode se esgueirar para dentro e para fora à vontade?

Clarissa deu de ombros.

— Várias pessoas fizeram isso, ao longo dos anos.

Eu me lembrei do encontro na quadra, me lembrei da cena no corredor na noite anterior.

— Talvez... — comecei, a voz vacilante enquanto eu considerava as implicações. — Talvez ele tenha tido ajuda?

Vocês queriam uma Bugaboo? Eis aqui.

— De quem? — perguntou Kevin.

Respirei fundo.

— De seu melhor amigo. Topher.

O Interrogatório do Traidor: Método de 12 Passos

Primeiro Passo: Convidar Topher Cox, também conhecido como Achilles da C178, para o mausoléu da Rosa & Túmulo. Confirmar que ele esteja *sozinho*.

Segundo Passo: Dispor os cavaleiros que não tenham fraturas graves em um semicírculo no Templo Interior, com todas as insígnias da sociedade: túnicas, capuzes, velas para obscurecer seus rostos.

Terceiro Passo: Deixar Hale conduzir o iniciado para dentro. Instruí-lo a sentar-se na cadeira e começar o julgamento. Perguntar se ele alguma vez traiu a Ordem, seja antes ou depois de ter jurado não fazer isso.

Quarto Passo: Ignorar suas negações. Perguntar novamente.

Quinto Passo: Informar ao iniciado que alguns cavaleiros o viram conspirando com seu amigo de longa data e atual Inimigo Bárbaro Número 1 no dia anterior. Coincidência? Achamos que não.

Sexto Passo: Observar a expressão desse merdinha de alta sociedade se transformar em terror enquanto ele se pergunta quais das histórias que o avô lhe contou sobre a Rosa & Túmulo são realmente verdadeiras.

Sétimo Passo: Ouvir o iniciado continuar a mentir. Fazer sons ameaçadores.

Oitavo Passo: Observar o iniciado sucumbir e admitir para os espectadores reunidos que havia informado o Inimigo Bárbaro Número 1 da presença da colega convocada na festa de convocação da Rosa & Túmulo e conversado com o amigo sobre a possibilidade de estarmos considerando convocá-la. (O iniciado acrescenta que tinha achado isso altamente improvável.)

Nono Passo: Receber informação adicional de que o iniciado identificou uma Srta. Amy Haskel como membro da Rosa & Túmulo para o Inimigo Bárbaro Número 1.

Décimo Passo: Descobrir a maneira usada pelo Inimigo Bárbaro Número 1 para entrar no mausoléu na Noite de

Iniciação. Confirmar que o iniciado não tinha nenhum conhecimento sobre tal evento. Fazê-lo jurar de todas as formas que isso é verdade.

Décimo Primeiro Passo: Lembrar o iniciado de que a palavra "secreta" existe na expressão "sociedade secreta" por um motivo — mesmo quando se trata de amigos bárbaros pessoais próximos. Lembrá-lo também de que violações aos juramentos são ofensas passíveis de punição. Não entrar em detalhes sobre as punições. Tentar não trocar olhares com o colega cavaleiro que pode estar namorando sua colega de quarto e que compartilha da sua dificuldade em manter a sociedade em segredo para ela.

Décimo Segundo Passo: Enquanto se prepara para administrar uma punição ao iniciado, receber ligação do celular do reitor da universidade intimando-a a comparecer ao escritório da Reitora para Assuntos Estudantis imediatamente. Ficar sabendo que você se tornou uma parte de particular interesse para o caso. Apelar pela orientação jurídica do colega cavaleiro supracitado que namora a colega de quarto. Sair antes de a diversão começar.

— Você acha que ele estava dizendo a verdade? — Josh me perguntou ao longo do caminho.

— Acho — respondi. Meus nervos se retesavam a cada passo que me aproximava do escritório da Reitora de Eli. — Michelle já nos contou que Blake conseguia entrar no apartamento dela, que ele roubou coisas dela, que destruiu o carro de um dos monitores dela. Nós conseguimos entrar no apartamento de Micah no último outono. Conseguimos entrar no mausoléu da Cabeça de Dragão nesta primavera.

É tão difícil imaginar que Blake conseguiu se esgueirar para dentro, com toda a confusão nesta Noite de Iniciação?

Josh teve de admitir que era possível enquanto subíamos os degraus de pedra para o escritório da Reitora para Assuntos Estudantis.

Em quatro anos na Eli, nunca tinha feito mais do que passar por aquele prédio a caminho das aulas. Ali era o lugar para onde iam os desordeiros. O calouro que tinha incendiado o dormitório. O grupo de alunos de segundo ano arruaceiros que, bêbados durante uma festa de primavera, tinham derrubado um banheiro químico. O aluno de biologia que tinha roubado o caderno do colega de laboratório e apresentado como se fosse dele mesmo. O editor de jornal que tinha publicado fotos de todos os guarda-costas disfarçados que protegiam o Príncipe do Qatar. Todas aquelas fofocas famosas vieram à minha memória naquele momento, assim como os desfechos: suspensão, expulsão, afastamento temporário. A Reitora para Assuntos Estudantis — Becky Pasternak, ou Becky P, como todos os alunos a chamavam — era conhecida por ser dura, mas justa. Ela adorava os alunos, e adorava castigá-los.

Não sei o que eu esperava dos domínios dela. Na minha cabeça, devia parecer um pouco com a ponte da Estrela da Morte. Em vez disso, Josh e eu fomos recebidos por um revestimento de madeira, poltronas de estofado azul e um grande vaso de margaridas.

— Meu nome é Amy Haskel — disse para a secretária. — Fui chamada para...

— Amy? — Virei e vi o reitor De La Roche. — Você viu George? Não consegui entrar em contato com ele.

— Ele está dormindo — falei. — Os remédios para dor...

— Quem é esse? — A pequena, porém poderosa figura de Becky P surgiu na entrada do escritório. Ela apontou para Josh. — Ele não é o Prescott.

— Meu nome é Joshua Silver, senhora. — Ele estendeu a mão.

— Olá. Você não pode ficar. Somente as partes convidadas.

Josh respirou fundo.

— Sou o secretário da turma de Coveiros deste ano. Nenhuma decisão é tomada em nossa sociedade sem o meu conhecimento ou a minha permissão. — OK, isso tinha sido forçado, mas eu não ia discordar dele. — É do nosso entendimento que Blake Varnham está alegando que sofreu trote como parte do nosso ritual de iniciação, e estou aqui para explicar que esse categoricamente não é o caso.

— Nós não o chamamos aqui. Chamamos a Srta. Haskel e o Sr. Prescott.

Por que eu? Só George tinha se envolvido na luta.

— Qualquer coisa que você queira me perguntar sobre a Rosa & Túmulo pode ser mais bem respondida por Josh — falei.

Becky P ergueu uma sobrancelha para mim.

— Verdade? Bem, então entrem, ilustres Coveiros. Concedam-nos a honra de suas presenças.

Josh me lançou um olhar. Estávamos muito ferrados.

Na sala estavam o reitor da Universidade Strathmore e Blake Varnham, parecendo extraordinariamente bem para um cara que tinha sido atingido por uma faca nas costas. (Deve-se observar que ele *não* estava encostado na cadeira.)

Na verdade, ele parecia estar melhor do que George no departamento de ferimentos. Talvez feridas na carne doessem menos do que ossos quebrados. Ao lado dele estava um homem que ou era seu pai ou um advogado, e no canto, parecendo muito sozinha, estava sentada Michelle Whitmore.

Não era de estranhar que ela não tivesse atendido minhas ligações. Ficara presa ali a manhã toda. Fui imediatamente até ela.

— Você está bem?

Ela deu de ombros sem olhar para mim. Imagino que eu tenha merecido isso. Afinal, eu havia prometido que a Rosa & Túmulo a protegeria de Blake, apesar disso ela mal tinha colocado os pés em nosso mausoléu quando ele a atacou da forma mais grave até o momento. Becky P era cega? Ali estava aquela jovem, obviamente traumatizada, sentada sozinha enquanto seu reitor — que o corpo docente de Eli encarregou de protegê-la — confraternizava com gente como Blake Varnham e a equipe de apoio do mesmo.

— Por favor, sente-se, Srta. Haskel — disse Becky P.

Olhei em torno da sala. O reitor De La Roche já tinha retomado o lugar junto aos outros homens, e havia uma cadeira vazia perto dele. Eu a peguei e a levei para perto de Michelle, então me joguei na cadeira. Josh, sem conseguir esconder que tinha gostado, sentou-se do outro lado dela. Nós éramos Coveiros, mesmo se Michelle ainda não tivesse sido iniciada. Nós ficávamos juntos.

Becky P não deixou de notar. Ela se sentou atrás da mesa e juntou as mãos à frente do rosto.

— É notório que eu tenho tolerância zero para a tradição abominável dos trotes de faculdade — disse ela. — Não faz diferença para mim quem são os perpetradores desse crime: equipes esportivas, fraternidades ou até mesmo as mais antigas sociedades secretas do campus. É ingênuo da parte das sociedades secretas acreditarem que porque operam fora da égide da Sociedade Helênica, do Conselho de Grupos Musicais, ou de qualquer outro corpo diretivo, também estão isentas das regras desta universidade e do estado de Connecticut. Eu me fiz clara?

— Eu conheço os estatutos sobre trote do estado de Connecticut, senhora — disse Josh. — E estou curioso para saber como se aplicam neste caso.

— Este jovem foi esfaqueado nas costas quando deixou de cumprir seus ritos de iniciação bizarros.

— Ele não estava sendo iniciado! — falei. — Nós não o convocamos. Ele invadiu o mausoléu por conta própria.

— Nós também não o esfaqueamos — esclareceu Josh. — Ele caiu sobre aquela faca... uma faca que, devo acrescentar, ele estava usando para ameaçar Michelle. Foi um acidente, causado pelo próprio comportamento ultrajante de Blake.

O homem que estava sentado ao lado de Blake se virou e nos encarou.

— Vejo que vocês três combinaram bem a história. É disso precisamente que estou falando. Essas pessoas não operam dentro da lei.

— Essa é boa — resmungou Michelle.

Becky P franziu os lábios.

— Isso é um enigma. A Srta. Whitmore alega que a Srta. Haskel e os colegas membros da sociedade estavam iniciando-*a* na organização deles quando o incidente ocorreu. O Sr. Varnham diz que o iniciado era ele...

— É claro que ele era o iniciado — irrompeu o homem ao lado dele. — Qual dos dois seria o convocado mais provável da Rosa & Túmulo? O aluno que só tem conceito A, que estudou nos melhores colégios, o pilar da faculdade em que reside e do departamento de estudos do qual participa, o legado da Eli? Ou uma garota cujas notas são tão medíocres e cujo estado mental é tão frágil que ela já teve de largar a faculdade?

A inspiração difícil de Michelle foi a única indicação de que as palavras doeram.

— Desculpe-me — falei, apontando o polegar em direção ao homem ao lado de Blake. — Quem é esse cara?

— *Esse cara* é Walter Varnham III — sibilou ele para mim.

— O pai de Blake — acrescentou Michelle, de forma totalmente desnecessária.

— Tal pai, tal filho, não é? — falei. Josh conteve um gemido.

— Srta. Haskel, você tem alguma ideia da gravidade da situação? — perguntou Becky P. — Suas ações na noite passada poderiam ter causado a morte de um aluno da Eli. Por favor, não seja tão petulante.

— Não estou sendo petulante, reitora Pasternak — falei. — Mas posso garantir que não convocamos Blake Varnham. Nós o achamos detestável e indigno de se tornar membro da Rosa & Túmulo.

— Eles dizem isso agora porque estão encrencados — falou o Sr. Varnham. — Essas sociedades são uma praga nas nossas faculdades da Ivy League. Todos sabem quantas pesquisas eles fazem a respeito dos membros. Eles desenterram toda sujeira que podem para poder mantê-los sob controle.

Sem dúvida descobriram sobre o problema infeliz de Blake com *essa garota* e agora estão tentando usar isso em algum esquema bizarro e infantil de vingança para sabotar o futuro do meu filho!

— Presumo que você não tenha sido convocado, Walter — falei ironicamente.

Josh correu para me salvar de mim mesma.

— Como vocês já devem ter percebido, Amy é meio que uma renegada, e sua escolha de convocado, Michelle, reflete essa tendência. Ficarei feliz em apresentar a vocês documentos e testemunhas que provam que convidamos Michelle para se juntar à nossa organização, e não Blake.

— É claro que ele faria isso! — disse o Sr. Varnham. — Todos os membros da Rosa & Túmulo vão lhes dizer precisamente a mesma coisa para tirarem o deles da reta.

— Essa documentação também pode ser obtida com qualquer pessoa das outras sociedades do campus, com quem compartilhamos nossas listas de convocados — acrescentou Josh.

— Mais conluio, sem dúvida alguma — disse o Sr. Varnham. — Um número maior de exames minuciosos seria um desastre para qualquer uma dessas organizações. Eles se protegem. Por que você não investiga fontes reais? Converse com o reitor Ryan aqui. Ele pode falar sobre o histórico dessa garota de tentar disseminar mentiras sobre o meu filho.

Michelle parecia já ter aturado o bastante.

— Você poderia gentilmente parar de se referir a mim como *essa garota*? — disse ela por fim.

— Reitor Ryan? — pediu Becky P.

O reitor da Universidade Strathmore sentado ao lado de Blake deu de ombros.

— Desde o momento em que a Srta. Whitmore voltou ao campus, ela tem me procurado repetidamente para falar de um incidente que alega ter acontecido no ano passado. Entretanto, não há registros nos arquivos da antiga reitora de Strathmore, ela não tem nenhuma prova ou testemunha, e pelo que eu sei de Blake depois de trabalhar tão próximo a ele no Conselho da Universidade Strathmore, eu simplesmente não consigo dar crédito a nenhuma dessas histórias.

Michelle deixou cair a cabeça contra o encosto da cadeira.

— Ai, de que adianta?

— Isso é muito chocante — falei. — Uma aluna pede sua ajuda não apenas uma, mas várias vezes, e você a repele? É só você ou todos os reitores são tão incompetentes? — Virei em direção ao reitor De La Roche. — O que você faria se eu o procurasse repetidamente, dizendo que meu ex-namorado está me ameaçando? Eu precisaria ter alguma contusão antes que você tomasse qualquer providência?

O reitor De La Roche estava mudo.

Olhei pasma para os dois, depois me virei para a Reitora para Assuntos Estudantis.

— Que belo sistema você tem aqui, Becky.

— Existem inúmeros casos de brigas de namorados neste campus — disse o reitor De La Roche. — Todo semestre recebemos reclamações sobre o ex de alguém perseguindo ou ameaçando essa pessoa ou agindo de maneira instável. Vocês alunos da Eli são intensos e apaixonados, e às vezes isso se estende dos estudos para dentro das vidas pessoais. Mas sim, nós levamos as ameaças reais muito a sério.

— Não, não levam — disse Michelle. — Vocês tiram o de vocês da reta da mesma forma como alegam que a Rosa &

Túmulo está fazendo. Vocês não querem o escândalo, então fingem que não está acontecendo.

— Shelly — disse Blake, falando pela primeira vez. A voz estava rouca e repleta de falsa inocência. — Não sei por que você não deixa isso para lá. Nós terminamos. Já faz mais de um ano. Eu já superei isso. Não sei por que você não pode fazer o mesmo.

— Talvez ajudasse se você parasse de invadir lugares como meu apartamento ou o mausoléu da sociedade e tentasse me forçar a fazer sexo oral com você.

Até eu fiquei boquiaberta. Becky P parecia prestes a explodir.

Blake apenas sacudiu a cabeça para ela, os olhos arregalados.

— Você realmente é doida. — Ele se virou para Becky P. — Não sei o que devo fazer aqui. E se... — sua expressão mudou, como se estivesse para fazer uma revelação — ... e se eles estiverem falando a verdade que queriam convocar Michelle? E se eu fui algum tipo de rito de iniciação para benefício dela? Destruir o inimigo dela ou algo parecido. As sociedades fazem coisas desse tipo?

Nós destruíamos inimigos, claro. Mas não com facas. E Blake sabia disso.

— E se eu só pensei que estava sendo iniciado, e eles estavam planejando me ferir desde o começo? — Ele teve um acesso de tosse, só para dar força. Eu queria dar um soco nele, com ou sem pontos.

Mas o rosto de Becky P continuou pensativo.

— Acho que trouxemos essa situação o mais longe possível com essa reunião preliminar — disse ela. — Vou precisar ver a documentação das listas de convocados, e vou precisar conversar em particular com cada um dos membros da sociedade, assim como com o Sr. Varnham e a Srta. Whitmore. Também gostaria de ouvir o Sr. Prescott, assim que ele se importar em atender ao telefone.

— George Prescott quebrou um braço e a clavícula ontem à noite — falei para a reitora. — Ele está tomando muitos remédios para dor e é possível...

— *Eu fui esfaqueado nas costas ontem à noite* — disse Blake. — E estou aqui, tentando me certificar de que a verdade seja ouvida. Tudo o que vocês tentam fazer é ocultá-la.

Também era verdade. Esse tiro tinha saído pela culatra. Que tal? Blake e Darren podiam rir disso no inferno.

— Já chega — disse Becky P. — Isso é mais do que podemos resolver hoje. Vou solicitar uma reunião do Comitê Executivo para uma audiência formal.

— Reitora Pasternak... — disse Josh, começando a parecer mais assustado do que eu jamais o havia visto.

— Este é um caso incomum. As provas finais já estão chegando, quase todos os alunos envolvidos estão em vias de se formar...

Ah, meu Deus. Ela não podia estar considerando nos expulsar. Ou nos suspender? Precisávamos fazer as provas finais. Precisávamos nos formar! Eu precisava poder entregar minha monografia!

— Mas falem isso para seus amigos, Sr. Silver e Srta. Haskel. Até que essa questão seja resolvida, todas as pessoas da Rosa & Túmulo estão sob condicional.

Por meio desta, eu confesso:
Nós criamos um monstro.

14.

Diplomacia

A coisa engraçada de se estar sob condicional é que... Não, espera. Não há nada engraçado. A semana passou em agonia e expectativa. Eu concluí e entreguei uma monografia pela qual não sabia se receberia nota, assisti a aulas pelas quais poderia não receber crédito, estudei para provas que não sabia se poderia fazer e agendei uma viagem à Inglaterra para um seminário cujo convite poderia ser rescindido a qualquer momento.

Ah, e conversei com advogados. Vários deles. Quem diria que tantos Coveiros tinham passado no exame da Ordem? Todos os caras ligados à justiça foram incrivelmente otimistas. A história de Blake não era consistente; havia muitas testemunhas que alegavam exatamente o oposto — e daí se eram todos membros da mesma sociedade secreta? E daí se as sociedades que podem ter tido acesso à nossa lista de convocados compartilhada faziam parte da mesma cultura corrupta? E daí se não havia nenhuma prova de que Michelle tinha sido objeto de uma história de abuso nas mãos de Blake? A verdade iria prevalecer.

Eu certamente esperava que sim. Meus pais já tinham os voos e o hotel agendados para o fim de semana da formatura. Como eu podia ligar para eles e dizer que poderia ser expulsa, semanas antes da graduação, por passar trote em alguém como parte de uma cerimônia de iniciação para uma sociedade secreta da qual eles nem sabiam que eu fazia parte?

A administração tinha temporariamente fechado o mausoléu na High Street, "enquanto aguardava o resultado da investigação". Como não podíamos entrar, fomos forçados a suspender o restante da iniciação, uma vez que ninguém queria iniciar novos membros à nossa ordem no apartamento de Clarissa. Nikolos sugeriu que tentássemos entrar escondido pela porta dos fundos, pelo porão abobadado que saía no Jardim de Esculturas de Eli, mas votamos contra a medida, porque se fôssemos descobertos tentando invadir nosso mausoléu depois que a administração proibira, isso dificilmente nos ajudaria em nossa precária posição.

Naturalmente, nosso mausoléu fechado foi objeto de muita especulação no campus, na mídia e, principalmente, na internet (onde tais coisas geralmente estouravam). O que havia acontecido com a sociedade perseguida que era a Rosa & Túmulo *agora*? O que tínhamos feito de tão inaceitável durante a iniciação daquele ano? Teria alguma coisa a ver com todos aqueles rumores sobre o sacrifício de virgens? Tínhamos matado alguém?

Havia até uma história sobre o fechamento do mausoléu no *Eli Daily News* — embora todos tivéssemos esperado que Topher pudesse impedir qualquer coisa desse tipo antes de ir para a gráfica.

— Muito pelo contrário, manter nossos nomes nos jornais nessa conjuntura só enfatiza o mistério em volta da nossa ordem — tinha escrito Topher em sua mais nova conta phimalarlico. — Além disso, dez centímetros na página sete não é nada. Teria chamado mais atenção se eu tivesse barrado a publicação.

Eu tinha que admitir: meu convocado tinha uma certa razão. Talvez ele não fosse um desperdício completo. Além disso, ele vinha se esforçando tanto para compensar a parcela de culpa no fiasco.

Mas o texto mais interessante do jornal naquele dia era um artigo opinativo sobre um assunto mais do que inesperado.

ADMITIR O PROBLEMA É O PRIMEIRO PASSO QUE A ADMINISTRAÇÃO DEVE DAR

Por Kalani Leto-Taube, Editora-chefe

Quando uma aluna vem para Eli, ela e os pais depositam a confiança na universidade para mantê-la em segurança. Há uma força policial dedicada no campus? Há telefones de emergência espalhados pelo campus? Qual é a política da universidade sobre drogas, armas, violência e trote? Que medidas preventivas foram tomadas pela universidade? Há workshops sobre discursos de ódio e tolerância assim como linhas diretas para estupro, suicídio ou crises generalizadas? Se o impensável acontecer, um aluno pode pedir ajuda à universidade?

É nessa função que a administração está desapontando os alunos da Eli. Enquanto a universidade comemora a diminuição dos crimes e o aumento das iniciativas de segurança no campus, representantes do Centro Feminino de Eli, bem como membros da cooperação GLBT estão reportando o aumento no número de alunos que estão caindo nas brechas desses tapa-buracos. Eles podem conseguir conselhos pelas linhas diretas, mas a universidade em si está fingindo não ver os problemas que acontecem dentro dos próprios prédios.

De acordo com os recentes relatórios anuais obrigatórios de grupos universitários de interesse especial, há uma tendência crescente entre os administradores das universidades de adotar medidas não oficiais para remediar os problemas. Enquanto ocasionalmente tais estratégias trabalham para reduzir a animosidade e resolver as questões amigavelmente, em outros casos, tudo o que fazem é manter o problema em segredo. Afinal de contas, se você nunca registra uma ocorrência de espancamento, então a universidade pode manter a negação plausível quando se trata das estatísticas do campus sobre violência doméstica.

Talvez os administradores da universidade achem que falsificar os registros ajudará a evitar um escândalo — não, não temos nenhum problema de racismo, de violência contra as mulheres, homossexuais, minorias. Mas o que acontece quando surge um escândalo ainda maior e revela-se que a universidade poderia tê-lo impedido, mas preferiu em vez disso enterrar a cabeça na areia?

Aqui vai outra questão, leitores do *Daily*. Quais eram as chances de Kalani espontaneamente decidir escrever sobre essa questão, justamente hoje?

Na falta da socialização de costume no mausoléu, o novo clube optou por uma forma bem mais prosaica de se conhecer: o almoço em grupo. Então foi no refeitório comum que Demetria, Clarissa e eu os encontramos confiscando uma das mesas grandes perto dos fundos, onde poderiam conversar livremente sem medo de serem ouvidos.

Mas, quando chegamos, eles pareciam estar discutindo apenas assuntos bárbaros: estágios, aulas, as próximas provas. Michelle estava calmamente explicando para a convocada de Clarissa, Meredith Van Zandt, como o fornecimento de carne de porco engloba, na prática, porcos que enlouqueceram devido às péssimas condições de criação nas fazendas.

— Você está comendo o equivalente a um Norman Bates suíno — disse ela. Meredith observou apreensivamente o sanduíche de bacon.

Ao lado dela, a convocada de Demetria, Tamar, riu e tomou outra colherada de sopa de lentilha.

— Tamar — disse Demetria, e se sentou no final da fileira. — Como estão as coisas no Centro Feminino?

A aluna do penúltimo ano deu de ombros e curvou a cabeça raspada sobre a tigela.

— Como sempre.

— Sério? — perguntou Demetria. — Então que bobagem é essa de relatórios anuais obrigatórios?

— É toda a verdade — disse ela. — Todo ano temos que voltar a solicitar o fundo de doação da nossa organização estudantil, e, como parte do processo, precisamos explicar o que fazemos. Por conseguinte, relatório anual obrigatório.

— Isso não é uma bolsa de estudos, Tamar — disse Demetria. — É um questionário.

— No qual eu declarei especificamente que temos recebido relatos de alunas que dizem terem sido encorajadas pelos reitores a não prestar queixa formal na polícia contra outros alunos que as assediaram ou em casos que eu vou caridosamente chamar de "disputas domésticas". — Ela voltou para a sopa.

— E quando você recebeu esses relatórios? — perguntou Demetria.

Tamar consultou o relógio.

— Hum... na sexta?

— Na Noite da Iniciação? — falei.

— Ah, que estranho — disse Tamar, fingindo surpresa.

Michelle riu. Na outra ponta da mesa, Topher observava a conversa e não falava nada.

— Relatório*s*, é o que dizia o artigo — observei. — No plural.

Meredith levantou a mão.

— Quando eu contei à minha reitora sobre os e-mails assustadores e desesperados que vinha recebendo de Andrew, ela disse que ele só lamentava a forma como tinha me tratado, dormindo com minha melhor amiga e tudo mais, e queria uma chance de nos reconciliarmos. Ela disse que ele acabaria desistindo se eu apenas o ignorasse.

— Mas isso *era* o que ele queria — disse Clarissa. — E ele desistiu *mesmo*.

Meredith sorriu.

— Sim, mas o resultado não é importante. A questão é, a reitora me disse para ignorar apenas.

— Isso conta — disse Tamar.

Topher ainda nos observava da ponta da mesa.

— Ei — chamei. — Editor-executivo. Venha aqui. — Enquanto Topher obedientemente vinha em nossa direção, levei em consideração o fato de que ele devia ter tido que revisar o artigo de Kalani. Talvez ele até o tivesse sugerido. — O que você sabe sobre isso?

— Sei que é um problema que tem acontecido no campus e que merece um pouco mais de atenção da imprensa — replicou ele simplesmente. — Algo mais?

Agora todos os convocados da mesa estavam nos olhando. As outras duas veteranas e eu trocamos olhares.

— Sabe, pessoal, se tiverem algum plano em mente cabe a vocês falarem sobre isso com a gente primeiro.

— Por quê? — perguntou Michelle. — Vocês não estão ocupadas com provas, monografias e com a possibilidade de serem expulsas? Vocês já não têm coisas demais para cuidar?

— Sim, mas...

— Essa foi a desculpa que você usou para não entregar sua lista de exercícios esta semana, não foi? — prosseguiu ela.

— Sim, mas...

— Estamos mudando o diálogo — disse Tamar. — A administração está tentando usar nossa sociedade... *nossa* sociedade... como bode expiatório para aplacar facções minoritárias de ex-alunos furiosos.

— E ignorando problemas reais no campus que eles mesmos criaram — acrescentou Michelle.

— Exatamente — disse Tamar. — A administração nos desapontou em questões bárbaras e nos tirou do sério nas relacionadas à sociedade. Você acha que vamos apenas ficar parados e aceitar?

— Ou deixar que enfrentem isso sozinhos? — perguntou Meredith.

— Para que vocês nos convocaram se não achavam que poderíamos lidar com coisas assim? — disse Brianna, do outro lado da mesa.

— E não necessariamente da maneira inepta que todos nós testemunhamos no Jogo no último outono — disse Paul, que estava um pouco mais afastado, elevando a voz. — Por mais que eu tenha me divertido na ocasião.

— A mídia é poder — disse Topher. — Vocês a usaram no ano passado com Genevieve. Sabemos disso. Também estamos usando.

— E porque o artigo foi escrito por Kalani, é meio difícil ligá-lo a nós — disse Zoë Ponsonby, a convocada de Greg. Ela olhou por cima do meu ombro. — Arielle, querida! Venha aqui um instante.

Então eu me virei e vi Arielle com uma bandeja nas mãos e um broche da Pena & Tinta bem visível na gola da camisa.

— Oi, Zoë — disse ela, alegremente. — Amy. — Um breve acenar de cabeça.

— Arielle, você pensou melhor a respeito da sugestão que eu fiz no nosso seminário sobre *A Rainha das Fadas* ontem? — perguntou Zoë.

— Sobre o tema para a edição de formatura da revista literária?

— Sim, não seria magnífico? Destacar as dificuldades que as mulheres têm tido de enfrentar nas mãos do patriarcado desta universidade, através de canais oficiais e *não oficiais*. Um tema oportuno, você não acha, uma vez que este ano é o trigésimo oitavo aniversário da primeira turma feminina da Eli?

— Trigésimo oitavo — disse Arielle secamente. — Nossa, que importante. E curioso, também, que você esteja pensando tanto a respeito disso, considerando que o poema que você submeteu é sobre poluição.

Zoë gesticulou com a mão como se fosse irrelevante.

— O estupro da Mãe Natureza para lucro comercial masculino e as tentativas contínuas daqueles no poder de calar os "gritos de socorro", ignorando os sinais óbvios de aquecimento global?

— Precisamente — disse Michelle.

— Parece apropriado para mim — disse Zoë.

Arielle não pareceu convencida.

— Só não sei se é oportuno.

— Acredite em mim — disse Tamar. — Está para se tornar o assunto mais oportuno do campus.

Minhas colegas Coveiras e eu só ficamos lá sentadas mudas e perplexas.

Como disseram os Coveiros da C178, na semana seguinte ninguém falou sobre mais nada a não ser a "política" da administração de varrer os escândalos domésticos para baixo do tapete para manter as aparências. Houve não menos do que três outros artigos sobre o assunto no *Daily*. Naquele fim de semana o *Eli Herald*, o semanário alternativo do campus, até publicou o relato anônimo de uma ex-aluna que tinha sido encorajada a trocar de universidade em vez de lidar com o preconceito que estava enfrentando como aluna transgênero de ciências políticas.*

Como se podia esperar, o corpo estudantil liberal, em massa, foi rápido em agarrar os forcados e se alinhar. No

*A confessora não pode assegurar a veracidade desse relato. É de se supor que a União Americana pelas Liberdades Civis já tivesse cuidado do assunto, mas, por outro lado, se a vítima tivesse ido embora sem falar nada, como a confessora percebe que as vítimas às vezes são aconselhadas a fazer...

dia da reunião do Comitê Executivo, havia até um pequeno protesto acontecendo do lado de fora do escritório da Reitora para Assuntos Estudantis, que era também, em uma providencial coincidência, o local da reunião.

Eu já tinha desistido de acreditar em coincidências.

Era uma manhã ensolarada de primavera, e as pedras do pátio e da biblioteca de livros raros perto dali resplandeciam um branco tranquilo e burocrático.

— Olá, Amy — disse Kalani, me encontrando nos degraus. Como sempre ela parecia ter acabado de sair de um edifício muito alto da Wall Street para comprar um *bagel*. Jaqueta e saia na cor bege, o cabelo num coque gloriosamente perfeito. Se ao menos eu não soubesse que ela preferiria estar usando um espartilho e uma saia-balão. — Bonito terninho.

Eu endireitei meu conjunto de saia e blusa.

— Obrigada. — Aquele terninho tinha me acompanhado durante as entrevistas de estágio do último verão, minha entrevista para a sociedade e toda reunião importante em Washington. Agora eu esperava que resistisse àquela reunião e sobrevivesse para ser usado sob minha beca quando chegasse o dia da formatura. — O que você está fazendo aqui?

— Sou da imprensa.

Lancei um olhar cético para ela.

— Você não é do tipo de imprensa que vem até o escritório da reitora por causa de um protesto.

— Sou quando se trata de um assunto que eu trouxe à atenção do corpo discente — disse ela. — E você? O que traz uma aluna modelo como você até o escritório da reitora toda arrumada desse jeito?

— Eu...

Kalani sorriu.

— Estou só brincando, Amy, não sou idiota. Acabe com eles, OK? — Ela estendeu a mão e dobrou para cima minha lapela para revelar meu broche da Rosa & Túmulo.

Olhei-a boquiaberta.

— Há quanto tempo você sabe?

— Só há alguns dias. — O sorriso de Kalani não diminuiu. — Topher me contou.

— Topher?

Cara, quantos juramentos o garoto pretendia quebrar no primeiro mês como Coveiro? Quem ele pensava que era? Eu?

— Claro. Topher e eu trabalhamos juntos há três anos, e ele nunca tinha me sugerido uma matéria antes. Eu sabia que estava acontecendo alguma coisa. Sou uma repórter também, você sabe. E embora ele tenha muitas qualidades boas, ou pelo menos *interessantes*, conseguir manter segredo ao ser interrogado não é uma delas.

— É, já sei disso. — Eu a observei com atenção. — Meu conceito com você diminuiu agora?

— Para ser honesta, o conceito da Rosa & Túmulo se elevou — disse ela, sorrindo. — Quero dizer, se você não pode ter o Saguão, acho que ser um Coveiro é um substituto adequado.

Dentro do escritório da reitora, os outros cavaleiros já tinham se reunido. Odile e Jenny estavam tentando imaginar uma forma de esconder o desenho obsceno que cobria boa parte do gesso de George.

— Não se preocupem com isso — disse ele. — Não é como se estivéssemos na frente da reitora para Assuntos Estudantis.

Seguindo a orientação de nosso advogado, optamos por solicitar uma reunião com o Grupo Coordenador do Comitê Executivo de dez membros, uma comissão de inquérito menor, composta de três pessoas, cujo trabalho era determinar se as acusações contra nós procediam. Nós desenvolvemos a teoria de que os membros do comitê pleno que faziam parte do corpo discente eram mais propensos a serem influenciados pelos rumores no campus e dar crédito às declarações bizarras de Blake do que o grupo coordenador composto apenas por professores.

Fomos levados a uma câmara pequena, parecendo uma sala de aula. Três das cadeiras na fileira tripla do outro lado da mesa onde o comitê se sentava já estavam ocupadas: Blake, Michelle (o mais afastada possível de Blake) e Topher.

Dei um tapinha no ombro dele e me sentei na segunda fileira. Ele apenas apertou um pouco mais o envelope em papel manilha que tinha nas mãos e não disse nada.

— O que ele está fazendo aqui? — Jenny sussurrou para mim.

— Não tenho ideia. — Eu era a pior irmã mais velha do planeta. Dei outro tapinha nas costas dele. — Ei...

A dirigente do comitê me fuzilou com os olhos.

— Gostaríamos de começar.

Voltei a me sentar.

A acusação de Blake foi apresentada primeiro. De acordo com ele, estávamos engajados numa rotina constante de trotes e tortura psicológica há semanas, culminando, segundo ele, em ameaças e agressão quando, na Noite da Iniciação, ele finalmente se recusou a realizar os "rituais abomináveis" que exigíamos para que o deixássemos entrar para a Rosa & Túmulo.

Não, ele não especificou a natureza do dito ritual. Naturalmente.

Entretanto, ele disse que havia tomado essa iniciativa para encorajar outros que receberam o mesmo tratamento nas nossas mãos a se pronunciarem contra nossos métodos abusivos.

Ah, muito bem colocado. Ele tinha roubado essa fala de Michelle?

Enquanto a dirigente do comitê lia essas mentiras deslavadas em voz alta, Blake olhava para cada um dos Coveiros de uma vez, guardando uma dose extra de veneno para George e Michelle. Estranhamente, ele nem olhou para Topher.

— Topher — sussurrei. — O que você tem aí?

Ele olhava resolutamente para o envelope.

Uh-oh.

— George Prescott — disse a dirigente. George levantou a mão saudável. — Você poderia explicar para nós o que aconteceu na noite em que vocês iniciaram o Sr. Varnham na Rosa & Túmulo?

— Nós não o iniciamos — replicou George.

A dirigente franziu os lábios.

— Certo. Na noite em que vocês tentaram...

— Nós também não tentamos — disse George. — Nós não fizemos nada do que ele declarou aí, com exceção da parte em que o empurrei escada abaixo. *Poderia-se*, racionalmente, descrever isso desse jeito, embora na verdade nós dois tenhamos caído. — Ele acenou com o gesso e vi um dos outros membros do comitê erguer as sobrancelhas ao ver o desenho que lá havia.

— Sr. Prescott, trote é uma acusação muito séria — disse a dirigente, de forma cansada. — Por favor, descreva para nós o que a sua sociedade faz na Noite da Iniciação.

George sorriu seu sorriso de um milhão de dólares.

— Não faço ideia do que isso possa ter a ver com a investigação, senhora. Trata-se apenas do local. Se a minha briga com Blake tivesse ocorrido num restaurante chinês, você estaria me pedindo para descrever o rolinho primavera?

Todos os Coveiros foram inteligentes o bastante para conter o riso.

— Focar no que acontece ou deixa de acontecer na nossa iniciação é a abordagem errada porque se vocês não acreditam em mim quando digo que Blake não estava incluído de forma alguma na cerimônia, por que iriam confiar em qualquer descrição que eu fizesse dos nossos rituais? — continuou George.

— Ele foi instruído a dizer isso — argumentou Blake. — Eles estão todos mancomunados para repetir o que dita a sociedade deles.

— Não fui instruído a dizer *isto* — falou George para Blake. — Seis gerações de Coveiros vão ficar furiosos comigo, mas nossa iniciação? Não é nada. Parece mais uma casa dos horrores de um parque de diversões do que qualquer coisa que esse imbecil esteja descrevendo. É ridícula e, sob quaisquer outras circunstâncias, estaríamos rindo dessa tentativa pateticamente transparente de nos fazer revelar nossos segredos. Da mesma forma como rimos de todas as lendas urbanas que envolvem a Rosa & Túmulo. A razão pela qual não estamos rindo neste caso é porque depois que esse cara *invadiu* nosso mausoléu, sem ser convidado e sem aviso prévio, ele manteve uma garota refém usando uma faca. Sim, eu pulei em cima dele. Admito. Estava tentando afastar tanto a garota quanto a faca dele. Vão em frente e suspendam meu diploma por causa disso. Desafio vocês.

Ah, merda. George, por favor, não ameace o comitê executivo bacana que está com nossos destinos nas mãos. Nem todos nós temos prédios do campus batizados com nossos sobrenomes.

— Não porque sou um Coveiro, não porque sou um Prescott e certamente não por causa dessas pessoas lá fora. Mas porque é óbvio quem é o culpado neste caso. Eu sei o que ele fez, e já paguei demais tentando detê-lo.

Não importava o que George tivesse dito, naquele momento, ele nunca esteve mais parecido com um Coveiro, com um Prescott, com um filho de Eli. Até mesmo a dirigente teve de recobrar a compostura antes de voltar a falar.

— Parecemos ter um impasse aqui. É um caso de ele disse /ela disse...

— Está mais para uma dúzia de "ela disse" contra um "ele disse" — resmungou Mara.

— Você e seus colegas estão todos dizendo a mesma mentira! — disse Blake.

— Ah, claro — disse Michelle. — Somos *nós* que gostamos de inventar coisas. Está bem. Tenho certeza de que se pudéssemos entrar em contato com a reitora Wyatt, a história seria bem diferente.

Mas a antiga reitora da Universidade Strathmore estava fazendo pesquisas em Bornéu. Sem acesso a internet. Tentamos entrar em contato com ela em vão. De nada adiantou a inesgotável influência Coveira.

— Ela não acreditou nas suas mentiras da última vez — disse Blake, bufando.

— Então você admite que eu não comecei a reclamar do seu comportamento na semana passada numa tentativa de ajudar meus colegas Coveiros — observou Michelle. — Quem está inventando coisas agora?

— Silêncio — disse a dirigente que, para seu crédito, estava observando toda aquela troca com algum interesse. — Como eu estava dizendo, na maioria dos casos em que a versão dos acontecimentos apresentada por cada testemunha difere tão imensamente da versão apresentada pela vítima...

Sei, sei, sei. Já ouvi isso antes. Mas é claro que não se podia confiar nessas testemunhas. Coveiros mentem para proteger uns aos outros. Afinal de contas, estávamos todos em treinamento para sermos os líderes secretos do mundo.

— ...sem nenhuma prova adicional... — a reitora estava dizendo.

— Mas oferecemos a vocês declarações de outras sociedades do campus, mostrando que Blake não era um convocado que tivéssemos discutido antes com eles...

— Mais colegas de sociedade secreta? — zombou Blake. — Claro.

— Tenho uma prova adicional — disse Topher Cox. — Bem aqui. — Ele se levantou e atravessou a sala em direção à mesa, colocando o envelope em papel manilha sobre ela. — Essa é uma declaração autenticada de uma garota chamada Jessica Townsend. Blake e eu fizemos o ensino médio com ela, e Jessica explica aqui o que aconteceu entre eles.

A dirigente pegou a folha de papel e examinou-a com cuidado.

— O que isso tem a ver com a situação atual?

Topher deu de ombros.

— Vocês duvidam dos relatos uniformes dos membros da Rosa & Túmulo, apesar do fato de serem consistentes com os incidentes que Michelle descreve... incidentes que também, misteriosamente, não têm nenhuma evidência para lhe dar respaldo. Bem, a mesma coisa aconteceu com Jessica. Ela está na Kenyon agora e não tem nenhuma ligação com nenhuma sociedade secreta do campus da Eli. Liguem para ela se quiserem. Blake fez o que eles disseram. Tudo. Ele tem feito isso há anos e nunca se deu mal. — A expressão dele ficou pensativa. — Dado o atual clima do campus, eu odiaria ter de entregar essa declaração à imprensa.

— Seu desgraçado! — gritou Blake. — Você me traiu.

Topher se virou e olhou Blake nos olhos.

— Você era meu melhor amigo, Blake. Lamento muito que tudo tenha acabado assim.

— É. Você escolheu a Rosa & Túmulo em vez de mim.

Topher assentiu.

— É, escolhi. — Mas ele não parecia feliz por isso.

Como era de se esperar, o Comitê Executivo decidiu que não havia provas suficientes para sustentar as alegações de trote de Blake. A C177 estava salva. Entretanto, eles pediram que Blake e Michelle permanecessem para discutir os outros incidentes que este caso (e os documentos de Topher sobre Jessica) trouxe à tona. Perguntei à Michelle se ela queria que eu ficasse para lhe dar um apoio moral.

Ela disparou um olhar de triunfo para Blake.

— Não — disse ela. — Acho que o peguei desta vez.

Balancei a cabeça.

— Eu devia aprender algumas coisas com você qualquer hora dessas.

— Por quê?

O comitê voltou para a mesa e a secretária começou a fechar a porta.

— Conto depois.

Michelle havia tentado levar Blake à justiça, e tinha sido prejudicada pela burocracia e um jogo de cartas marcadas. Se eu permitisse que Darren saísse impune pelo que havia feito comigo durante as férias de primavera, aquele seria ele dentro de alguns anos? Eu seria como a garota da Kenyon, recebendo uma ligação me pedindo para testemunhar sobre o que ele havia feito comigo há tanto tempo? Depois que ele machucasse mais alguém?

E por falar... Corri para alcançar Topher, que tinha surpreendido a todos nós, e o encontrei nos degraus da frente conversando com Kalani. E Felicity Bower.

— Olá, Amy — disse Felicity para mim. Topher e Kalani pareciam estar muito envolvidos na conversa.

— O que você está fazendo aqui? — perguntei.

— Esperando para ver se você foi expulsa. — Felicity me lançou seu sorriso mais enjoativo. — Você foi?

— Não.

— Que pena. — Ela olhou em direção à praça e ao protesto. — Na verdade, estava esperando para ver se Blake Varnham tinha recebido o que merecia. Você podia não saber quem ele era até recentemente, mas ele esteve na mira da Cabeça de Dragão por um tempo, antes de descobrirmos o que havia atrás daquela fachada.

— Espera. Você sabia? Tinha provas?

Felicity deu de ombros.

— Você também tinha. O que não tinha era o poder de influenciar seus próprios cavaleiros. — Ela indicou Topher com a cabeça, depois foi embora.

Topher já estava sendo cercado pelos Coveiros do meu clube. Com todos os cumprimentos e elogios, a atitude dele mudou rapidamente de ressentida e ambivalente para uma que ostentava o ar de triunfo presunçoso habitual.

— É claro — ele estava dizendo. — Eu fiz um juramento. Sou um Coveiro, não sou?

Alguém mandou que ele falasse baixo e pediu discrição, mas o rapaz claramente estava fazendo sucesso.

Felicity estava certa. Eu não havia confiado em Topher para fazer a coisa certa, mas com boa razão. Ele não tinha levado provas sobre o passado de Blake porque era verdade. Tinha levado porque percebeu que cabia a ele guardar os nossos segredos mais do que os de Blake. Ainda um babaca, mas um que estava do nosso lado.

Eu só esperava que continuasse dessa forma.

Senti o celular vibrando na bolsa, mas não reconheci o número no visor digital. Meu coração deu um pulo. Será que era Jamie, ligando da localização não divulgada? Será que finalmente tinha recebido minha mensagem? Eu atendi.

— Alô, aqui é o oficial Morgan da Delegacia de Lee County. Poderia falar com Amy Haskel

Lee County?

— É ela.

— Estou ligando para acompanhar um processo arquivado dois meses atrás sobre um incidente em Cavador Key.

Ah. *Esse* Lee County.

— Diz aqui que você estava "impossibilitada de prestar depoimento devido a um grave abalo físico e emocional". É isso mesmo?

— É o que diz? — perguntei. Não me lembrava disso. Claro, eu tinha ficado fora do ar. Depois de ser drogada e quase afogada, tinha dormido por quase dois dias seguidos depois de sair da ilha. Mas podia ter falado com a polícia. Afinal, eu tinha falado bastante com os outros Coveiros. Eu tinha sido incrivelmente firme sobre não querer que Darren fosse processado, não querer dar queixa quando a polícia chegasse...

Espera um minuto.

— Então você está dizendo que está esperando pelo meu depoimento esse tempo todo?

— Bem... — começou o xerife. — Nós meio que tivemos uma confusão com a papelada no escritório. Os policiais que cuidavam do caso pareceram ficar um pouco confusos se o caso estava ou não aberto e mesmo se as partes planejavam entrar com um processo. E quando os detentores do poder nos alertaram com relação a isso outro dia, voltamos para os computadores e lá estava você.

— Os detentores do poder alertaram vocês — repeti. Em outras palavras, os federais enfiaram a cara em um caso menor de agressão? Quais eram as chances? E que federais? Ele não tinha dito FBI. Talvez estivesse falando do estado da Flórida?

Talvez estivesse falando de outra agência do governo. Uma com um empregado recém-contratado que sabia muito bem como trabalhar o sistema.

— Eles, hã, algumas vezes ficam interessados quando coisas acontecem em Cavador — explicou o xerife. — Você sabe que ela pertence a uma daquelas sociedades secretas do nordeste da Ivy League, certo?

— Ah, sim — eu disse. — Eu sei.

— Então, senhorita, gostaria de saber se você está em condições de me dar um depoimento agora. Provavelmente só vai levar alguns minutos. E, hã, se você tiver alguma foto...

Se eu estava em condições de lhe dar algum depoimento agora? Boa pergunta. Lancei um olhar por sobre o ombro, na direção do escritório da reitora, onde naquele mesmo momento Michelle provavelmente estava prestando o próprio depoimento para o Comitê Executivo.

— Sim — respondi. — Acho que sim.

Naquela noite, no Salão Interior do mausoléu da Rosa & Túmulo, uma centena de velas brilhava — algumas a partir de castiçais em forma de caveira nas paredes, e muitas mais dos vários candelabros e das velas de réchaud dispostas como videiras. A cúpula estrelada dificilmente podia competir, e a luz tremeluzente projetava centenas de sombras misteriosas sobre as paredes cobertas de lambris. Até a pintura do Êxtase Nupcial parecia sinistra e misteriosa, ali em sua glória orgulhosamente nua.

Os cavaleiros da C177 e da C178 estavam reunidos em um círculo no meio da sala e cantavam “Beba!” enquanto

Michelle, no centro, bebia a mistura cerimonial de romã de uma taça em formato de crânio.

A iniciação já tinha sido há bastante tempo, mas ainda tínhamos alguns cavaleiros para apresentar à ordem.

Eles assobiaram e gritaram enquanto ela fazia os juramentos, e então dei um passo à frente, a capa batendo nos calcanhares. Não havia fantasia de Dom Quixote dessa vez, nenhuma máscara de rosas vermelhas murchas. Mas não precisávamos disso. Estendi a espada enferrujada quando Michelle se ajoelhou diante de mim.

— Deste momento em diante, você não é mais a Bárbara-Assim-Chamada Michelle Anastasia Whitmore. Por ordem da nossa Ordem, eu a nomeio Gaia, Cavaleira de Perséfone, Ordem da Rosa & Túmulo.

Gaia se levantou e sorriu para o grupo.

— Então agora nós festejamos? — perguntou ela.

Com certeza.

Depois de tirarmos nossas fantasias e limpar alguns respingos perdidos de romã, fomos para a Sala do Vaga-Lume, onde Hale, parecendo nervoso, presidia sobre um pequeno bar e mantinha o olhar atento num grupo de bárbaros, para que nenhum deles decidisse disparar em direção às áreas secretas do mausoléu.

— Não acredito que eu esteja aqui — disse Lydia para mim quando me juntei a ela.

— O que você acha? — perguntei, quando a música dance começou.

Ao meu redor, os amigos e namorados dos Coveiros estavam se encontrando com os conhecidos. Alguns já tinham começado a dançar. Kalani estava dizendo como as festas no

Saguão São Lino eram muito melhores, mas que em algum momento nós pegaríamos o jeito de como receber bárbaros em parte do mausoléu. Só precisávamos de algumas décadas.

Hale ficou parado no canto, olhando preocupado. Eu tinha quase certeza de tê-lo ouvido resmungar algo sobre "o fim dos dias".

— Sinceramente? — perguntou Lydia. — Um pouco mais pobre do que eu esperava.

— É sempre assim. — Josh veio e passou as mãos em volta da cintura de Lydia. — Quer dançar?

Acompanhei-os com o olhar enquanto giravam e se juntavam a Demetria e sua misteriosa Shannon e a George e Devon na pista de dança. Michelle chegou e me deu uma taça de vinho.

— Sabe, não gosto tanto assim de romã. — Ela franziu o nariz. Seus lábios estavam manchados de um vermelho intenso.

— Não podia ser evitado — falei.

— Aparentemente não. — Ela sorriu. — Agora, que história era aquela que você tinha para me contar? Eu prestei atenção aos juramentos. Não devemos guardar segredos uns dos outros.

— Isso significa que você vai me contar que questões vão cair na minha prova de geologia?

— Não, a menos que você tenha um desejo intenso de assistir a outra reunião do Comitê Executivo.

— Passo — respondi, estremecendo.

— Foi o que achei. — Ela bebeu um gole. — Então... tudo isso valeu a pena? — Michelle gesticulou indicando o que havia ao redor na Sala do Vaga-Lume.

Observei meus amigos rindo, conversando, dançando.

— O que valeu a pena? Deixar os bárbaros entrarem?

— Não — respondeu ela com uma risada. — Ser uma Coveira.

— Serei sempre uma Coveira — falei. — Tenho a tatuagem para provar.

— Quero dizer, ser uma cavaleira — disse ela. — Valeu a pena?

O drama, a aflição, o estresse? As amizades, as conspirações, os trotes, a ligação com as outras pessoas... Tudo isso valeu a pena?

Ah, sim. Mas então finalmente entendi as palavras dela. *Valeu*. Passado.

Porque eu não era mais uma cavaleira ativa da Rosa & Túmulo.

Eu era uma patriarca

Por meio desta, eu confesso:
Se eu nunca mais vir uma túnica
na vida, ainda será cedo demais.

15.

Pompa e Circunstância

Na manhã do meu último dia na Eli, levantei e olhei em volta do quarto vazio. Minhas caixas e baús já tinham sido guardados num depósito até que eu achasse um lugar para morar, e, na noite anterior, Lydia e Josh tinham recolhido o sofá, o micro-ondas e a mesa de centro para serem transportados para o novo apartamento de Lydia fora do campus.

Na Orange Street. Em New Haven.

Ela havia decidido fazer a Faculdade de Direito de Eli. Só o tempo iria dizer o que aquilo representaria para ela e Josh.

As últimas semanas tinham sido caracterizadas por duas coisas: nostalgia e decisões importantes para a vida. Embora Lydia estivesse planejando ficar pelo menos mais três anos no campus, passamos muito tempo relembrando o passado. Nossa última ligação das 3 horas da manhã para o restaurante local de comida chinesa. Nossa última "salada grega pequena" que podia alimentar uma família grande. Nossa última madrugada estudando juntas entre as estantes da biblioteca. Nossa última Noite da Jujuba.

Depois que as provas acabaram, a maioria dos meus amigos fez a viagem habitual dos veteranos até Myrtle Beach (Michelle tinha se oferecido para cuidar de Ricochete até eu voltar da Inglaterra). Odile tinha alugado uma casa para nós bem na praia, e doze Coveiros e amigos de Coveiros passaram a semana brigando pelo tempo de uso do banheiro e revezando os quartos compartilhados com os namorados (ou ficantes aleatórios de última hora que arrastavam para casa das boates, dos bares e da praia). Como uma pessoa que já estava de saco cheio dos encontros casuais de Myrtle Beach, acabei relegada a sacos de dormir na sala de estar na maioria das vezes. Eu não invejava as atividades lascivas de meus companheiros. Em outro estado de espírito, eu mesma poderia ter me animado para alguns encontros casuais.

Um último encontro com Jamie não seria ruim.

Eu tinha tentado entrar em contato com ele de novo. E de novo. Nenhum número de telefone funcionava. E embora os e-mails de corpo discente da Eli e da lista Phimalarlico continuassem ativos, eu duvidava de que ele estivesse conferindo as mensagens. Pelo menos, esperava que ele não estivesse. A ideia de que Jamie pudesse ver quatro ou cinco e-mails meus e não responder causava fortes dores no meu peito.

Passei muito tempo com Jenny e Harun, que tinham conseguido transformar um amor nobre e contido numa forma de arte, e Clarissa, que tinha dado um tempo nos relacionamentos amorosos para conseguir fazer a vida decolar.

— Tenho uma companhia para dirigir — explicou ela. — Não tenho tempo para decepções amorosas.

Era isso o que aquilo era? Uma decepção amorosa? No passado, isso já havia me atingido também. Mas minha separação de Jamie tinha parecido tão diferente, e eu ainda não entendia bem por quê. Talvez fosse porque havia acontecido sem nenhuma traição. Nós dois gostávamos um do outro. Só não podíamos fazer dar certo. Ou talvez fosse porque toda vez que conferia meu e-mail, eu prendia a respiração por um momento, com uma esperança inútil de ver o nome dele na minha caixa de entrada.

Dada minha escolha de companhia, era alguma surpresa eu ter finalmente cedido à persuasão deles? Logo que voltasse da Inglaterra, eu me mudaria para Nova York e trabalharia como a mais nova relações públicas da empresa de Jenny, Caritas. Acabou que todos os meus protestos se resumiam a uma culpa persistente de que a oferta de Jenny tivesse sido feita por pena. Finalmente, eles acabaram me convencendo do contrário.

— Eu li os relatos que você reuniu durante o emprego em Washington no verão passado, Amy — apontou Clarissa. — Você conseguiu capturar tanto a dificuldade daquelas mulheres quanto a esperança delas por um futuro melhor.

— Queremos que você reúna o mesmo tipo de relatos, só que numa escala global — destacou Jenny. — Caritas vai ser como a eBay dos microempréstimos. Mas alguns desses empreendedores... bem, eles não terão a habilidade de escrita necessária para descrever de onde vieram, o que enfrentam, e o que há de tão bom em seus projetos. Você fará o marketing para eles assim como fará para a empresa.

Eu tinha adorado meu emprego em Washington. Tinha adorado saber que as coisas que eu escrevia estavam afetando diretamente a vida das pessoas.

Tudo isso, quatro semanas de férias remuneradas por ano e assistência médica e odontológica completas. Como eu podia resistir?

Então ali estava eu, na manhã da formatura, terninho bem passado, a beca parecendo fina e barata, se comparada à túnica da sociedade que eu vinha usando duas vezes por semana durante todo o ano. Meu capelo esperava por mim na cômoda, meus pais, no café do hotel deles, meu diploma, numa estante do escritório do reitor da Universidade Prescott. Então era isso. Eu estava me formando na universidade.

Talvez devesse usar uma blusa diferente?

Eu estava de sutiã e meia-calça, revirando a mala, quando Lydia bateu à porta.

— Vamos?

— Só um minuto — gritei. Peguei a blusa rosa e coloquei-a em frente ao casaco do terninho. Humm...

— Você está decente?

— Você sabe a resposta: quase nunca. — E a blusa amarela?

Lydia passou a cabeça pela porta.

— É que meu irmãozinho está aqui e não quero corromper os olhos inocentes dele com imagens de colegas de faculdade de sutiã.

— Você e Josh não deveriam estar na recepção da Phi Beta Kappa?

— Já fomos e voltamos, querida — disse Lydia. — Já são quase 10 horas.

— O quê? — gritei. — Não! — Mas é claro. Com o despertador já embalado, eu não tinha como acompanhar a hora. — Eu devia encontrar meus pais...

— Eles também estão aqui. Mas se você não sair em trinta segundos, eles vão dar para meu irmão o muffin e o moca que estão guardando para você. E você não quer mesmo ver como ele fica à base de cafeína.

— OK. — Olhei para as três blusas na minha mão. Ai, por que eu não conseguia me decidir? Eu era uma universitária formada... ou seria em breve. E não conseguia me vestir?

— Pensando demais de novo?

— Você sabe que sim.

— A branca — disse Lydia, apontando para uma das blusas. — É clássica. Agora vamos.

— O que vou fazer sem você? — Coloquei rapidamente a blusa e peguei a beca.

— Por sorte, New Haven fica a uma curta viagem de distância.

Comecei a segui-la até a porta, então parei, apanhei o jeans do dia anterior do chão e tirei o broche da Rosa & Túmulo do passador do cinto.

Uma última vez.

As cerimônias de formatura da Ivy League são intermináveis. Já tínhamos tido um dia inteiro de comemorações, usando becas, mas não nossos capelos. Ouvimos nosso orador de formatura e nos reunimos com o presidente para o discurso de formatura seguido de uma recepção na casa dele. Aquele dia consistia num desfile pelo parque New Haven Green, culminando numa cerimônia gigantesca no Old Campus, marcada por títulos honoríficos, reconhecimento dos graduados em cada campo de estudo e programa de graduação, mais discursos (alguns em latim), e prêmios especiais para formandos excepcionais. Fiquei feliz de reconhecer alguns rostos no palanque naquele dia. Omar recebeu um prêmio por aprendizado excelente em face a uma tragédia pessoal significante, uma vez que a maior parte da família dele ainda era prisioneira política em seu país de origem — uma história que os amigos e colegas cavaleiros já conheciam muito bem. Howard First, que tinha sido Coveiro por trinta segundos, recebeu um prêmio por seu serviço público. Acho que ele fez um bom uso do tempo.

Depois do evento coletivo, todos os graduandos se separaram para assistir a cerimônias menores em suas respectivas universidades. Como não havia maneira de encontrar meus colegas na confusão de famílias e alunos, tínhamos combinado de nos encontrar em Prescott. Parei para tirar fotos com Jenny e Harun, Odile e Clarissa, Ben, Greg e Demetria e, que diabos, até mesmo com Mara. Afastei Lydia de Josh, prometi que voltaríamos a vê-lo no jantar, me reuni com George (cuja beca volumosa escondia quase completamente o gesso), e voltei para a Universidade Prescott, onde encontrei outro hospício. Assim que entramos pelo portão, os organizadores da formatura nos reuniram e levaram todos com uma beca preta para o refeitório para sermos enfileirados pelo sobrenome e recebermos instruções de como nos aproximar do palco e receber nossos diplomas.

Outro orador de formatura, outra pessoa para entregar os prêmios. E então eles entregaram os diplomas, precedidos pelo aviso de que, para poupar tempo, deveríamos guardar os aplausos para o final. Amém. Eu estava pronta para tirar aquela beca de uma vez por todas. Brinquei com o broche da

Rosa & Túmulo na lapela enquanto o reitor e o diretor da Prescott passavam por nossa turma de formandos.

— Amy Maureen Haskel, literatura, Bacharel com Louvor.

Eu subi a escada e atravessei o palco. Apertei a mão do reitor, apertei a mão do diretor, peguei meu diploma, e nós paramos, sorrindo para o fotógrafo tirar meu retrato. Com o canto do olho finalmente vi meus pais, que tinham de alguma forma conseguido lugares cobiçados na sombra. Num desacato total às ordens do reitor, eles estavam batendo palmas e gritando felizes. Minha mãe levantou a câmera para tirar uma foto.

Mais tarde, meus pais me contaram que eu estraguei a foto de formatura e que minha expressão devia ter sido mais feliz e triunfante do que pasmada e boquiaberta. Mas o que eles podiam esperar?

De algum jeito consegui voltar para o meu lugar, segurando o diploma com força e esticando o pescoço para trás em direção à plateia em vão. Os assentos dos meus pais estavam confortavelmente encaixados num cantinho, isso era certo, mas eu não conseguia vê-los.

Ou quem quer que pudesse ou não estar sentado com eles. Porque por um instante, lá do alto do palco, eu juro que vi alguém totalmente inesperado em pé atrás deles.

Será que tinha sido uma ilusão causada pela luz? Passei o restante da cerimônia tentando descobrir. Quando George fez uma estrela no palco com apenas um braço, meus colegas assobiaram e gritaram sem mim. Quando as duas graduações de Lydia foram anunciadas *summa cum laude*, Phi Beta Kappa e com louvor, eu mal prestei atenção.

Eu não podia estar alucinando. Conhecia aquele rosto. Com pouca luz, com muita luz, sem luz alguma. Nos momentos em que estava calado ou era impiedoso, nos momentos felizes e tranquilos. Mas que diabos, eu conhecia aquele rosto se contorcendo de paixão. Jamie tinha ido à minha formatura.

Assim que a cerimônia acabou, me levantei depressa, saltei por cima dos alunos que queriam realmente jogar os capelos para o ar e fui em direção ao lugar em que meus pais estavam. Eles me encontraram na metade do caminho.

— Querida! — disse minha mãe, me envolvendo num abraço. — Estamos tão orgulhosos de você!

— Sorria, filha — disse meu pai, apontando a câmera para mim. — Tire a franja do capelo do rosto.

Alunos e famílias giravam à nossa volta, mas não havia sinal de Jamie.

— Que loucura isso aqui — disse minha mãe. — Achamos que nunca encontraríamos assentos vazios, mas acabou que seu amigo tinha guardado lugares para a gente.

— Meu amigo — repeti, ainda esticando o pescoço por cima dos ombros deles. Minha mãe tinha esse hábito de dizer "seu amigo" num tom de voz que conseguia comunicar tudo o que segue:

1) O indivíduo a quem me refiro é uma pessoa do sexo oposto,
2) Que claramente já manteve relações carnais com minha filha,
3) Mas não estou aqui para julgar,

4) E certamente não vou presumir que a relação deles é algo que se possa quantificar por qualquer termo trivial como "namoro" ou "compromisso",
5) Porque quem sabe o que se passa por um relacionamento romântico na cabeça da minha filha,
6) Um comportamento dela que desaprovo completamente, a propósito (embora, como já declarei, não estou aqui para julgar),
7) E como estou falando no assunto, é melhor que ele que se cuide. Só estou dizendo. Não julgando.

— Você acha que ele vai querer jantar conosco? — perguntou meu pai.

— Estranho ele ter nos reconhecido, você não acha? — perguntou minha mãe. — Ele disse que viu uma foto nossa.

Bem, sim, é isso o que acontece quando você investiga as famílias de seus potenciais convocados.

— Eu...

Lá estava ele, afastado da multidão, como sempre, num terno preto novo, com os braços cheios de lírios brancos. Ele estava olhando para nós, sem sorrir, esperando. Meu coração quase explodiu para fora da beca.

— Não é problema nenhum, de qualquer maneira — disse minha mãe. — Já somos onze com a família de Lydia e a mãe e irmãos de Josh. Mais uma pessoa não mudaria tanto a organização dos lugares...

— Ah, veja, querida — disse meu pai. — Lá estão os Travinecek. Amy, meu amor, pergunte ao seu amigo se ele quer jantar conosco.

— Você quer que ele vá, não é, querida? — perguntou minha mãe, pegando o diploma das minhas mãos.

Quero que ele o quê? Tenho certeza de que balbuciei algum tipo de resposta, mas já passava flutuando por eles e seguia em direção a Jamie, que tinha se materializado no meio da multidão.

— Oi.

— Oi — disse ele, e me entregou os lírios. — Para você. Achei que você já devia estar cansada de rosas.

Peguei as flores, embora meu olhar não tenha desgrudado do rosto dele.

— O que você está fazendo aqui?

— Tive uma grande vontade de ver meu irmão mais novo se formar. — Ele sorriu. — A estrela foi particularmente divertida.

Que desculpa esfarrapada.

— Achei que tivesse ido embora para sempre.

Ele hesitou.

— Certo. É o seguinte. Aquele emprego? Acabou que não tinha a ver comigo. Ou tinha a ver com um eu diferente.

— Você se demitiu? — sussurrei. — Mas o que vai fazer agora?

— Vou voltar para a Faculdade de Direito de Eli. Se eles me aceitarem. — Ele me observou atentamente. — Cometi um erro.

Se *eles* o aceitarem?

— Jamie, não sei se...

— Por favor, não ache que fiz isso por você — interrompeu ele. — Fiz isso por mim. O cara que queria aqueles segredos, aquela vida? Não sou mais aquele cara. Já não sou há algum tempo.

Eu não disse nada, só fiquei lá parada, segurando os lírios.

— Essa parte, eu acho, *pode* ser atribuída a você — admitiu Jamie. — Ou pelo menos ao tempo que passei com você.

De alguma forma, permaneci em silêncio. Eu devia estar fora de mim. Amy Haskel não fica de boca fechada. Nunca ficou de boca fechada. Mas eu não tinha a menor ideia de aonde ele queria chegar com aquilo.

— Sei que você passou por muita coisa desde que fui embora — disse ele. — E eu não tenho o direito...

— Vou estar em Nova York — falei sem pensar. — Vou estar ali em Nova York. Se você voltar para cá...

Ele me deu o maior sorriso que eu já tinha visto sair de Jamie.

— Nova York.

— Decidi aceitar o emprego da Caritas. A empresa da Jenny.

— Deus abençoe o trem que faz esse trajeto — replicou ele. Por um segundo, ficamos só ali parados, nenhum de nós dois querendo dar o primeiro passo. À nossa volta, famílias e amigos se abraçavam, mas havia mais do que um buquê de lírios me separando de Poe. Eu queria perguntar a ele qual tinha sido o envolvimento dele com aquela história da delegacia de Lee County. Queria dizer a ele que naquele exato momento Darren Gehry estava se preparando para o caso diante do juizado de menores. Queria saber o que tinha feito com que ele voltasse.

— Eu li seus e-mails — disse Jamie por fim. — Eu... gostaria de ter podido estar lá.

— Nós demos um jeito. — Que diabos, a C177 mal precisou estar lá.

— Sim, vocês conseguiram. E de uma forma que eu nunca podia imaginar.

— Não fomos nós, para dizer a verdade — falei. — O novo clube é cheio de surpresas. Eles têm a própria maneira de resolver as coisas.

Jamie riu.

— Pode-se dizer que você mereceu isso.

— Pode-se — observei. — *Você* provavelmente adoraria isso.

— Ah, acredite em mim, Amy, eu adorei. — Ele respirou fundo. — Eu... hã, trouxe um presente de formatura para você.

Fiquei radiante.

— Onde?

Ele apontou para os lírios.

— Olhe aí dentro.

Dei uma olhada no buquê. Lá, aninhado entre as flores, estava um envelope azul e vermelho.

— São passagens para a Inglaterra. — Olhei mais perto e engasguei. — Passagens de primeira classe para a Inglaterra!

— Achei que você merecia um *upgrade*. Acadêmicos internacionais notáveis como você devem sempre viajar com estilo. — Ele apontou para a passagem. — Ouvi dizer que você dorme em algum tipo de casulo. Pareceu bem legal.

Revirei a papelada.

— Jamie, você não pode pagar... — Congelei. — Há duas passagens aqui.

Ele colocou as mãos nos bolsos.

— É, decidi arriscar. Não tenho mais um emprego neste verão, então estou livre. Quero dizer, posso voltar para cá e fazer pesquisas para um ou dois professores, considerando que me aceitarão de volta, mas... — Ele fez uma pausa. — Sempre quis conhecer a Inglaterra.

— Comigo?

— Não, nem sempre quis conhecer com você, mas agora, sim, com certeza. — Ele começou a falar muito rapidamente. — Sei que você vai ficar em Oxford para a conferência e está tudo bem. Tenho alguns amigos em Londres que provavelmente não se importariam que eu ficasse na casa deles por alguns dias.

— Amigos?

— Sim, Amy. Amigos. Eu tenho amigos. E mais tarde, bem, não sei que planos você fez em termos de conhecer pontos turísticos, mas achei que seria divertido se viajássemos juntos. Faço até o tour da Jane Austen, se você quiser...

— Sim! — Sorri para ele, radiante. — Sim, sim.

— ...mas sou mais um cara do tipo Torre de Londres.

— Já imaginava. — Tortura, assassinato, amputação, decapitações. Era bem o estilo dele.

Oi, mãe e pai, este é meu "amigo" Jamie. Meu namorado Jamie. Vamos juntos para a Inglaterra. Além disso, eu o conheci numa sociedade secreta. Somos Coveiros. E graduados da Eli. E estamos apaixonados. O que vocês acham?

Mas tudo isso era para depois, no jantar que eu o obrigaria a comparecer com Josh, Lydia e nossas respectivas famílias. Ele teria aquele encontro duplo e muito mais. Naquele instante, eu só queria aproveitar que ele estava ali, abraçá-lo. Jamie estava olhando para mim da mesma forma.

Mordi o lábio.

— Gostaria de me dizer como você pode comprar passagens de primeira classe para algum lugar?

E então ele passou mesmo os braços em volta de mim.

— Sou um Coveiro, Amy. Conhecemos pessoas.

Eu ri e o beijei enquanto meu capelo caía da cabeça. Sim, com certeza conhecíamos.

O clube C177 da Rosa & Túmulo

1) Clarissa Cuthbert (*Angel*): diretora financeira da Caritas
2) Gregory Dorian (*Bond*): Bolsista Fullbright, Oxford, Inglaterra
3) Odile Dumas (*Little Demon*): Projeto Odile Dumas ainda sem título, Paramount Pictures
4) Benjamin Edwards (*Big Demon*): Price Waterhouse Cooper
5) Amy Haskel (*Bugaboo*): Vice-presidente de Relações Públicas, Caritas
6) Nikolos Dmitri Kandes IV (*Graverobber*): Vice-presidente adjunto, Kandes Industries
7) Kevin Lee (*Frodo*): Assistente, Creative Artists Agency
8) Omar Mathabane (*Kismet*): Faculdade de Administração Harvard Kennedy School
9) George Harrison Prescott (*Puck*): Teach for America
10) Demetria Robinsons (*Thorndike*): Escola de Pós-Graduação de Berkeley
11) Jennifer Santos (*Lucky*): Presidente, Caritas
12) Harun Sarmast (*Tristram Shandy*): Vice-presidente de Desenvolvimento, Caritas
13) Joshua Silver (*Keyser Soze*): Faculdade de Direito de Stanford
14) Mara Taserati (*Juno*): Wharton School da Universidade da Pensilvânia

Agradecimentos

Meus agradecimentos intermináveis para os suspeitos de sempre da venerável Bantam Dell: Kerri Buckley, Nita Taublib, Lynn Andreozzi, Kelly Chian, Pam Feinstein e Carol Russo. Obrigada a todos da Knight Agency, principalmente Deirdre Knight e Elaine Spencer. Tenho uma grande dívida de gratidão com minhas colegas e companheiras críticas Carrie Ryan, Erica Ridley, Julie Leto e Justine Larbalestier, por me manterem sã quando tinha algum prazo a cumprir. Devo ainda mais agradecimentos aos meus colegas escritores da Washington Romance Writers, da Chick Lit Writers of the World, TARA, Novelists, Inc. e Greater Pacific Seahorse Polo Team.

Gostaria ainda de agradecer a minha família e amigos pelo amor, apoio e pela inspiração. Meus pais, meus irmãos, meus parentes pelo casamento, Elizabeth, Glenn, Chris, Megan, Mackenzie, Nicola e Lauren — vocês são o máximo! Obrigada ao Dan por trazer comida tailandesa para viagem, por fazer massagem nas costas e pelos beijos após um longo dia de trabalho escrevendo, e a Rio por concordar em tirar um cochilo embaixo da minha cadeira enquanto eu trabalhava.

Como sempre, obrigada a minhas fontes secretas, especialmente às mais novas.

Por fim, e mais importante, sou grata a vocês, leitores deste livro. Obrigada por acompanharem a história de Amy.

Este livro foi composto na tipologia Sabon LT
Std, em corpo 11/16, e impresso em
papel off-white no Sistema Cameron da
Divisão Gráfica da Distribuidora Record.